죽음과의 약속

죽음과의 약속

2007년 1월 20일 초판 2쇄 발행

지은이　애거서 크리스티
옮긴이　유명우
펴낸이　이경선
펴낸곳　해문출판사

등록　1978년 1월 28일 제3-82호
주소　서울시 마포구 합정동 392-2 써니힐 202
전화　325-4721
팩스　325-4725

값 10,000원

ISBN 89-382-0113-9
ISBN 89-382-0100-7 (세트)

※잘못 만들어진 책은 구입하신 곳에서 바꾸어 드립니다.

AGATHA CHRISTIE
죽음과의 약속

애거서 크리스티 / 유명우 옮김

해문출판사

APPOINTMENT WITH DEATH

Copyright ⓒ 1938 Agatha Christie Ltd.

Korean translation edition is published by arrangement with
Agatha Christie Ltd., a Chorion group company.

이 책은 Agatha Christie Ltd., a Chorion group company와
적법한 계약을 통해 출간되었습니다.
저작권법에 의해 한국 내에서 보호를 받는 저작물이므로
무단 전재와 무단 복제를 금합니다.

Appointment with Death

·등 장 인 물·

에르큘 포와로 예루살렘을 여행하던 첫날 밤에 '너도 알지, 그렇지? 그녀는 죽어야 해!' 라는 이상한 말을 엿듣게 된다.

카베리 대령 포와로에게 사건을 떠맡기고, 가끔씩 공적인 신분으로 사건 추적에 도움을 준다.

보인튼 노부인 가족들을 손아귀에 움켜쥐고 있는 여간수 출신의 고집이 센 노부인. 심장이 약해서 약을 복용한다.

레녹스 보인튼 보인튼 노부인의 맏아들. 언제나 느슨하고 힘없는 태도를 하고 있으며, 주위의 일에 거의 무관심하다.

나다인 보인튼 레녹스의 부인으로서 우아하고 침착한 여자. 가족 중 유일하게 보인튼 노부인의 지배권 밖에 있다.

레이먼드 보인튼 보인튼 노부인의 둘째 아들로 성격이 예민한 청년. 기차에서 우연히 새러 킹과 알게 된다.

캐롤 보인튼 보인튼 노부인의 큰딸. 밤중에 새러 킹의 침실에 찾아와서 도움을 청한다.

지네브라 보인튼 보인튼 노부인의 막내딸로 붉은 머리를 가진 아름다운 소녀. 정신 분열증 초기 증세를 보인다.

새러 킹 갓 의학사 학위를 받은 젊은 여자. 논리적이고 현대적인 사고 방식을 가지고 있다.

시어도어 제러드 박사 정신병에 권위자인 프랑스 남자. 보인튼 가족에게 깊은 관심을 기울인다.

제퍼슨 코프 쾌활하고 깔끔한 중년의 미국인. 나다인에게 각별한 감정을 가지고 있다.

웨스트홀름 부인 영국의 하원 의원으로서 좀 거만한 중년 부인.

에마벨 피어스 뜻밖의 유산을 받게 되어 페트라로 여행 온 중년 여자.

제 1 장

「너도 알지, 그렇지? 그녀는 죽어야 해.」
 그 목소리가 고요한 밤 공기 속으로 흘러들어가서, 잠시 거기에서 흔들리는 것 같더니 사해를 향해 어둠 속으로 빨려들어갔다.
 에르큘 포와로는 창문 손잡이를 잡고 잠깐 머뭇거렸다. 그는 눈살을 찌푸리고 창문을 세게 닫았다. 그러자 그 불길한 밤 공기가 차단되어 버렸다! 포와로는 외부의 공기는 밖에 있을 때 가장 좋으며, 게다가 밤 공기는 건강에 특히 해롭다는 말을 철저하게 믿고 있었다.
 그는 창문에 단정하게 커튼을 치고는 침대로 가서 슬그머니 미소를 지었다.
 「너도 알지, 그렇지? 그녀는 죽어야 해.」
 에르큘 포와로가 예루살렘에서 보내는 첫날 밤에 그는 탐정으로서 당연히 가질 만한, 호기심을 자극하는 말을 엿듣게 되었다. 「내가 가는 곳마다 범죄가 따라다니는구나!」 하고 그는 혼자 중얼거렸다. 그의 미소는 언제인가 소설가 앤소니 트롤프에게서 들었던 이야기를 생각해 낼 때까지 계속되었다. 트롤프가 대서양을 횡단하고 있을 때, 그는 두 승객이 그의 소설 중 한 권의 최종판에 대하여 토론하는 것을 엿듣게 되었다.
 「매우 좋던데.」 하고 한 사람이 확실하게 말했다.
 「그러나 그는 그 지겨운 노파를 없애버려야 해.」
 소설가는 여유 있는 미소를 지으면서 그들에게 말을 걸었다.
 「여러분, 정말 감사합니다! 나는 가자마자 그녀를 없애버리겠습니다!」
 에르큘 포와로는 그가 엿들었던 이야기가 무엇을 두고 한 말이었을까 생각해 보았다. 어떤 공동 집필 작품, 아마 희곡이나 소설이겠지?

그는 여전히 미소를 지은 채 생각했다.

'그 말이 어느 날을 생각나게 하고, 더욱더 불길한 의미를 덧붙이게 되리라.'

그가 막 생각해 낸 그 목소리에는 기묘한 신경질적인 격렬함이 들어 있었다. 그 목소리는 무척이나 긴장된 감정으로 떨렸다. 남자의 목소리―청년의 목소리였던 것 같다.

에르큘 포와로는 침대맡의 불을 끄고는 속으로 생각했다.

'그 목소리를 다시 들어 보면 알 수 있을 거야……'

레이먼드와 캐롤 보인튼은 창턱에 팔꿈치를 올려 놓은 채 머리를 맞대고 어둡고 음울한 밤 경치를 바라보고 있었다. 레이먼드가 신경질적으로 되뇌었다.

「너도 알지, 그렇지? 그녀는 죽어야 해.」

캐롤 보인튼이 가볍게 움직였다. 그녀는 쉰 목소리로 낮게 말했다.

「끔찍해……!」

「이보다 더 끔찍하지는 않아!」

「나는 그런 일은 상상도 할 수 없어……」

레이먼드가 난폭하게 말했다.

「이렇게 계속해 나갈 수는 없잖아, 더 이상은 안 돼…… 이제는 무엇인가를 해야 돼…… 그것도 우리가 할 수밖에 다른 도리가 없잖아……?」

캐롤이 말했다―그러나 그녀의 목소리는 설득력이 없었으며, 그녀도 그것을 알고 있었다.

「만일 우리가 어떻게든 도망칠 수 있다면―?」

「아니야, 우리는 달아날 수 없어.」

그의 목소리는 공허하고 절망에 젖어 있었다.

「캐롤, 너도 우리가 빠져나갈 수 없다는 것을 알고 있잖아―?」
그 처녀는 후들후들 떨었다.
「알아, 레이 오빠―알고 있어.」
그는 갑자기 짧고 씁쓰레한 소리로 웃었다.
「사람들은 우리가 미쳤다고 할 거야―도저히 빠져나갈 수가 없어―」
캐롤이 천천히 말했다.
「그래, 우리는―미쳤어!」
「정말 그럴 거야. 아니면 곧 그렇게 되겠지―아니, 어떤 사람들은 우리가 이미 미쳐버렸다고 생각할 거야! 우리는 냉정하게 계획을 세워야 해. 아주 냉정히 말이야. 어머니를 죽여야 돼!」
캐롤이 날카롭게 말했다.
「그 여자는 우리 어머니가 아니야!」
「맞아. 정말이야.」
조금 뒤 레이먼드가 조용하게 가라앉은 목소리로 말했다.
「너도 찬성하지, 캐롤?」
캐롤이 확실하게 대답했다.
「나도 그녀가 죽어야 한다고 생각해―그래.」
갑자기 그녀가 말하기 시작했다.
「그녀는 제정신이 아니야―분명히 그녀는 돌았어! 그녀가 정말 온전하다면 우리를 그렇게 괴롭힐 수는 없을 거야. 몇 년 동안 우리는 '이대로 계속해 나갈 수는 없어!' 하고 말해 왔잖아. 하지만 그런 생활은 지금까지도 계속되고 있어! 그리고 우리는 '그녀는 언젠가는 죽겠지.' 하고 생각해 왔어. 하지만 그녀는 아직도 죽지 않았잖아! 나는 그녀가 결코 죽지 않으리라고 생각해. 우리가 죽이지 않는다면―」
레이먼드가 엄숙하게 말했다.
「우리가 그녀를 죽이지 않는다면―」
「그래.」

그녀는 창턱 위에서 손을 움켜쥐었다.

그녀의 오빠는 냉정했다. 그의 담담하고 조금 떨리는 목소리는 가슴 깊숙한 곳에 자리잡고 있는 흥분을 나타냈다.

「너는 우리들이 그것을 왜 해야 되는지 그 이유를 알고 있지, 그렇지? 레녹스 형과 나다인 형수도 고려해 봐야 할 거야. 그러나 지니를 끌어들여서는 안 돼.」

캐롤은 오들오들 떨었다.

「가엾은 지니! 너무 두려워―」

「나도 알아. 그애는 점점 나빠지고 있어. 그러니까 더욱 빨리 해치워야 하는 거야. 그애가 위험해지기 전에.」

캐롤은 벌떡 일어서서는 헝클어진 밤색 머리카락을 뒤로 빗어 넘겼다.

「레이.」

하고 그녀가 말했다.

「오빠는 정말로 그 일이 나쁜 일이라고는 생각지 않지, 그렇지?」

그는 늘 그랬던 것처럼 감정 없는 목소리로 대답했다.

「나는 그 일이 미친개를 죽이는 것과 똑같다고 생각해―그녀는 세상에 해를 끼치고 있어. 그런 건 없애버려야 해. 이게 그런 것을 없애는 데는 가장 빠르고 좋은 방법이야.」

캐롤은 중얼거렸다.

「하지만―우리들도 그것과 똑같은 방법으로 사형당할 거야―나는 도대체 그녀가 어떤 여자인지 알 수가 없어, 이상한 이야기지! 오빠도 알겠지만, 어쨌든 이것은 모두 우리 마음에 달려 있는 거야!」

「결코 아무도 알지 못할 거야. 내게 한 가지 계획이 있어. 나는 오랫동안 온 힘을 기울여서 그것을 생각해 왔어. 우리는 아주 안전할 거야.」

캐롤은 갑자기 그에게로 돌아섰다.

「오빠―암만해도―오빠는 달라졌어. 오빠에게 무슨 일인가가 일어나고 있어! 지금 오빠 머릿속에 있는 것이 뭐지?」
「왜 내게 무슨 일이 일어났다고 생각하니?」
그는 고개를 다른 데로 돌렸다.
「그것 때문이야! 오빠, 기차에서 만났던 그 여자 때문이지?」
「아니야, 그렇지 않아―도대체 왜 그러니? 아, 캐롤, 엉뚱한 소리 하지 마. 자, 그만 돌아가자―아까 그 이야기로.」
「오빠 계획으로? 오빠는 그게 좋은 계획이라고 확신할 수 있어?」
「물론이지. 나는 그렇게 생각해. 물론 우리는 적당한 기회를 기다려야 하겠지. 그리고 그 다음에―만일 그 일이 모두 순조롭게 된다면― 우리는 자유로워질 거야― 우리 모두.」
「자유라고?」
캐롤은 가볍게 한숨을 쉬었다. 그녀는 별들을 바라보았다. 그리고는 갑자기 걷잡을 수 없이 흐느꼈다.
「캐롤, 왜 그래?」
그녀는 울먹이며 말했다.
「너무나 사랑스러워―밤과 푸르름과 저 별들이. 만일 우리가 저것의 일부분이 될 수 있다면! 만일 우리가 지금 이 상태가 아니라 다른 사람들처럼 될 수만 있다면―이 모든 괴상하고 뒤틀리고 사악한 것에서 벗어나서―」
「우리는 그렇게 될 거야―틀림없이―그녀가 죽고 나면 말이야!」
「오빠는 정말 그렇게 확신할 수 있어? 이제는 너무 늦지 않았을까?」
「아니야, 아니야. 그렇지 않아.」
「내가 생각하기엔―」
「캐롤, 만일 네가 원치 않는다면―」
그녀는 그의 다독거리는 손을 옆으로 밀어냈다.
「아니야, 나는 오빠와 함께 있어―분명히 나는 오빠 의견에 따를 거야! 다른 사람들 때문에라도 말이야. 특히 지니, 우리는 지니를 구해야 해!」
 레이먼드는 잠시 멈칫했다.
「그렇다면―우리는 그 일을 추진해야겠지?」
「그럼!」
「좋아. 내 계획을 말해줄게……」
 그는 머리를 캐롤에게로 기울였다.

제 2 장

 새러 킹은 예루살렘의 솔로몬 호텔 서재에서 하릴없이 신문과 잡지를 뒤적이며 탁자 옆에 기대어 서 있었다. 눈살을 찌푸린 그녀의 얼굴은 무언가에 열중하고 있는 것처럼 보였다.
 홀에서 방으로 들어온 키가 큰 중년 프랑스 남자가 탁자 맞은편으로 천천히 걸어오면서 그녀를 쳐다보았다. 그들의 눈이 마주치자, 새러는 미소를 지으며 살짝 알았다는 눈치를 보였다. 새러는 그가 카이로로부터 여행 오던 중에 자신의 가방 하나를 들어주었던 사람이라는 것을 기억해 냈다.
 제러드 박사가 말했다.
 「커피를 주문하려던 참이었습니다. 함께 드시겠습니까, 미스─?」
 「킹이에요, 새러 킹.」
 「이게 내 명함입니다. 받으시죠.」
 그는 명함을 꺼냈다.
 새러는 그 명함을 받아들고는 깜짝 놀랐다는 듯이 눈을 둥그렇게 떴다.
 「어머, 시어도어 제러드 박사님이세요? 이런 곳에서 박사님을 뵙게 되다니 정말 반가워요. 저는 물론 박사님의 저서를 모두 읽어보았어요. 특히 정신 분열증에 대한 박사님의 이론은 무척 흥미롭더군요.」
 「물론이라고?」
 제러드 박사가 궁금하다는 듯이 눈썹을 치켜 올렸다.
 새러는 조금 수줍어하며 설명했다.
 「사실은─저도 의사가 되려고 하거든요. 얼마 전에 의학사 학위를 받았어요.」

「아! 그래요?」

 제러드 박사가 커피를 주문하고, 그들은 라운지의 한 구석에 자리를 잡았다. 그 프랑스 남자는 새러가 가진 의학적인 지식보다는 그녀의 이마에서 뒤로 구불구불 늘어뜨린 검은 머리카락과 예쁘고 붉은 입술에 더 관심이 있었다. 그는 새러가 자기에게 분명한 존경심을 나타내는 것을 보고 은근히 기분이 좋았다.

「여기 오래 머무를 겁니까?」 하고 그가 물었다.

「며칠간은요. 그 다음에는 페트라로 가려고 해요.」

「오, 나도 너무 오래 걸리지만 않는다면 그곳에 가려고 생각하고 있었습니다. 14일에 다시 파리로 돌아가야 하거든요.」

「대강 1주일쯤 걸려요. 확실해요. 가는 데 이틀, 거기에서 이틀, 그리고 돌아오는 데 이틀.」

「아침에 여행사로 가서 무엇을 좀 조정할 수 없는지 알아봐야겠습니다.」

 그 때 한 무리의 사람들이 라운지로 들어와 앉았다. 새러는 관심을 갖고 그들을 쳐다보았다.

 그녀는 목소리를 낮추어서 말했다.

「지금 막 들어온 저 사람들―어젯밤 기차에서 보셨어요? 그들은 우리가 떠나온 바로 그 시간에 카이로를 떠났답니다.」

 제러드 박사는 안경 속에서 눈을 찌푸리고는, 맞은편에 있는 그들에게 눈길을 돌렸다.

「저 미국인들 말인가요?」

 새러가 고개를 끄덕였다.

「예, 미국인 가족 같아요. 그런데―좀 별난 가족이에요.」

「별나다고요? 어떤 점이 별나다는 겁니까?」

「글쎄요, 자세히 보세요. 특히 저 노부인을요.」

 제러드 박사는 그녀의 말대로 그 가족을 바라보았다.

 그는 첫번째로, 키가 크고 어딘가 좀 엉성해 보이는 남자를 쳐다보았다―30살쯤 되어 보였다. 표정은 밝았으나 얼굴색이 창백했으며, 그의 태도는 이상하리만큼 냉담했다. 그 다음에는 호감이 가게 생긴 두 젊은이에게로 눈길을 돌렸다―청년은 희랍형에 가까운 머리를 하고 있었다. '저 청년에게는 무엇인가 문제가 있구나.' 하고 제러드 박사는 생각했다. '그래―확실히 신경이 극도로 긴장된 상태야.'

처녀는 그의 누이동생 같아 보였으며 닮은 점이 많았다. 그리고 그녀 역시 흥분하기 쉬운 성격을 가지고 있는 듯했다. 또 한 소녀는 좀 어렸다―금빛나는 붉은 머리가 마치 후광처럼 눈에 띄었다. 그녀의 손은 무릎 위에 있는 손수건을 쥐어뜯었다 잡아당겼다 하고 있었다. 그러나 또 다른 여인―젊고, 조용하고, 윤기나는 검은 머리카락을 가진 그 여인은 루이니 마돈나를 닮았다. 그녀에게는 불안해하거나 초조해하는 빛이 전혀 보이지 않았다! 그리고 가족의 한가운데는―프랑스인 특유의 솔직한 혐오감을 가진 제러드 박사는 '맙소사!' 하고 생각했다―정말 끔찍한 여자가 있었다. 늙고, 뚱뚱하고, 게다가 거드럭거리며 태연하게 앉아 있는―얼굴을 잔뜩 찌푸리고 있는 늙은 부처―거미줄 한가운데 매달려 있는 뚱뚱한 거미!

그는 새러에게 말했다.
「정말 끔찍하군요!」
그리고 그는 어깨를 으쓱했다.
「무엇인가가 있어요―저 노부인에게는 불길함 같은 게 감돌잖아요? 그렇게 생각지 않으세요?」 하고 새러가 물었다.
제러드 박사는 다시 한 번 그녀를 자세히 보았다. 이번에 그는 심미적이 아니라 전문가다운 눈으로 바라보았다.
「수종증―심장병―」
그는 유창하게 의학 용어를 덧붙였다.
새러는 의학적인 방면은 깨끗이 잊고 있었다.
「그런데 저 노부인을 대하는 가족들의 태도에는 무언가 묘한 데가 있어요, 그렇게 생각하지 않으세요?」

「저들이 누군지 압니까?」
「보인튼 가족이에요. 어머니, 결혼한 아들, 그의 아내, 아들, 그리고 두 딸.」
제러드 박사가 혼자 중얼거렸다.
「보인튼 가족이 세상 구경을 한다?」
「그래요. 그러나 그들이 세상을 구경하는 방법에는 뭔가 이상한 데가 있어요. 그들은 어느 누구에게도 절대로 말을 걸지 않아요. 그리고 노부인이 그렇게 하라고 하지 않으면 누구든 아무것도 할 수 없어요!」
「저 노부인은 여장부 타입이로군요.」 하고 제러드가 말했다.
「그녀는 완전한 폭군이에요.」 하고 새러가 말했다.
제러드 박사는 어깨를 으쓱하고는, 그 미국 여자가 저 집안을 지배하고 있다는 말을 했다─그것은 꽤 알려져 있는 이야기였다.
「그래요, 그건 알려진 것보다 훨씬 더 심해요.」
새러는 고집스럽게 말했다.
「저 여자는─오, 저 여자는 가족들 모두를 위협하고 있어요─저렇게 절대적으로 그녀의 손가락 아래에서 말예요─그것은 정말─정말 꼴불견이에요!」
「너무 많은 권한을 가지고 있다는 것은 여자에게 좋지 않지요.」 하고 제러드 박사는 진지한 목소리로 말하며 머리를 끄덕였다.
그는 옆눈으로 살짝 새러를 쳐다보았다. 그녀는 보인튼 가족을 쳐다보고 있었다─그것도 그들 중의 어떤 한 사람을 쳐다보고 있는 것이었다. 제러드 박사는 그 순간 이해심 많은 프랑스인다운 미소를 지었다. 그는 시험삼아 중얼거리듯이 물었다.
「아가씨, 저 사람들과 이야기해봤죠─그렇죠?」
「예─한 사람과는요.」
「젊은 사람─저 젊은 아들 말입니까?」
「예. 칸타라에서 이곳으로 오는 기차에서요. 저 사람은 복도에 서 있었어요. 제가 그에게 말을 걸었지요.」

새러의 말투에는 수줍음이 전혀 없었다. 여느때에도 그녀는 좀처럼 수줍어하는 성격이 아니었다. 그녀는 인간성에 지대한 관심이 있었으며, 또 사실 참을성이 없는 성미이기는 하지만 친근감을 가지고 있었다.

「그에게 무슨 말을 했습니까?」 하고 제러드가 물었다.

새러는 어깨를 으쓱했다.

「왜 안 되나요? 저는 여행중에는 종종 사람들에게 말을 걸어요. 사람들에게 관심이 많거든요―그들이 무엇을 하고, 어떤 생각을 하며, 또한 무엇을 느끼는지에 대해서 말이에요.」

「당신은 그들을 현미경 아래로 밀어 넣는군요. 그렇지 않습니까?」

「그렇게 말할 수도 있겠지요.」 하고 새러는 인정했다.

「그때 저 젊은이에게서 어떤 인상을 받았습니까?」

「글쎄요.」

그녀는 좀 망설였다.

「좀 이상했어요…… 그 남자는 머리끝까지 빨개지던데요.」

「그것이 그렇게도 인상적이었습니까?」 하고 제러드가 냉담하게 물었다.

새러는 웃었다.

「박사님은 그가 저를 관심을 끌려고 접근한 염치없는 말괄량이로 생각했을 거라는 뜻이죠? 오, 아니에요. 저는 그가 그렇게 생각했다고는 여기지 않아요. 사람들은 늘 누구와도 이야기할 수 있는 것 아니에요?」

그녀는 따지는 듯한 시선으로 그를 바라보았다. 제러드 박사는 고개를 끄덕였다.

「저는 이런 인상을 받았어요.」 하고 새러는 조금 찡그리며 말했다. 「그는 그런 상태였거든요―그걸 어떻게 설명해야 하나?―극도로 흥분해 있고, 또 공포에 질려 있는 상태 말이에요. 자제력을 잃고 흥

죽음과의 약속 19

분했으며—동시에 몹시 두려워하는 듯했어요. 정말 이상한 일이었어요. 왜냐하면 저는 늘 유별나게 냉정한 미국인들만 보아 왔거든요. 저는 20대의 미국 젊은이들이, 말하자면, 세상 물정에 대해서 많이 알고 있어야 하고, 또 같은 또래의 영국 청년들보다 훨씬 부드러운 처세술을 가지고 있어야 한다고 생각했었나 봐요. 아마 그 사람도 20살은 넘었을 거예요.」

「내가 보기에는 스물서넛 정도 되었겠더군요.」

「어머, 그렇게 많아요?」

「그쯤 되었을 겁니다.」

「아마 박사님이 옳을 거예요—다만, 제 말은 그 사람이 매우 젊어 보인다는 뜻이에요……」

「정신적인 부적응, 즉 아직까지 '어린이' 요소가 남아 있지요.」

「그럼 제가 올바로 보긴 본 거군요? 저는 그에게 몹시 비정상적인 면이 있다고 생각했거든요.」

제러드 박사는 어깨를 으쓱하고는, 열을 올리며 이야기하는 그녀의 모습을 보며 미소를 지었다.

「킹 양, 과연 우리들은 완벽하게 정상적인 사람일까요? 나는 내게도 약간의 노이로제 증세가 있다는 것을 인정하는데요.」

「저 끔찍한 노부인을 생각해 보면, 그것은 틀림없겠군요.」

「당신은 그녀를 아주 싫어하는 모양이군요.」 하고 제러드가 말했다.

「그래요. 그녀의 눈빛은—오, 너무 잔인해요!」

제러드 박사는 중얼거렸다.

「글쎄, 대부분의 어머니들이—자기의 아들이 매력적인 젊은 여성에게 매혹당했다는 것을 안다면 그러지 않을까요?」

새러는 참을 수 없다는 듯 어깨를 으쓱했다. 그녀는 프랑스 남자들은 모두 똑같다고 생각했다. 그들은 모두 성(性)에 사로잡혀 있단 말이야! 점잖은 심리학자일지라도 세상의 모든 현상을 성에 결부시킨다는 것을 그녀도 어쩔 수 없이 인정해야만 했다.

그녀는 깜짝 놀라며 그런 생각에서 깨어났다. 레이먼드가 라운지를 가로질러, 가운데 탁자를 향해 걸어오고 있었다. 그는 잡지를 한 권 골랐다. 그가 돌아가는 길에 새러의 의자를 지나쳤을 때, 새러는 그를 쳐다보며 말했다.

「오늘 관광하시느라 바쁘세요?」

그녀는 조금 불친절하게 말했다. 그녀의 진짜 목적은 이것을 저 사람들이 어떻게 받아들일 것인가를 알아보는 것이었다.

레이먼드는 엉거주춤하게 멈춰서서 얼굴이 빨개진 채로 신경질을 부리는 말처럼 머뭇거렸다. 그리고 그는 근심스러운 눈으로 가족들이 앉아 있는 쪽을 쳐다보았다.

그는 속삭였다.

「아―아, 그래요―그런데 왜 그러지요? 나는―」

그러더니 갑자기 어떤 충격을 받은 것처럼 서둘러 가족에게로 돌아가서는 그 잡지를 내밀었다.

부처를 닮은 괴상한 노부인이 그것을 받으려고 살찐 손을 내밀었다. 그러나 제러드 박사는 그녀가 그것을 받으면서 그 젊은이의 얼굴을 뚫어지게 보고 있다는 것을 알아차렸다. 그녀는 뭐라고 말했다. 그것은 확실히 고맙다는 소리는 아닌 것 같았다. 그녀의 머리가 아주 조금 움직였다. 박사는 그녀가 새러를 뚫어지게 바라보고 있다는 것을 알았다. 그녀의 표정은 아주 무감각했다.

새러가 그녀의 주위를 쳐다보고는 한심스럽다는 듯이 중얼거렸다.

「생각보다 너무 늦었어요.」

새러가 일어났다.

「커피 잘 마셨어요, 제러드 박사님. 저는 편지를 써야 해요.」

「다시 만날 수 있기를 바랍니다.」

「오, 물론이죠! 박사님도 페트라에 가실 거죠?」

「그럴 계획입니다―」

새러는 그에게 미소를 보내고는 돌아섰다. 그녀는 나가는 길에 보인튼 가족 옆을 지나게 되었다.

제러드 박사는 여전히 그들을 지켜보았다. 보인튼 부인의 눈초리에 아들의 표정이 바뀌었다. 그는 젊은이의 눈이 그녀의 눈과 마주치는 것을 보았다. 새러가 그 곁을 지나칠 때, 레이먼드 보인튼은 고개를 반쯤 돌렸다—그녀 쪽이 아니라, 반대쪽으로. 그것은 보인튼 노부인이 보이지 않는 끈으로 그를 조종하고 있다는 것을 암시해 주는 것이었다. 새러도 그것을 알아차렸다. 그리고 그녀는 그런 것을 모두 이해할 만큼 나이가 많거나 너그러운 사람이 아니었다. 그들은 흔들리는 침대차에서 무척 친숙하게 이야기를 나누었다. 그들은 이집트에 대한 의견들을 나누며, 얼간이 소년들과 손님잡이들의 우스꽝스러운 말투를 비웃었다. 그녀는 그 젊은이가 아주 착실한 학생 같다고 생각했다—그 젊은이의 열성에는 거의 감상적인 요소가 들어 있었다. 그런데 지금은 아무런 까닭도 없이 공연히 수줍어하고 촌스럽게 행동하고 있다—확실히 그는 지금 무례하게 행동하고 있다.

「다시는 상대하지 않을 거야.」 하고 새러는 화가 나서 말했다.

새러는 지나칠 정도로 큰 자부심을 갖고 있지는 않지만, 자신에 대해서는 꽤 자신감이 있었다. 그녀는 자신이 남자들에게 매력 있게 보인다는 것도 알고 있었다. 그리고 사실 그녀는 한 번도 모욕적인 냉대를 받은 적이 없었다! 그래서 그녀는 아마 그 젊은이에게 조금 지나치게 친근하게 대하지는 않았나 하는 어떤 분명치 않은 이유로 조금 불쾌해졌다. 그러나 이제 그것은 분명했다. 그는 그저 거칠고, 건방지고, 촌티나는 미국인이었단 말이다!

편지를 쓰는 대신에 새러는 화장대 앞에 앉아서 머리를 뒤로 빗어 넘기며, 거울 속에 비친 근심스러운 엷은 갈색 눈동자를 들여다보면서 인생에 있어서 현재 자신의 위치를 평가해 보았다.

그녀는 어렵고 감정적인 위기를 빠져나왔다. 한 달 전에 그녀는 자기보다 네 살 위인 젊은 의사와의 약혼을 파기해 버린 것이다. 그들은 서로 아주 좋아했으나, 성격이 너무 똑같았다. 그래서 의견 충돌과 말다툼이 잦았다. 그녀는 남자의 독재적인 주장을 순순히 받아들이기에는 너무 거만했다. 대부분의 그런 여자들처럼 새러도 자기 자신을 철저하게 믿었다. 그녀는 항상 누구에게 지배받기를 원한다고 스스로에게 말했었다. 그러나 실상 그런 능력이 있는 남자를 만났을 때, 그녀는 자기가 그것을 전혀 좋아하지 않는다는 것을 깨달았던 것이다! 파혼으로 인해 그녀는 많은 고통과 희생을 치러야 했다. 그녀는 상대방의 단순한 매력만으로는 충분치 못하다는 것을 깨달았기 때문에 그런 것을 묵묵히 받아들였다. 그래서 그녀는 다시 일을 시작하기 전에 모든 것을 잊어버리기 위해서 해외 여행을 떠나기로 했던 것이다.

　새러의 생각이 과거로부터 현재로 돌아왔다. '제러드 박사가 나한테 자기의 일에 대해서 이야기해 달라고 하진 않을까?' 하고 그녀는 생각했다. '사실 그는 무척 감탄할 정도의 일을 해왔잖아? 좋아, 그가 나를 진지하게 받아 준다면 그렇게 하지 뭐. 그가 페트라에 온다면 말이야.' 그리고 그녀는 다시 그 낯설고 촌티나는 젊은 미국인을 생각했다.

　새러는 그가 자기 가족 때문에 그렇게 태도가 바뀌었다는 것을 알고 있었다. 하지만 새러는 그에게 약간의 경멸감을 느끼고 있었다. 가족에 의해서 행동이 바뀐다는 것—그것은 좀 어리석은 일이다—특히 남자에게 있어서는 말이다!

　그리고 어떤 기묘한 느낌이 그녀를 스쳐갔다. 확실히 거기에는 무언가 좀 이상한 데가 있다! 그녀는 갑자기 소리쳤다.

「그 사람은 구원받기를 원하고 있어! 내가 그것을 알아봐야겠어.」

제 3 장

　새러가 나간 뒤에도, 제러드 박사는 얼마 동안 라운지에 앉아 있었다. 잠시 뒤에 그는 탁자로 가서, '르 마탱'지의 최근 호를 뽑아 들고는 보인튼 가족에게서 몇 야드 떨어진 자리로 천천히 걸어갔다. 그의 호기심이 자극되었기 때문이다.
　처음에는 이 미국인 가족에 대한 그 영국 처녀의 관심, 즉 어떤 특정한 인물에 대한 관심에 의해 영감을 받은 예리한 진단이 그를 즐겁게 했었다. 그러나 지금은 이 가족이 무엇인가 평범하지 않다는 것이 그에게 좀더 깊고 공정한 과학자다운 흥미를 일깨워 주었다.
　그는 신문을 보는 체하며 신중하게 그들을 자세히 관찰했다. 먼저, 그 매력적인 영국 처녀가 그토록 열성적으로 관심을 보였던 그 젊은이. 제러드는 '그녀의 기질 때문에 저런 젊은이에게 흥미가 쏠렸을 거야.' 하고 생각했다. 새러 킹은 자신 만만한 여자였다—그녀는 사리를 잘 분별할 줄 아는 이성과 냉정한 기지, 그리고 굳은 의지를 가지고 있었다. 제러드 박사는 그 청년이 예민하고 지각이 있는 반면에 소심하고도 다른 사람에게서 암시받기 쉬운 사람이라고 판단했다. 그리고 그는 의사의 안목으로 그 청년의 신경이 극도로 긴장된 상태라는 것을 알아차렸다. 제러드 박사는 혼란에 빠졌다. 왜 육체적으로 건강하고, 외국 여행을 즐기고 있는 젊은 사람이 극도로 긴장하고 있을까?
　박사는 그 가족 중의 다른 사람에게로 눈길을 돌렸다. 밤색 머리의 처녀는 분명히 레이먼드의 누이동생일 것이다. 그들은 많이 닮았으며, 골격이 작고 귀족답게 생겼다. 둘 다 날씬하고 아름다운 손과 깨끗한 턱, 그리고 길고 늘씬한 목 위에는 몸에 잘 어울리는 얼굴이 있었다. 그리고 그 처녀 역시 신경과민으로 보였다. 그녀는 약간 무의식적으로 행동하고 있었지만, 밑으로 깊숙하게 내리깔린 그녀의 눈은 밝게 빛나고 있었다. 그녀가 말할 때 나는 목소리는 아주 빠르고 조금은 숨이 가빴다. 그녀는 마음을 졸이며 잔뜩 긴장한 상태로 조심스럽게 행동했다. '저 처녀도 역시 두려워하고 있군.' 하고 제러드 박사는 생각했다. '그래, 그녀는 겁에 질려 있는 거야!' 박사는 그들이 하는 이야기를 띄엄띄엄 엿들을 수 있었다. 그것은 아주 평범하고 정상적인 대화였다.

「솔로몬의 마구간에 가는 것이 어떨까?」

「그건 어머니에게 너무 무리가 되지 않을까?」

「아침에 통곡의 벽(기원전 516~서기 70년에 헤롯왕이 지은 성전의 벽으로서, 세계 각지로 흩어진 유대인이 이 벽에 와서 비운을 통곡하며 기도한다는 데서 유래된 이름)에 가보고 싶어.」

「여호와의 신전―그것은 오우마의 사원이라고 불리는데―왜 그렇게 부르는지 알아?」

「왜냐하면 그것이 회교 사원 안에 세워졌기 때문이에요, 레녹스.」

평범하고 흔해빠진 여행자들의 대화였다. 그럼에도 불구하고, 제러드 박사는 이 이야기들이 모두 이상하게 비현실적이라는 묘한 확신을 갖게 되었다. 그것은 하나의 가면이었다―무엇인가 밑에서 흔들리고 소용돌이치는 것을 감추기 위한 가면―아주 심원하고 말로 표현할 수 없는 것. 다시 그는 '르 마탱'지 뒤로 얼굴을 감추고는 그들을 지켜보았다.

레녹스―그는 맏아들이었다. 그는 가족과 닮은 점이 있긴 했지만, 뚜렷하게 다른 점도 있었다. 레녹스는 그렇게 극도로 긴장해 있지 않았다. 그의 기질은 예민하지 않다고 제러드는 단정했다. 그러나 그에게도 역시 무언가 이상한 데가 있었다. 그는 다른 두 사람처럼 잔뜩 긴장하고 있지는 않았다. 그는 단순히 느슨하고 힘없이 앉아 있었다. 머리가 혼란해진 제러드는 병원에서 그와 같은 모습으로 앉아 있었던 환자들에 대한 기억을 더듬어 보며 생각했다. '저 사람은 탈진한 상태로군—맞아, 심한 고통으로 탈진한 상태. 저 눈빛—저런 눈빛은 상처 입은 개나 병든 말에게서나 볼 수 있다—말 못하는 동물적인 참을성이야. 하지만 참 이상한데. 저런…… 육체적으로는 전혀 결함이 없는 것 같은데…… 하지만 틀림없이 그는 요즈음 많이 고통받고 있을 거야—정신적인 고통. 지금 그는 더 이상 고통스러워하지 않는다—말없이 참으며 기다리고 있는 거야. 한바탕 격렬한 회오리바람이 불어닥치기를……어떤 회오리바람일까? 아니, 이 모든 것이 단지 나의 억측은 아닐까? 아니야, 그들은 틀림없이 무언가를 기다리고 있어. 어떤 결말을 말이야.'

레녹스 보인튼이 일어나서 노부인이 떨어뜨린 털 뭉치를 주워 주었다.

「여기 있어요, 어머니.」

「그래, 고맙구나.」

그녀는 무엇을 뜨고 있는 것일까? 어처구니없을 정도로 무감각한 저런 노부인이.

그것은 뭔가 두껍고 조잡한 것이었다. 제러드는 그것이 빈민가 주민들에게 줄 벙어리장갑일지도 모른다고 생각했다. 그는 자신의 생각에 미소를 지었다. 그는 그 일행 중에서 가장 어린 사람에게로 눈길을 돌렸다—금빛나는 붉은 머리를 가진 소녀. 그녀는 대략 17살쯤 되어 보였다. 그녀의 피부는 더할 나위 없이 깨끗했으며, 그것이 붉은 머리와 어울려서 더욱 돋보였다. 비록 지나치게 창백하긴 했으나 정말로 아름다운 얼굴이었다. 그녀는 미소를 지으며 앉아있었다—허공을 향해서 미소를 지으며. 그 미소에는 무언가 좀 묘한 것이 있었다. 그것은 예루살렘과는, 특히 솔로몬 호텔과는 아주 동떨어진 것이었다…… 그것이 제러드 박사에게 무언가를 상기시켜 주었다—이윽고 그는 문득 깨달았다. 그것은 낯설고 비현실적인 미소였던 것이다. 아테네의 아크로폴리스에 있는 소녀 군상들의 입술을 생각나게 하는—

어딘지 모르게 희미하고 사랑스럽고 또한 조금 비인간적인 미소……

그리고 그때 깜짝 놀라며 제러드 박사는 그녀의 손을 바라보았다. 그녀는 자기 주위의 사람들이 보지 못하도록 손을 탁자 옆으로 감추고 있었다. 하지만 제러드 박사는 자신이 앉아 있는 곳에서 그 손을 분명하게 볼 수가 있었다. 그녀의 무릎으로 가리워진 그 손은 손수건을 잡아뜯고 있었다. 아주 갈기갈기 찢어발기고 있는 것이었다.

그 모습은 그에게 무서운 충격을 주었다. 그 희미한 미소─그 조용한 몸─그리고 바쁘게 찢는 손…….

제4장

천식기가 있는 듯 천천히 콜록거리며—어울리지 않게 뜨개질을 하던 노부인이 말했다.

「지네브라, 너 피곤한가 보구나! 가서 조금 자는 게 좋겠다.」

그 소녀는 움찔하고는 기계적으로 움직이던 손가락의 동작을 멈추었다.

「아니, 피곤하지 않아요, 엄마.」

제러드는 그녀의 목소리에서 어떤 음악적인 소질을 느꼈다. 그 목소리는 평범했지만, 사람을 끄는, 달콤하고도 노래하는 듯한 음색이었다.

「아니다, 너는 피곤해. 나는 알 수 있어. 너는 내일 아무데도 구경하지 못할 것 같구나!」

「아니에요! 저는 내일 관광을 할 거예요. 제 상태는 아주 좋아요.」

귀에 거슬리는 둔탁하고 쉰 목소리로 그녀의 어머니가 말했다.

「아니다, 그렇지 않아. 병이 날지도 몰라.」

「저는 아무렇지도 않아요!」

소녀는 격렬하게 떨기 시작했다.

누군가가 부드럽고 조용한 목소리로 말했다.

「내가 같이 가줄게요, 지니.」

커다랗고 친근감이 있는 회색 눈에, 숱이 많은 머리를 깔끔하게 빗어 올린 젊은 여자가 일어섰다.

보인튼 노부인이 말했다.

「안 돼. 혼자 가도록 하거라.」

소녀가 소리쳤다.

「나다인 언니와 함께 갈래요!」

「그래, 나와 함께 가요.」 하고 그 젊은 여자는 한 발자국 움직였다.

노부인이 말했다.

「그 애는 혼자 가는 것을 더 좋아한다―그렇지 않니, 지니?」

잠시 뒤에―지네브라 보인튼이 입을 열었는데, 그녀의 목소리는 단조롭고 가라앉아 있었다.

「예―저도 혼자 가는 게 더 좋아요. 고마워요, 언니.」

그녀는 혼자 걸어 나갔다.

제러드 박사는 신문을 내리고 보인튼 노부인을 자세히 쳐다보았다. 딸의 뒷모습을 쳐다보고 있는 그녀의 뒤룩뒤룩 살찐 얼굴은 야릇한 미소로 주름이 잡혔다. 그것은 아주 희미하고 괴상한 기분 나쁜 미소였으며, 그 소녀의 표정을 바꾸었던 바로 그것이었다…… 노부인이 그런 눈길로 나다인을 쳐다보자, 그녀는 곧 자리에 앉았다. 나다인은 고개를 들고 시어머니를 마주보았다. 그녀의 표정은 아주 침착했다. 노부인의 눈에는 악의가 깃들어 있었다.

제러드 박사는 생각했다. '저 늙은 폭군은 참으로 이해할 수가 없군!' 갑자기 노부인의 눈이 그에게로 쏠렸고, 그는 급히 숨을 몰아쉬었다. 작고 흐릿한 검은 눈이었으나, 거기에서는 이상한 것이 흘러나왔다―어떤 힘이. 어떤 분명한 폭력과 사악한 파동이. 제러드 박사는 특이한 그 힘에 대해서 무언가를 깨달았다. 그러나 그것은 상처받은 독재적인 병약함이나 탐닉, 시시한 변덕과는 전혀 다른 것이었다. 그 노부인에게는 분명한 힘이 있었다. 그녀의 눈길에서 흘러나오는 증오심에서 그는 코브라가 연출해 내는 그런 효과를 느꼈다. 보인튼 노부인의 몸은 늙고 쇠약하며 병들어 있을지는 몰라도 절대로 무기력한 것은 아니었다. 그녀는 권력의 맛을 알고 있는 여자였으며, 지금까지 그 권력을 발휘해 왔고, 또한 자신의 권력을 결코 의심해 본 적이 없는 여자였다. 제러드 박사는 마치 잔인한 호랑이처럼 아주 위험스럽고 극단적인 행동을 하는 여자를 만난 적이 있었다. 발소리를 죽이며 걸어다니는 커다란 짐승들은, 그들의 영역을 살금살금 기어다니며 비열하고 굴욕적인 계교를 썼다. 그들의 눈과 억제된 으르렁거림은 증오에 대해서 말했다―쓰라리고 광적인 증오―그러나 그들은 순종적이고 비굴했었다. 그 사람은 어떤 젊은 여자였다. 거만하고 음침한 아름다움을 가진 젊은 여자. 그러나 그 눈초리는 저 노부인과 똑같았다.

「정복자!」 하고 제러드 박사가 혼잣말로 중얼거렸다. 그는 그 평범한 가족들의 대화 속에 그런 암류가 흐르고 있다는 것을 깨달았다. 그것은 증오였다―어떤 암울한 증오가 소용돌이치는 흐름. 그는 이렇게 생각했다. '사람들은 나를 공상적이고 어리석다고 비웃을 것이다! 그들은 팔레스타인에서 휴가를 즐기고 있는 평범하고 헌신적인 미국인 가족에 불과하다―그런데 나는 그들을 두고 악마의 힘을 빌린 마술 이야기를 꾸미다니!'

다음에 그는 나다인이라는 젊은 여자를 관심 있게 바라보았다. 그녀의 왼손에 결혼 반지가 끼워져 있었다. 그리고 그가 바라보고 있을 때, 잠깐 동안 무심코 그녀는 느슨하게 앉아 있는 금발의 레녹스에게 시선을 주는 것이었다. 박사는 그 순간에 그들이 부부라는 것을 알았다. 그러나 그것은 아내의 시선이라기보다는 어머니의 시선이었다―자상한 어머니의 시선―보살펴 주고, 염려해 주는 그런 시선. 그리고 나서 그는 좀더 많은 것들을 알아차렸다. 나다인 보인튼만은 시어머니의 마력에 영향을 받고 있지 않는 듯했다. 그녀는 노부인을 좋아하지 않는 것 같았다. 그리고 그녀는 그 노부인을 두려워하지도 않았다. 노부인의 힘도 그녀를 무너뜨리지는 못했다. 그녀는 행복하지도 않았고, 또 남편에 대해 조바심을 내는 것 같았으나 어딘지 모르게 자유스러워 보였다.

제러드 박사는 이렇게 중얼거렸다.

「모든 것들이 꽤 흥미가 있어.」

이처럼 모호한 상상들 속에는 평범하게 내쉬는 한숨도 엉뚱한 결과를 가져오기 마련이다. 어떤 남자가 라운지로 들어와서는 보인튼 가족을 발견하고 그들에게 다가갔다. 그는 아주 전형적인 쾌활한 중년 미국인이었다. 그는 말쑥하게 차려입었으며, 깨끗이 면도한 긴 얼굴에 느리고 쾌활하면서도 다소 지루한 목소리를 가지고 있었다.

「지금까지 당신들을 찾아다녔답니다.」 하고 그가 말했다. 그는 모든 가족과 일일이 악수를 나누었다.

「기분이 좀 어떠십니까, 보인튼 부인? 여행으로 인해 너무 피곤하지는 않으신지요?」

그런대로 우아하게 그 노부인이 씩씩거리며 대답했다.

「아니에요. 생각해줘서 고맙군요. 나는 본디 그렇게 건강한 체질이 아니에요. 당신도 아시겠지만—」

「그야 물론 그렇지요.」

「그러나 더 이상 나빠지지는 않았어요.」

보인튼 노부인은 파충류 같은 미소를 지으며 덧붙여 말했다.

「나다인이 잘 돌봐 준답니다. 그렇지 않니, 나다인?」

「저는 최선을 다하고 있어요.」

그녀의 목소리에는 아무런 감정이 없었다.

「나도 당신이 최선을 다하고 있다는 것을 알아요.」 하고 그 낯선 남자가 정중하게 말했다.

「그런데, 레녹스, 다윗왕의 마을(베들레헴)은 어땠나요?」

「오, 나는 잘 모르겠어요.」

레녹스는 관심 없다는 듯이 말했다.

「좀 실망했나 보군요, 그렇죠? 사실 처음에는 나도 그렇게 느꼈거든요. 하지만 아직까지 당신은 많이 돌아보지 않은 모양이군요?」

캐롤 보인튼이 말했다.

「우리는 어머니 때문에 그렇게 많이는 돌아다닐 수 없어요.」

보인튼 부인이 설명했다.

「내게는 하루에 두 시간 정도 관광하는 것이 가장 적당해요.」

그 낯선 사람이 충심으로 말했다.

「나는 부인이 하고 싶은 것을 모두 하면서 건강을 관리한다는 것이 놀라운 일이라고 생각합니다, 보인튼 부인.」

보인튼 노부인은 조금 씩씩거리며 웃었다. 그것은 자못 기쁜 듯한 웃음이었다.

「나는 내 육체에 굴복당하지는 않을 거예요! 그건 마음먹기 나름이지요! 그렇고말고요, 그건 마음먹기……」

제러드는 레이먼드 보인튼이 무엇인가를 신경질적으로 홱 잡아당기는 것을 보았다.

「당신은 통곡의 벽에 가보셨나요, 코프 씨?」

「물론, 그럼요. 그곳은 내가 처음 방문했던 곳 중의 하나지요. 2, 3일 안에 이 예루살렘을 완전히 돌아볼 수 있을 거예요. 나는 쿡 선장이 했던 식으로 그곳들을 돌아보았는데, 여러분에게도 팔레스타인 성지를 완전히 돌아볼 수 있게 해드리지요―베들레헴, 나자렛, 티베리아, 그리고 갈릴리 바다. 그것들은 굉장한 흥미를 줄 겁니다. 그 다음에는 제라시가 있는데, 그곳에도 구경할 만한 유적지가 좀 있습니다. 그리고 가장 주목할 만한 기이한 자연현상인 페트라의 붉은 장미 도시도 아주 훌륭한 곳이지요. 그러나 그곳을 대충 구경하고 돌아오는 데만도 1주일 정도는 걸린답니다.」

캐롤이 말했다.

「거기에 갔으면 좋겠어요. 무척 재미있는 곳일 것 같아요.」

「물론 그곳은 구경할 만한 가치가 있는 곳입니다.」

코프는 잠깐 쉬었다가, 조금 불안한 눈으로 보인튼 노부인을 쳐다보았다. 그리고 프랑스 사람에게는 잘 알아들을 수 없는 모호한 목소리로 말을 이었다.

「지금 당신들 중에 몇 명이나 나와 함께 갈 수 있을지 모르겠습니다. 내 생각에 부인에게는 조금 무리일 것 같은데요, 보인튼 부인? 그리고 몇 사람은 부인 곁에 남아 있어야 하지 않을까요? 그러나 부인이 허락해 준다면, 그러니까 말하자면—」

그는 말을 멈추었다.

제러드는 보인튼 노부인의 뜨개바늘이 규칙적으로 딸깍거리며 움직이는 소리를 들었다. 그녀가 말했다.

「나는 우리 가족이 흩어지는 것을 좋아하지 않아요. 우리들은 모두 함께 즐기기 위해서 이곳에 여행을 온 거예요.」

그녀는 가족을 쳐다보았다.

「애들아, 너희들은 어떻게 생각하니?」

즉시 대답이 나왔다.

「맞아요, 어머니.」

「마, 맞아요.」

「오, 물론 그래요.」

보인튼 노부인이 그녀 특유의 괴상한 미소를 지으며 말했다.

「보다시피—이 애들은 나를 떠나지 않을 거예요. 너는 어떻게 생각하니, 나다인? 너만 아무 말도 하지 않는구나.」

「그래요, 어머니. 레녹스가 관심이 없다면 저도 관심 없어요.」

보인튼 노부인은 머리를 천천히 돌려 아들을 쳐다보았다.

「레녹스, 너는 어떻게 생각하니? 왜 너와 나다인은 가지 않겠다는 거니? 나다인은 가고 싶어하는 것 같은데.」

그는 흠칫하고는 말했다.

「저는—글쎄, 그래요. 저도— 저도 우리가 모두 함께 지내는 것이 더 좋겠다고 생각해요.」

코프가 상냥하게 말했다.

「정말 당신은 가정적이군요!」

그러나 그의 말은 겉치레로 들렸다.

「우린 다른 사람과 어울리고 싶지 않아요.」 하고 보인튼 노부인이 말했다. 그녀는 털실 뭉치를 다시 감기 시작했다.
「말이 나왔으니 말인데, 레이먼드, 방금 너와 이야기한 그 처녀는 누구니?」
레이먼드는 신경질적으로 움찔거렸다. 그의 얼굴이 빨개졌다가 금방 하얗게 변했다.
「전—저는 그 여자 이름도 몰라요. 지난 밤에 기차에서 만난 여자예요.」
보인튼 노부인은 천천히 몸을 의자에서 일으키려고 애를 쓰면서 말했다.
「나는 우리가 그 여자와 친하게 지내게 될 거라고는 생각하고 싶지 않다.」
나다인이 일어나서 노부인이 의자에서 일어나는 것을 도와주었다. 그녀는 제러드의 주의를 끌 만큼 솜씨 좋게 노부인을 부축해 주었다.
「이제 잘 시간이다.」 하고 보인튼 노부인이 말했다.
「안녕히 주무세요, 보인튼 부인. 잘 자요, 나다인.」
그들은 줄을 지어 나갔다. 뒤에 남은 젊은이들은 일어나려고도 하지 않았다. 코프도 나가지 않고 그들과 함께 있었다. 그의 얼굴에 묘한 표정이 떠올랐다.
제러드 박사는 자기 경험으로 보아 미국인들은 어느 누구와도 친하게 지내고 싶어한다는 것을 알고 있었다. 그들은 영국인처럼 여행하는 동안 쓸데없는 의심을 갖지 않는다. 제러드 박사의 사교술로 코프와 사귀는 데는 별 문제가 없었다. 그 외로운 미국인 역시 누군가와 사귀고 싶어했던 것이다. 제러드 박사가 명함을 앞으로 내밀었다.
제퍼슨 코프는 그 이름을 읽고 약간 놀란 것 같았다.
「아니, 이거 제러드 박사님 아니십니까? 얼마 전에 미국에 오셨지요?」
「지난 가을이지요. 하버드 대학에서 강의를 했습니다.」
「오, 물론 알고 있습니다. 제러드 박사님, 당신의 이름은 그쪽 분야에서는 가장 많이 알려져 있지요. 파리에서도 아주 유명하시더군요.」
「지나친 칭찬입니다! 사실은 그렇지 못해요.」
「아니에요, 그렇지 않습니다. 이것은 커다란 영광입니다—이렇게 뵙게 되다니요. 사실, 지금 예루살렘에는 꽤 저명한 사람들이 몇 명 머물고 있습니다. 박사님과 웰든 경, 그리고 금융가인 가브리엘 스타인바운 경 등이 있지요. 그 다음엔 영국의 저명한 고고학자인 맨더스스턴 경과 영국 정계에서 매우 유명한 웨스트홀름 부인이 있습니다. 그리고 벨기에의 유명한 탐정인 에르큘 포와로도 여기에 와 있습니다.」
「오, 그 키가 작은 에르큘 포와로 말인가요? 그 사람이 여기에 있다고요?」
「최근에 도착한 지방 신문에서 그의 이름을 보았답니다. 세계적으로 유명한 사람들과 그분들의 부인이 여기 솔로몬 호텔에 묵고 있어요. 굉장히 훌륭한 호텔이랍니다.」
코프는 혼자 신바람이 나서 이야기했다. 제러드 박사는 자기가 필요하다고 생각할 때는 상대방에게 호감을 갖게 행동하는 법을 알고 있는 사람이다. 오래지 않아 두 사람은 자리를 옮겼다. 하이볼(위스키에 소다수, 물, 얼음 따위를 섞은 음료) 두 잔을 시키고 나서 제러드가 말했다.
「당신이 이야기를 나누었던 그 전형적인 미국인 가족에 대해 말씀해 주시겠습니까?」
제퍼슨 코프는 술잔을 단숨에 들이키고 나서 말하기 시작했다.
「물론이죠. 그러나 나는 그들이 전형적인 미국인이라고는 생각지 않습니다.」
「오, 그렇습니까? 그렇지만 매우 화기애애해 보이던데요?」
코프는 천천히 말했다.
「그들이 그 노부인을 중심으로 움직이고 있다는 말이지요? 그건 확실히 맞아요. 그녀는 매우 특이한 노부인이랍니다. 당신도 보아서 아시겠지만.」

「그게 정말입니까?」

코프는 조금 흥분했다.

「이런 이야기를 해도 괜찮을지 모르겠습니다, 제러드 박사님. 나는 아주 최근에 그 가족에 대해서 생각해 보았습니다. 당신에게 이야기를 하고 나면 내 마음이 조금 편해질 것 같은데요—박사님에게는 좀 지루한 이야기일 텐데 그래도 괜찮겠습니까?」

제러드 박사는 상관없다고 했다.

제퍼슨 코프는 천천히 이야기를 하기 시작했다. 깨끗하게 면도한 그의 맑은 얼굴에 주름이 잡혔다.

「솔직하게 말씀드려서, 나는 지금 약간 괴로움을 받고 있습니다. 보인튼 부인은 나와 오랜 친구입니다. 보인튼 노부인이 아니라, 젊은 부인 말입니다.」

「오, 그래요? 아름답게 머리를 올린 그 젊은 부인 말이지요?」

「맞았어요. 나다인이라고 하지요. 나다인 보인튼은, 제러드 박사님, 매우 사랑스러운 여자입니다. 나는 그녀가 결혼하기 전에 그녀를 알았습니다. 그녀는 그때 병원에 있었는데 간호사로 근무하고 있었지요. 그녀는 보인튼 가족과 함께 휴가를 보내고 나서 갑자기 레녹스와 결혼했습니다.」

「흠, 그랬군요.」

제퍼슨 코프는 하이볼을 또 한 잔 비우고서는 이야기를 계속했다.

「보인튼 가족의 내력에 대해서 약간 말씀드려야겠군요, 제러드 박사님.」

「그러시지요. 아주 재미있을 것 같은데요.」

「돌아가신 엘머 보인튼—그는 꽤 유명하고 매력 있는 사람이었죠. 그 사람은 두 번 결혼합니다. 그의 첫번째 부인은 캐롤과 레이먼드가 아주 어렸을 때 죽었습니다. 두 번째 부인인 보인튼 부인은 그와 결혼했을 때 그렇게 젊지는 않았지만 기품이 있었습니다. 지금 그녀의 모습을 본다면, 기품이 있었다는 말이 조금 이상하게 들릴지 모르겠지만요. 그러나 사실 그녀는 어떤 우아함 같은 것을 지니고 있지 않습니까? 아무튼 엘머 보인튼은 그녀에 대해서 충분히 생각을 해보고 모든 점에서 합당하다고 여겼기 때문에 아내로 삼았을 겁니다. 그는 죽기 전 몇 년 동안 병고에 시달렸으므로, 그녀가 남편이 하던 일을 도맡아 처리하게 되었습니다. 그녀는 사업에 대해서는 비상한 머리를 가진 유능한 여자였죠. 게다가 매우 열심히 일했답니다. 엘머가 죽자 그녀는 아이들에게 매우 헌신적으로 대했습니다. 그녀의 아이도 하나 있었는데—지네브라라고 하는 머리가 붉고 귀여운 소녀 말입니다. 그런데 좀 연약하지요. 아무튼 보인튼 노부인은 가족들에게는 지나칠 정도로 관심을 기울였습니다. 그녀는 아이들을 바깥 세상과 완전히 격리시켜서 길렀지요. 글쎄요, 박사님은 어떻게 생각하실지 모르겠습니다만, 제러드 박사님, 나는 그런 것이 그리 교육적인 방법은 아니라는 생각이 드는군요.」

「나도 당신과 동감입니다. 그건 아이들의 정서 발달에 매우 해로운 것이지요.」

「바로 그겁니다. 보인튼 노부인은 아이들을 감싸고 돌면서 절대로 외부의 어떠한 것과도 접촉하지 못하게 한 거지요. 그 결과로—글쎄요, 그들은 좀 신경질적으로 자라게 되었답니다. 그들은 신경이 병적으로 예민하거든요. 박사님이 내 말뜻을 아실지 모르겠지만, 그들은 낯선 사람과는 사귈 줄 모릅니다. 그건 바람직하지 않은 일이잖습니까?」

「아주 좋지 않지요.」

「나는 보인튼 노부인이 어떤 악의를 가지고 그렇게 하고 있다고는 생각지 않습니다. 단지 그녀는 그 일에 지나치게 신경을 쓴다고나 할까요?」

「그들은 모두 한 집에서 같이 지냅니까?」 하고 박사가 물었다.

「예.」

「자제분들도 일을 하지 않나요?」

「그야 물론이죠. 엘머 보인튼은 상당한 부자였어요―그는 부인의 여생을 위해서 자기의 모든 재산을 보인튼 노부인에게 물려주었지요―그러나 그녀는 그것을 가족의 유지비라고 생각한 모양입니다.」

「그럼 그들 모두가 경제적으로 그녀에게 의존하고 있겠군요?」

「그렇습니다. 그리고 그녀는 그들을 집에서만 지내도록 하고 밖으로 나가 직업을 구하지 못하게 했지요. 글쎄요, 아마 내 생각이 맞을 겁니다. 즉, 그들은 재산이 넉넉하다는 말입니다. 그들에겐 돈을 벌기 위해서 직업을 가질 필요는 없었겠지만, 남자에게 있어서 일이란 하나의 활력소라고 생각지 않습니까? 그리고 또 한 가지 이상한 것은―그들은 아무도 취미를 가지고 있지 않다는 사실이지요. 골프를 하는 사람도 없고, 춤추러 가거나 다른 젊은이들과 함께 어울리지도 않습니다. 그들은 시내에서 몇 마일 떨어진 시골에 있는 거대한 바로크식 집에서 살고 있어요. 제러드 박사님, 나는 좀 이상하다고 생각되는 점을 모두 말씀드리는 겁니다.」

「잘 알겠습니다.」 하고 제러드 박사가 말했다.

「그들은 모두 사회라는 것을 모릅니다. 그래서 집단 정신이라는 것이 아예 없단 말이에요! 그들은 가족들 서로에게는 헌신적일지 몰라도, 그들 스스로에게 완전히 속박되어 있어요.」

「그 자제분들 중 누구도 독립하겠다는 사람이 없나요?」

「내가 알기로는 그런 사람은 전혀 없을 겁니다. 그들은 늘 함께 지내지요.」

「당신은 그것이 그들이나 보인튼 노부인의 책임이라고 생각합니까?」

제퍼슨 코프는 말을 둘러댔다.

「오, 글쎄요. 나는 그녀에게도 다소 책임이 있지 않나 생각합니다. 그녀의 교육 방법은 좋지 않아요. 누구든지 어른이 되면 속박에서 벗어나고 싶어하지 않습니까? 사람은 자기 스스로 앞길을 선택하고 개척해야 하거든요.」

제러드 박사는 신중하게 말했다.

「그것은 아마 불가능할 겁니다.」

「왜 불가능하죠?」

「코프 씨, 거기에는 나무를 자라지 못하게 하는 요소들이 있거든요.」

코프는 가만히 박사를 바라보았다.

「그들은 아주 건강합니다, 제러드 박사님.」

「정신도 육체와 마찬가지로 성장이 저지되고 가로막힐 수가 있지요.」

「그들은 정신적으로도 건강합니다.」

제러드는 한숨을 쉬었다. 코프는 계속했다.

「아닙니다, 박사님, 내 말을 믿어 주세요. 인간은 자기가 스스로 자신의 운명을 개척하고 변화시킬 수 있습니다. 자기 자신을 위하는 사람은 자신을 계발하고 자기 인생에서 무엇인가를 이룩하지요. 그런 사람은 절대로 빈들거리지 않습니다. 그렇게 빈들거리는 남자를 존경할 여자는 하나도 없거든요.」

제러드는 신기한 듯이 그를 쳐다보았다.

「당신은 특히, 이건 내 생각입니다만, 레녹스 보인튼 씨에 대해 말하는 게 아닌가요?」

「물론 그렇습니다. 바로 레녹스를 두고 말한 겁니다. 레이먼드는 아직 어려요. 그러나 레녹스는 서른이 되었습니다. 하긴, 때때로 그는 무언가를 해보려고 하는 것처럼 보일 때도 있긴 했지요, 물론—」

「아마, 그의 부인으로서는 무척 견디기 힘든 생활이겠군요?」

「당연하지요. 그의 부인에게는 너무 힘든 생활일 것입니다! 나다인은 참으로 훌륭한 여자입니다. 나는 말할 수 없이 그녀에게 감탄하고 있습니다. 그녀는 불평 한 마디 하지 않거든요. 그러나 그녀는 절대로 행복하지 않아요, 제러드 박사님. 지금 그녀는 최악의 상태랍니다.」

제러드는 고개를 끄덕였다.

「그래요, 나도 대강 그러리라고 짐작하고 있습니다.」

「당신은 어떻게 생각하시는지 모르겠습니다만, 제러드 박사님, 나는 여자가 참아 내는 데도 한계가 있다고 생각합니다! 만일 내가 나다인이라면, 나는 레녹스에게 그것을 바로 말했을 겁니다. 그리고 그로서도 무엇인가를 해보려고 한다는 것을 보여주어야 한다고 생각합니다. 그렇지 않으면—」

「그렇지 않으면, 그녀가 남편과 헤어져야 한다는 뜻인가요?」

「그녀에게도 그녀 자신의 생활이 있어야 하지 않을까요, 제러드 박사님? 만일 레녹스가 그녀의 입장을 인식하지 못한다면—글쎄요, 그렇게 해줄 다른 사람도 있지 않겠습니까?」

「이를테면, 당신 말입니까?」

미국인의 얼굴이 붉어졌다. 그리고는 짐짓 점잔을 빼며 다른 곳을 물끄러미 쳐다보았다.

「그렇습니다.」 하고 그가 말했다.

「나는 그 부인에 대한 나의 감정이 부끄럽지 않습니다. 나는 그녀를 존경하고 또한 아주 깊이 사모하고 있습니다. 내가 원하는 것은 오직 그녀의 행복뿐입니다. 만일 그녀가 레녹스와 행복하게 지낸다면, 나는 조용히 뒤로 물러설 겁니다.」

「그러나 그렇지 않다면?」

「나는 준비하고 있지요! 그녀가 나를 원한다면—나는 바로 여기 있거든요!」

「당신은 정말 완벽하게 친절한 기사로군요.」

「뭐라고요?」

「오, 선생님. 당신은 요즈음 미국에서 보기 드문 진정한 기사입니다. 당신은 아무런 보상도 기대할 수 없으면서 당신의 여인을 위해

봉사하고 있는 게 아닙니까! 그것은 정말 경탄할 만한 일입니다. 당신은 그녀를 위해 구체적으로 무엇을 어떻게 할 계획입니까?」

「내 생각은 그녀가 나를 필요로 한다면 언제나 그녀 가까이에 있겠다는 겁니다.」

「그리고 하나 묻겠는데요, 보인튼 노부인이 당신을 대하는 태도는 어떤가요?」

제퍼슨 코프는 천천히 대답했다.

「그 노부인에 대해서는 뭐라고 말할 수가 없습니다. 아까도 말했듯이, 그녀는 외부와의 접촉을 달가워하지 않거든요. 그런데 나에게는 좀 다릅니다. 그녀는 마치 나를 가족처럼 따뜻하고 친절하게 대해 주거든요.」

「그럼 그 노부인이 레녹스 부인과 당신이 맺는 우정을 허락했다는 말입니까?」

「뭐 그런 셈이지요.」

제러드 박사는 어깨를 으쓱했다.

「그것은—글쎄요, 좀 이상한데요?」

제퍼슨 코프는 딱 잘라 말했다.

「내 말을 믿으세요, 제러드 박사님. 우리들의 우정은 전혀 도리에 어긋난 것이 아닙니다. 그건 순수하고 정신적인 거라고요.」

「코프 씨, 나는 당신 말을 믿습니다. 내가 이상하다고 하는 것은, 그 성격이 유별난 노부인이 보인튼 부인과 당신과의 우정을 인정해 주었다는 것 자체입니다. 당신도 물론 잘 아시리라 생각합니다만, 코프 씨, 나는 보인튼 노부인을 유의해서 관찰해 보았지요—그녀에게는 사람들의 관심을 끌 만한 점이 많더군요.」

「확실히 그녀는 특이한 여자이지요. 유별난 개성을 가지고 있는 사람이 그러하듯이—그녀도 천성적으로 뛰어난 능력을 가지고 있습니다. 엘머 보인튼은 그녀의 판단을 전적으로 믿었으니까요.」

「그래서 그 사람이 그 부인에게 전재산을 물려주고, 자식들을 맡긴

거로군요. 우리 나라에서는, 코프 씨, 그런 일은 법적으로 불가능하답니다.」

코프가 일어섰다.

「미국에서는—」 하고 그는 말했다.

「우리들은 절대적으로 자유를 존중하지요.」

제러드 박사도 일어섰다. 그는 그 말에 별 감동을 받지 않았다. 그는 전에도 다른 국민성을 가진 사람들에게 그런 말을 자주 들었었다. 제러드 박사는 어떤 인종, 어떤 나라, 그리고 어느 개인도 자유에 대해 판단할 수 없다는 것을 알고 있었다. 그러나 그는 거기에 그것과는 좀 다른 속박이 있다는 것을 알고 있었다.

그는 깊은 관심과 생각에 잠긴 채 침실로 올라갔다.

제 5 장

새러 킹은 하람 에시 세리프 신전 경내에 서 있었다. 그녀의 뒤에는 바위 돔 궁전(Dome of the Rock : 다윗왕이 제단을 마련한 곳에 아랍인들이 세운 궁전)이 있었다. 분수의 물줄기 소리가 들렸다. 몇 명의 여행자들이 동양의 평화스런 분위기를 깨뜨리지 않으려고 조심하며 지나갔다. 새러는 참 이상하다고 생각했다. '옛날의 예부시트는 탈곡장에 이러한 암석 꼭대기를 만들었어야 했고, 또한 다윗은 황금 600세클을 주고 그것을 사서 성지로 만들어야 했다니 정말 이상하군.' 그리고 지금은 세계 각국에서 온 관광객들이 시끄럽게 떠드는 소리를 들을 수가 있고…… 그녀는 돌아서서 성지를 덮고 있는 회교 사원을 바라보며, 솔로몬 신전이 이 아름다움의 반만이라도 가지고 있었으면 좋겠다고 생각했다.

발자국 소리가 들리더니 몇 사람이 회교 사원 안쪽에서 걸어 나왔다. 보인튼 가족은 유창한 통역관의 안내를 받고 있었다. 보인튼 노부인은 레녹스와 레이먼드의 부축을 받고 있었다. 나다인과 코프는 뒤에서 따라왔다. 캐롤은 조금 늦게 나타났다. 그들이 떠나려는 순간에 캐롤은 새러를 발견했다.

그녀는 조금 망설이다가 결심한 듯이 뒤돌아서서는 소리가 나지 않게 마당을 가로질러 뛰어왔다.

「여보세요―」 하고 그녀는 숨가쁜 소리로 말했다.

「저 말이죠―당신에게 할 말이 있어요.」

캐롤은 몹시 떨고 있었다. 그녀의 얼굴은 아주 창백했다.

「저―우리 오빠에 관해서인데요. 그때―당신이 어젯밤에 오빠에게 말을 걸었잖아요? 그때 당신은 오빠가 매우 무례하다고 생각했을 것 같아서 말예요. 하지만 그것은 오빠의 진심이 아니었어요. 오빠는—오빠는 그때는 그럴 수밖에 없었어요. 내 말을 믿어 주세요.」

새러는 모든 장면이 우스꽝스럽게 느껴졌다. 그녀의 자존심과 고풍스럽게 흐르던 마음의 분위기가 갑자기 깨져버린 것이다. 왜 난데없이 이 낯선 처녀가 뛰어들어서 그 촌티가 나는 오빠를 위해 변명을 늘어놓는 것일까?

바로 어떤 대답이 그녀의 입술에 떠올랐다—그러나 그녀는 얼른 태도를 바꾸었다. 여기에는 무언가 좀 이상한 것이 있었다. 이 처녀의 태도는 정말로 진지했던 것이다. 그러한 느낌이 의사가 되기로 결심한 새러를 자극하여 그 처녀의 말에 관심을 기울이게 했다.

「그게 무슨 뜻이죠?」 하고 새러가 달래듯이 말했다.

「우리 오빠가 기차에서 당신과 얘기를 나누었잖아요?」 하며 캐롤은 말하기 시작했다.

새러는 고개를 끄덕였다.

「맞아요—잠깐 그분과 이야기를 했지요.」

「그래요. 어제는 호텔로 가는 길이었어요. 하지만 당신도 아시겠지만 어젯밤에 오빠는 겁을 먹고 있었어요—」 그녀는 말을 멈추었다.

「겁이라니요?」

캐롤의 하얀 얼굴이 붉게 물들었다.

「어머, 지금 내 말이 어리석고—정신나간 소리로 들린다는 것을 알고 있어요. 당신도 알다시피 우리 어머니—그 여자 말예요—어머니는 몸이 좋지 않아요—그리고 어머니는 우리가 남들과 사귀는 것을 좋아하지 않거든요. 그렇지만 나는 레이 오빠가 당신과 사귀고 싶어한다는 것을 알고 있어요.」

새러는 흥미가 있었다. 그녀가 말을 꺼내기 전에 캐롤이 이야기를 계속했다.

「당신은 내가 주책없는 말을 떠들고 있다고 생각하시지요? 하지만 우리 가족은 이것보다 더 이상하답니다.」

그녀는 얼른 주위를 둘러보았는데—그것은 겁에 질린 눈빛이었다.
「나는—여기에 오래 있을 수 없어요.」 하고 그녀가 속삭이듯이 말했다.
「곧 식구들이 내가 없어진 것을 알게 될 거예요.」
새러는 그녀의 마음을 떠보았다.
「왜 여기에 있을 수가 없다는 거지요? 당신이 원하는데도요? 우리가 나중에 따라가면 안 될까요?」
「오, 안 돼요.」 하며 캐롤은 뒤로 물러섰다.
「왜 안 된다는 거죠?」 하고 새러가 말했다.
「나는 정말 그렇게 할 수 없어요. 우리 어머니가—」
새러는 분명하고도 침착하게 말했다.
「나도 부모들에게 아이들이 이제 어른이 되었다는 사실을 인식시키기가 어렵다는 걸 알아요. 부모는 자식들이 언제까지나 자기들의 생활 방식을 그대로 따라 주기를 바라지요. 그러나 무조건 그것에 굴복한다는 것은—물론 잘 알겠지만요—그건 정말 안 좋은 거예요. 누구든지 자신의 권리를 주장할 수 있어야 해요.」
캐롤은 중얼거리듯이 말했다.
「당신은 이해를 못 하시는군요—당신은 전혀 이해를 못 해요……」
그녀의 손은 신경질적으로 비틀렸다.
새러가 말을 계속 이어갔다.
「때때로 사람들은 야단을 맞을까 봐 두려워서 그냥 굴복하고 말지요. 야단맞는 게 그리 유쾌한 것은 아니지요. 하지만 나는 행동의 자유란 항상 투쟁에서 얻어지는 것이라고 생각해요.」
「자유라고요?」
캐롤은 그녀를 똑바로 쳐다보았다.
「우리 식구는 아무도 자유롭지 못해요. 그리고 앞으로도 절대로 자유롭지 못할 거예요.」

「그건 말도 안 돼요!」 하고 새러가 큰 소리로 말했다.
 캐롤은 몸을 앞으로 굽혀 그녀의 팔을 잡았다.
 「나는 정말 당신이 알아주기를 바라요! 결혼 전에 우리 어머니—참, 그녀는 계모예요—어머니는 감옥을 지키는 간수였어요. 주지사였던 아버지는 그녀와 결혼했지요. 그 뒤에도 어머니는 줄곧 그렇게 살아왔어요. 어머넌—우리에게—간수처럼 대한 거예요. 그러니 우리 생활이 어떻겠어요! 우리는 마치—감옥에서 지내는 것 같단 말예요!」
 그녀는 다시 머리를 획 돌렸다.
 「식구들이 나를 찾을 거예요. 나는—나는 이만 가야겠어요.」
 새러가 얼른 그녀를 붙잡았다.
 「잠깐만. 우리 다시 만나서 이야기하기로 해요.」
 「그럴 수 없어요. 나는 그렇게 할 수 없을 거예요.」
 「아니에요, 당신은 할 수 있어요.」
 그녀는 명령조로 말했다.
 「잠자러 갈 때 내 방으로 와요. 319호실이에요.」
 그녀는 캐롤을 놓아 주었다. 캐롤은 가족에게로 뛰어갔다.
 새러는 그녀의 뒷모습을 쳐다보며 서 있었다. 그녀는 옆에 제러드 박사가 와 있다는 것을 깨닫고는 정신을 차렸다.
 「안녕하세요, 킹 양? 조금 전에 캐롤 보인튼 양과 이야기를 나누는 것 같던데요?」
 「그래요, 박사님에게 말씀드릴 게 있어요.」
 새러는 캐롤과 나누었던 대화에 대해서 간단히 말해 주었다.
 제러드는 한 가지 문제에 대해서만 집중적으로 물었다.
 「감옥을 지키는 간수였다고요, 그녀가요? 그건 좀 의미 있는 사실이군요.」
 「박사님은 그것이 그녀의 횡포의 원인이라고 생각하시는 거지요? 그것이 여간수였던 그녀의 직업적인 습관이라는 거지요?」
 제러드는 머리를 흔들었다.

「아닙니다. 그런 것이 아니에요. 거기에는 무언가 깊이 깔려 있는 강박 관념 같은 게 있어요. 그녀는 간수였기 때문에 더욱 그러한 횡포를 좋아하지 않을 겁니다. 그것보다는 차라리 그녀는 횡포를 사랑했기 때문에 여간수가 되었다고 볼 수도 있지요. 내 말은 그녀에게 다른 인간들을 지배하고자 하는 잠재적인 욕망이 있었기 때문에 그런 직업을 선택했다는 겁니다.」

그의 표정은 매우 근엄했다.

「그녀의 잠재 의식 속에는 그런 설명할 수 없는 것들이 자리잡고 있는 겁니다. 힘에 대한 강한 욕구—잔인한 행위에 대한 욕망—인간이 가지고 있는 가장 원시적인 추억의 유산들…… 그것은, 킹 양, 모두가 잔인하고 야만적인 포악성과 동물적인 강한 욕망입니다. 우리는 그런 것에 대해 거부하고, 또 의식하지 않은 채 살아 나가려고 합니다. 하지만 때때로 그러한 것들이 너무도 강렬하게 나타나곤 하지요.」

새러는 갑자기 몸을 부르르 떨었다.

「저도 그건 알고 있어요.」

제러드는 말을 이었다.

「오늘날 우리는 그런 욕구에 둘러싸여 있습니다—정치적인 강령들 속에서, 국가의 통치 속에서, 인도주의로부터—연민으로부터—친절한 호의로부터의 반발. 그런 강령들— 현명한 제도— 유익한 정부— 때로는 그런 것들이 괜찮다고 생각합니다—그러나 그것은 잔인한 행위와 공포에 근거를 둔 힘에 의한 강제적인 것이었습니다. 그것을 받아들이면, 이런 폭력의 사도들은 그 자신의 목적을 위한 잔인한 행위 속에서 옛날의 쾌락과 야만성을 드러내게 됩니다. 인간은 매우 정교하게 균형이 잡힌 동물입니다. 인간은 어떤 원초적인 욕구—생존을 위한 욕구를 가지고 있지요. 너무 빨리 나아가는 것은 뒤늦게 따라가는 것만큼이나 치명적입니다. 인간은 생존해야 합니다! 인간에게는—아마도 그 옛날의 야만성의 일부가 남아 있을 겁니다. 그러나 인간은—

절대로 그런 것들을 받들지는 않을 겁니다.」
 잠시 침묵이 흘렀다. 잠시 뒤에 새러가 말했다.
「보인튼 노부인이 일종의 새디스트라고 말씀하시는 것 같은데요?」
「거의 확실해요. 나는 그녀가 고통―정신적인 고통, 아시겠습니까, 육체적이 아닙니다―그런 시련을 즐기고 있다고 생각합니다. 그러한 것은 매우 희귀하고, 또한 다루기가 어려운 것이지요. 그녀는 다른 인간들을 지배하고, 그들을 고통 속에 빠뜨리고 싶어하지요.」
「너무 지독한 말씀이에요.」 하고 새러가 말했다.
 제러드는 그녀에게 코프와 나누었던 대화를 이야기해 주었다.
「그럼 그는 무슨 일이 벌어지고 있는지 깨닫지 못하고 있단 말씀인가요?」 하고 그녀가 신중하게 말했다.
「그가 어떻게 알겠습니까? 그는 심리학자가 아니잖소.」
「그렇군요. 사실 그가 우리들처럼 이렇게 끔찍한 생각을 할 리가 없지요.」
「맞아요. 그는 훌륭하고, 고결하고, 감상적이고―또한 정상적인 미국인다운 생각을 가지고 있어요. 그는 악보다는 선을 믿고 있지요. 그 사람도 보인튼 가족의 분위기가 잘못되어 있다는 것은 알고 있습니다. 그러나 그는 보인튼 노부인이 잘못했다기보다는 엉뚱한 방향으로 헌신을 했다고 믿고 있더군요.」
「그녀가 무척 좋아하겠군요.」
「그럴 겁니다.」
 새러가 안타까운 듯이 말했다.
「그런데 왜 그 사람들은 그런 생활을 벗어나려고 하지 않지요? 충분히 그럴 수 있을 텐데.」
 제러드는 머리를 가로저었다.
「아니에요. 그건 당신이 잘못 생각한 겁니다. 그 사람들에게 그런 일은 불가능합니다. 혹시 수탉으로 실험하는 것을 본 적이 있는지 모르겠군요.

 마룻바닥에 분필로 줄을 긋고, 수탉의 부리를 거기에 대어 보세요. 그 수탉은 자기가 거기에 묶여 있다고 믿지요. 그래서 그 수탉은 머리를 쳐들지도 못한답니다. 그 불행한 사람들도 그와 똑같은 경우이지요. 그녀는 그들을—내가 기억하기론, 그들이 어릴 때부터 줄곧 움직여 왔습니다. 그리고 그녀의 지배는 정신적인 것이었죠. 그녀는 그들이 절대로 자기를 거역할 수 없도록 최면을 걸어 놓은 겁니다. 대부분의 사람들은 터무니없는 소리라며 믿으려고 하지 않을지도 모르지만—당신과 나는 잘 알고 있잖아요? 그녀는 그들이 자기에게 절대적으로 의존하는 것이 필연적이라고 믿게 한 겁니다. 아마 감옥 문이 열려 있었다고 하더라도 그들은 전혀 알아차리지 못했을 겁니다. 그렇기 때문에 그들은 그렇게 오랫동안 갇혀 지내게 된 거지요. 아마 그 사람들 중 한 사람도 자유로워지기를 바라지 않을 겁니다! 아니, 자유를 두려워할 겁니다.」

 새러가 솔직한 질문을 했다.
「그녀가 죽는다면 어떻게 될까요?」
 제러드는 어깨를 으쓱했다.
「그 일이 얼마나 빨리 일어나느냐에 달려 있지요. 만일 지금 일어난다면—글쎄요, 너무 늦은 것은 아니라고 생각합니다. 그 청년과 처녀—그들은 아직 젊고, 감수성이 예민하지요. 그들이 정상적인 인간이 되리라고 나는 믿습니다. 하지만 레녹스만은 너무 늦은 것 같습니다. 그는 희망과는 거리가 먼 사람처럼 보이거든요—그 사람은 마치 짐승처럼 견디어 내며 살고 있으니까요.」

 새러가 초조한 듯이 말했다.
「그의 부인이 가만히 있지 않을 거예요! 그녀는 틀림없이 남편을 그곳에서 끄집어낼 거예요.」
「나도 그렇게 생각합니다. 그녀는 물론 여러 가지로 노력을 할 겁니다. 결국엔 실패하겠지만.」

「그럼 그녀도 역시 그 노부인의 마력을 받고 있다고 생각하세요?」

제러드는 머리를 저었다.

「아니오. 나는 그 노부인이 그녀를 누를 만한 힘을 가졌다고는 생각하지 않습니다. 그리고 그런 이유 때문에 그 노부인은 그녀에게 지독한 증오심을 품고 있겠지요. 그런 건 그녀의 눈을 보면 금방 알 수 있답니다.」

새러는 눈살을 찌푸렸다.

「나는 그녀를 이해할 수 없어요. 레녹스 부인 말이에요. 그녀는 무슨 일이 일어나고 있는지 알고나 있는 걸까요?」

「나는 그녀가 꽤 똑똑하다고 생각하는데요.」

「흠—」

새러가 말했다.

「그 늙은 여자는 죽어야만 합니다!—그녀가 매일 새벽마다 마시는 차 속에 비소를 섞어 넣을 수도 있을 텐데……」

그리고 그녀는 갑자기 퉁명스럽게 말했다.

「그 어린 소녀—머리카락이 붉은 그 소녀는 어떻죠?」

제러드는 눈살을 찌푸렸다.

「나도 잘 모르겠습니다. 그 소녀에게는 정말 기묘한 것이 있어요. 그 아이—지네브라 보인튼은 그 노부인의 친딸이죠.」

새러가 놀란 듯이 재빨리 이렇게 말했다.

「어머, 그래요? 저도 뭔가 다른 점이 있을 거라고 생각하긴 했어요.」

제러드는 천천히 말했다.

「일단 누군가가 권력(그리고 잔인한 행위에 대한 강렬한 욕망)을 갖게 되면 그것을 아무에게나 나누어 줄 거라고는 믿지 않습니다—가장 가깝고 아끼는 사람과도 결코 나누어 가지는 법은 없으니까요.」

그는 잠시 침묵을 지켰다가 말을 이었다.
「당신은 기독교 신자입니까, 킹 양?」
새러가 천천히 말했다.
「모르겠어요. 저는 어느 쪽도 아니라고 생각했어요. 하지만 지금은—확신할 수가 없군요. 저는—오, 만일 제가 그러한 것들을 모두 쓸어버릴 수만 있다면 좋겠다고 생각해요.」
그녀는 격렬하게 몸을 움직였다—.「모든 건축물과 당파—그리고 서로 격렬히 싸우는 교회들— 그런 것을— 나귀를 타고 예루살렘으로 들어가는 예수님의 조용한 모습을 마음속에 그려보곤 해요—그리고 나는 그를 믿지요.」
제러드 박사는 엄숙하게 말했다.
「나는 최소한 기독교의 중요한 교리 중의 하나는 믿습니다—작은 일에 충실하라. 나는 의사입니다. 그리고 욕망—성공하고 싶은 욕망, 권력을 갖고 싶은 욕망—이런 것들이 인간의 영혼을 병들게 한다는 것도 알고 있습니다. 만일 인간들이 욕망이란 것이 오만과 격렬함, 그리고 결국에는 싫증으로 인생을 이끌고 간다는 것을 깨닫게 된다면, 그리고 그것이 부정된다면—아! 그렇게만 된다면 모든 정신병자를 위해 피난처를 제공해 주고 그러한 증거를 제시하게 될 것입니다—그곳에서는 평범하고 대수롭지 않고 무능한 것에 대항할 수 없는 사람들과, 그 때문에 스스로 영원히 생활에서 문을 닫고 현실 도피를 위해서 자기들의 방법을 창출해 낸 인간들로 꽉 들어차게 될 것입니다.」
새러가 퉁명스럽게 말했다.
「보인튼 노부인이 정신병원에 들어가 있지 않은 것이 유감이에요.」
제러드는 고개를 끄덕였다.
「그렇습니다—그녀는 여러 가지로 과오를 저지르고 있는데도 병원에 갇혀 있지 않습니다. 그것이 더욱 잘못된 거지요. 그녀는 바로 성공한 겁니다! 그녀는 자기의 꿈을 이루었지요!」
　새러는 몸서리를 쳤다.
「그런 일은 있을 수 없어요!」

제 6 장

 새러는 캐롤 보인튼이 그날 밤 그녀와 했던 약속을 지킬 것인가를 생각해 보았다. 하지만 사실 거의 기대하지는 않고 있었다. 그녀는 캐롤이 아침에 그녀를 믿는 듯하다가, 나중에 날카로운 반발을 했던 것을 떠올려 보았다. 하지만 그녀는 캐롤을 맞이할 준비를 했다. 푸른 공단 가운을 걸치고, 작은 알코올 램프를 꺼내어 물을 끓였다.
 그러다가 드디어 그녀가 더 이상 기다리는 것을 포기하고(이미 한 시간이 지난 뒤였다.) 잠을 자려고 했을 때 방문을 두드리는 소리가 났다. 그녀는 문을 열고 캐롤을 들어오게 한 뒤 얼른 문을 닫았다.
「벌써 잠이 든 건 아닌가 하고 걱정했어요—」
 새러는 아무렇지도 않다는 듯이 말했다.
「오, 아니에요. 당신을 기다리고 있었어요. 차 좀 드세요—진짜 랩상(중국의 고급홍차)이에요.」
 그녀는 컵을 하나 가져왔다.
 캐롤은 초조하고 불안해 했다. 그녀는 찻잔을 받아들고, 비스킷을 하나 집어들더니 조금 마음을 가라앉히는 것 같았다.
「참 재미있잖아요?」 하고 새러가 말하며 미소를 지었다.
 캐롤은 조금 놀라서 쳐다보았다.
「예, 그래요.」
 그녀는 조금 불안스럽게 말했다.
「그래요. 나도 그런 것 같아요.」
「이건 학교에 다닐 때 몰래 하던 한밤중의 파티 같군요.」
 새러는 말을 계속했다.
「당신은 학교에 다녀본 적이 없지요?」

캐롤은 고개를 끄덕였다.
「맞아요. 우리는 집을 떠나본 적이 없어요. 여자 가정교사가 있었지요—좀 별난 가정교사였지만.」
「그게 정말이에요?」
「그래요. 우리는 한 집에서만 죽 살아왔어요. 이번 외국여행이 내가 처음으로 밖에 나와본 거예요.」
새러가 무심코 말했다.
「그렇다면 참으로 진기한 경험이겠군요.」
「오, 그래요. 모든 것이 정말 꿈 같은 일이에요.」
「당신의—당신의 계모가 어떻게 외국 여행을 다 하게 되었나요?」
보인튼 노부인에 대한 이야기가 나오자 캐롤은 몸을 움찔했다.
새러가 재빨리 말했다.
「나는 의사 과정을 밟고 있어요. 얼마 전에 의학사 학위를 받았지요. 나는 당신의 어머니를—아니 계모라고 하는 것이 낫겠군요—관심 있게 지켜보고 있답니다—당신도 알고 있으리라 생각하는데, 그녀는 확실히 병적인 상태에 빠져 있는 것 같아요.」
캐롤은 그녀를 가만히 바라보았다. 새러의 이 말은 캐롤에게는 아주 뜻밖이었을 것이다. 새러는 아주 신중하고 침착하게 이야기했다. 그녀는 보인튼 노부인이 그 가족들에게, 어떤 권력을 소유하고 있는 지긋지긋한 우상으로 부각되어 있다는 것을 알고 있었다. 그래서 캐롤을 좀더 놀라게 하는 것이 새러의 목적이었다.
「그 말이 맞아요.」 하고 그녀가 말했다.
「거기에는 사람을 휘어잡는 질병—일종의 권위 같은 것이 있어요. 그런 사람들은 자신들도 늘 말하듯이 매우 독선적이고, 또한 모든 것이 정확하게 이루어져야 한다고 말하지요. 게다가 다루기가 무척 까다롭답니다.」
캐롤은 잔을 내려놓았다.
「오!」 하고 그녀는 소리쳤다.

「당신과 이야기하게 되어서 정말 기뻐요. 당신도 알겠지만, 레이와 내가 정말로—예, 맞아요—정말로 기묘하게 지내왔다는 것을 알고 있어요. 우리는 모든 면에서 무섭게 혹사당해 왔어요.」
「주위 사람과 이야기를 나눈다는 것은 좋은 일이에요.」 하고 새러가 말했다.
「우리 가족들은 모든 것을 너무 지나치게 받아들이는 경향이 있지요.」
그때 새러가 무심코 물어보았다.
「정말 그렇게 불행하다고 느낀다면 한번 집을 떠날 생각을 해보지 그랬어요?」
캐롤은 놀라서 쳐다보았다.
「어머, 안 돼요! 우리가 어떻게요? 그건 어머니가 절대로 허락하지 않을 거예요.」
「하지만 어머니는 당신을 잡을 수 없는 걸요.」 하고 새러가 부드럽게 말했다.
「당신은 그럴 나이가 넘었어요.」
「스물셋이에요.」
「바로 그렇잖아요.」
「그렇지만 아직은 어떻게 해야 할지 모르겠어요—어디로 가야 하고, 또 무엇을 해야 하는지 전혀 몰라요.」
그녀의 목소리는 몹시 당황한 것 같았다.
「당신은 잘 알 거라고 생각하는데—」 하고 그녀가 말했다.
「우리는 돈이 한 푼도 없는걸요.」
「어디 찾아갈 만한 친구도 없나요?」
「친구라고요? 오, 없어요. 우리는 아무도 몰라요!」
「당신들 중 누구도 집을 떠나야겠다고 생각해 보지 않았나요?」
「그래요—나는 그런 생각을 해보지 않았어요. 오! 우리는 그럴 수 없어요.」

새러는 화제를 바꾸었다. 새러는 그 처녀가 가엾게도 당황하고 있다는 것을 알아차렸다. 그녀가 말했다.
「당신은 계모를 좋아하나요?」
캐롤은 천천히 고개를 저었다. 그녀는 나지막하고도 겁을 집어먹은 목소리로 속삭였다.
「아녜요, 나는 그녀를 증오해요. 레이도 마찬가지고…… 우리들은—우리들은 가끔 그녀가 죽어버렸으면 좋겠다고 생각하는걸요.」
새러는 다시 화제를 바꾸었다.
「오빠에 대해서 이야기해줄 수 있어요?」
「레녹스? 레녹스에게 무슨 문제가 있는 것 같은데 그게 뭔지는 모르겠어요. 오빠는 요즈음 거의 말을 하지 않아요. 언제나 무슨 꿈을 꾸고 있는 듯이 멍청해요. 나다인도 그것 때문에 걱정하고 있어요.」
「당신은 올케를 좋아하나요?」
「그럼요, 나다인은 좀 달라요. 그녀는 항상 상냥하거든요. 하지만 올케도 무척 불쌍한 사람이에요.」
「당신의 오빠에 대해서도?」
「예, 그래요.」
「그들은 결혼한 지 오래 됐나요?」
「4년 되었어요.」
「그리고 그들도 함께 같은 집에서 살아왔나요?」
「예.」
「올케가 그것을 좋아했나요?」
「아뇨!」
잠시 침묵이 흘렀다.
캐롤이 말했다.
「지난 4년 동안 정말 끔찍한 소동이 한 차례 있었어요. 아까 말했듯이, 우리는 집 밖으로 나간 적이 없어요. 마당에는 나갔지만, 그밖에는 아무데도 가지 않았단 말이에요. 그런데 레녹스 오빠는 나갔어요. 오빠는 밤에 나갔어요. 파운틴 스프링스에 가곤 했는데—그곳은 무도회 같은 것이 열리는 곳이에요. 그 일 때문에 큰 분란이 생겼어요. 그 일이 있은 뒤에 어머니는 나다인에게 집에 와서 함께 지내지 않겠느냐고 물었지요. 나다인은 아버지와는 매우 먼 친척이었거든요. 그녀는 아주 가난했었는데, 그때는 간호사 과정을 배우고 있었어요. 그녀는 한 달 동안 우리와 함께 지냈지요. 그런데 누군가가 우리와 함께 지냈다는 것은 정말 말할 수 없을 정도로 충격적이고 획기적인 일이었어요! 그러는 사이에 그녀와 레녹스는 서로에게 사랑을 느꼈고, 어머니는 그들이 빨리 결혼해서 우리와 함께 사는 게 더 좋겠다고 했지요.」

「그럼 나다인이 기꺼이 그렇게 하겠다고 했나요?」

캐롤은 조금 망설였다.

「아뇨, 그녀는 썩 마음 내켜하는 것 같지는 않았어요. 하지만 그렇게 싫어하는 기색도 아니었고요. 그러다가 나중엔 나가서 살겠다고 했지요—물론 레녹스와 함께—」

「하지만 결국엔 그렇게 되지 않았잖아요?」 하고 새러가 물었다.

「물론이죠. 어머니가 그것을 허락하지 않았으니까요.」

캐롤이 말했다.

「나는 어머니가 나다인을 그렇게 좋아한다고는 생각지 않아요. 나다인은—좀 이상한 데가 있어요. 아무도 그녀가 무엇을 생각하고 있는지 절대로 몰라요. 그녀는 지니를 도와주려고 애쓰지만, 어머니는 그것을 좋아하지 않아요.」

「지니는 당신의 여동생이죠?」

「맞아요, 지네브라라고 하지요.」

「그녀도 역시—불행하다고 느끼세요?」

캐롤은 걱정스레 머리를 흔들었다.

「그애는 요즈음 아주 이상해졌어요. 통 이해할 수가 없어요. 그애는 항상 좀 연약하긴 하지만—어머니는 그애에 대해서 너무 유난러운 것 같아요. 그리고— 그리고 그것이 그애를 더욱 나쁘게 만들고 있어요. 요즈음 와서 지니는 정말 아주 이상해졌어요. 그애는— 그애는 때때로 깜짝 놀랄 만한 행동을 해요. 그애는— 그애는 항상 자기가 무엇을 하고 있는지 알지 못하나 봐요.」

「의사에게 진찰을 받았나요?」

「아녜요. 나다인은 그애를 의사에게 보이고 싶어하지만, 어머니가 안 된다고 하거든요—그리고 지니도 아주 신경질적으로 소리를 지르며, 의사에게 가기 싫다고 하는 거예요. 하지만 나는 그애가 무척 걱정스러워요.」

갑자기 캐롤이 일어섰다.

「이제 가야겠어요. 당신과 이야기를 나누게 되어서 정말 기뻐요. 당신 눈에는 우리가 좀 희한한 사람들로 보일 것 같은데요?」

「오, 모든 사람이 다 이상한 거 아녜요?」 하고 새러가 가볍게 말했다.

「한번 다시 오세요. 그럴 수 있지요? 그때, 동생도 데리고 와요.」

「글쎄, 그럴 수 있을지 모르겠군요.」

「그럴 수 있을 거예요. 우리는 뭔가 비밀 계획을 꾸미는 거예요. 그때 제러드 박사님을 소개해 줄게요.」

캐롤의 뺨이 빨갛게 물들었다.

「어머, 그것 참 재미있겠군요. 어머니가 알아차리지 못한다면 말예요!」

「그녀가 어떻게 알겠어요? 잘 자요. 내일 저녁 같은 시간에 이야기할 수 있겠죠?」

「오, 물론이죠. 내일 우리는 나올 수 있을 거예요.」

「그러면 내일 다시 만나기로 해요.」

캐롤은 방을 나가서 발소리를 죽여 복도를 따라 걸어갔다. 그녀의 방은 위층에 있었다. 그녀는 방 앞에 도착해서 문을 열었다—그리고 문턱에서 질겁을 하고 멈추어 섰다. 보인튼 노부인이 크림색 가운을 입고 벽난로 옆의 안락의자에 앉아 있는 것이었다.
 가느다란 비명이 캐롤의 입술에서 터져 나왔다.
「오!」
 노부인의 검은 눈동자가 그녀를 뚫어지게 바라보았다.
「어디 갔다 왔니, 캐롤?」
「저―저는―」
「어디에 갔었지?」
 그러한 기묘하게 위협적인 저음의 부드럽고 쉰 목소리를 들으면 캐롤의 가슴은 까닭 없는 두려움으로 언제나 두근거렸다.
「킹 양을 만나러요―새러 킹.」
「저번 날 저녁에 레이먼드와 이야기를 했던 그 처녀 말이니?」
「예, 어머니.」
「그 처녀와 다시 만나기로 했지?」
 캐롤의 입술이 소리 없이 움직였다. 그녀는 머리를 끄덕였다.
「언제?」
「내일 밤에요.」
「가면 안 된다, 알겠지?」
「예, 어머니.」
 보인튼 노부인은 의자에서 일어나려고 애를 썼다. 캐롤은 무의식적으로 앞으로 가서 그녀를 도와주었다. 보인튼 노부인은 지팡이에 몸을 의지한 채 방을 가로질러 천천히 걸어갔다. 문앞에서 그녀는 잔뜩 겁을 집어먹고 있는 처녀를 돌아보았다.
「그런 식으로 킹 양과 만나는 일이 다시는 없도록 해라, 내 말 알아들었지?」
「예, 어머니.」
「다시 말해 봐.」
「저는 그녀와 다시는 만나지 않겠어요.」
「좋아.」

보인튼 노부인은 밖으로 나가 문을 닫았다. 캐롤은 메스꺼움을 느꼈다. 그녀는 침대에 몸을 던지고는 갑자기 격렬하게 흐느껴 울기 시작했다.

희망—햇빛과 나무들과 꽃들이 있는 희망이 그녀 앞에 펼쳐지고 있었는데…… 지금은 암흑의 벽들이 다시 그녀의 주위를 가로막기 시작했다……

제 7 장

「잠깐 이야기할 수 있을까요?」

나다인 보인튼은 깜짝 놀라 돌아서서, 어둠 속에 서 있는, 전혀 알지 못하는 젊은 여자의 갈망하는 듯한 얼굴을 쳐다보았다.

「오, 그러세요.」

나다인은 대답을 하고는 거의 무의식적으로 그녀의 어깨너머로 재빨리 시선을 던졌다.

「내 이름은 새러 킹이에요.」 하고 처녀가 말을 이었다.

「그래요?」

「보인튼 부인, 당신에게 할 이야기가 좀 있어요. 나는 저번 날 밤에 당신의 시누이와 꽤 오랫동안 이야기를 나누었거든요.」

어떤 희미한 그림자가 나다인의 평온한 표정을 흐트러뜨리는 것처럼 보였다.

「지네브라와 이야기했나요?」

「아니에요. 지네브라가 아니라 캐롤하고 이야기했어요.」

그녀의 얼굴에서 그림자가 걷혔다.

「오, 알겠어요—캐롤이군요.」

나다인 보인튼은 안심한 듯했다. 그러나 몹시 놀란 목소리로 물었다.

「당신이 어떻게 그런 일을 해냈지요?」

새러가 대답했다.

「그녀가 내 방으로 왔어요—아주 밤늦게.」

그녀의 흰 이마 위로 눈썹이 희미하게 치켜 올라가는 것을 볼 수 있었다. 새러는 조금 난처해 하며 말했다.

「이것이 당신에게는 좀 기묘하게 들릴 거라고 짐작합니다만—」
「아뇨, 그렇지 않아요.」 하고 나다인 보인튼이 말했다.
「나는 기뻐요. 정말로 아주 기뻐요. 캐롤이 이야기를 나눌 수 있는 친구를 가졌다는 것은 정말 좋은 일이죠.」
「우리는— 우리는 재미있게 시간을 보냈지요.」
새러는 조심스럽게 말하려고 애썼다.
「그리고 우리는 약속을 했어요—다음 날 밤에 다시 만나기로.」
「그래요?」
「그런데 캐롤이 오지 않았어요.」
「그애가 오지 않았다고요?」
나다인의 목소리는 냉정하고—생각이 깊은 느낌이 들었다. 그녀의 표정은 조용하고 부드러웠지만, 새러에게 아무것도 말해주지 않았다.
「예, 그래요. 어제 그녀가 홀을 지나가는 것을 보고 내가 다가가서 말을 걸었지만, 대답하지 않더군요. 그냥 나를 한 번 흘끔 쳐다보고는 다시 바삐 가버리는 거였어요.」
「오, 알겠어요.」
잠시 침묵이 흘렀다.
새러는 그런 침묵이 너무 어색하고 고통스러웠다.
이윽고 나다인 보인튼이 말을 꺼냈다.
「그건—정말 유감이로군요. 캐롤은—좀 신경이 예민해요.」
다시 침묵이 흘렀다. 새러가 대담하게 나왔다.
「보인튼 부인, 나는 의사가 되려고 하는 사람이에요. 당신의 시누이가 그렇게 하지 않는 게 좋을 거라고 생각해요—그녀 스스로가 사람들과 접촉을 피하려고 하는 것은 좋지 않은 일이잖아요?」
나다인 보인튼이 신중하게 새러를 쳐다보았다.
「나도 알아요. 의사라고 했지요? 그것이 중요한 거죠.」
「내가 지금 말하는 뜻을 아시겠어요?」
새러가 안타깝다는 듯이 물었다.

나다인은 고개를 숙이고 조용히 깊은 생각에 잠겼다.
「당신 말이 옳아요. 그러나 어려운 점들이 있어요. 우리 시어머니는 건강 상태가 좋지 않아요. 게다가 그분은 우리 가족 안으로 외부인이 들어오는 것을 병적으로 싫어하시거든요.」
새러는 항의하듯이 말했다.
「하지만 캐롤은 이제 어른이잖아요?」
나다인 보인튼은 고개를 저었다.
「아니에요. 그렇지 않아요. 몸만 성숙했지, 마음은 그렇지 못해요. 만일 당신이 그녀와 다시 이야기하게 된다면 그런 점을 주의해야 해요. 위급할 때면 그녀는 항상 겁먹은 어린애처럼 행동하곤 하죠.」
「당신은 무슨 일인가가 일어났다고 생각하는 거죠? 그녀는 무엇을 두려워하고 있나요?」
「나는 짐작할 수 있어요, 킹 양. 시어머니가 캐롤에게 당신과 다시는 가까이하지 말라고 했을 거예요.」
「그럼 캐롤이 그 말에 굴복했다는 건가요?」
나다인 보인튼이 차분하게 말했다.
「당신은 정말로 캐롤이 그 밖에 달리 행동할 수 있을 거라고 생각하는 모양이지요?」
두 여자의 눈이 마주쳤다. 새러는 이런 진부한 대화의 뒤에 숨어 있는 서로의 뜻이 전달되었다고 느꼈다. 나다인도 그런 상황을 이해했다. 그러나 그녀는 그것에 대해 논의할 마음의 준비가 충분하게 되어 있지 않았다.
새러는 막막함을 느꼈다. 그날 밤의 투쟁에서 그녀는 반은 승리했다고 자신했다. 비밀 회합 같은 방법으로 그녀는 캐롤에게 정신적인 반항심을 심어 줄 수 있었고—그래, 그리고 레이먼드에게도 같은 효력을 얻을 수 있겠지.(그녀가 늘 마음속으로 생각하는 것은 바로 레이먼드 아닐까?) 그런데 첫번째 싸움에서 그녀는 사악하게 만족스러운 미소를 짓고 있는 눈을 가진 형체 없는 살덩이에게 무참하게도 패배를 당한 것이다. 캐롤은 반항 한 번 하지 못하고 항복했다.
「그건 정말 큰 잘못이에요!」하고 새러가 소리쳤다.
나다인은 대답하지 않았다. 그녀의 침묵 속에서 무엇인가가 새러를 마치 그녀의 가슴 위에 손을 얹어 놓은 듯이 평온하게 해주었다. 그녀는 생각했다. '이 여자는 내가 생각하는 것 이상으로 그런 절망적인 상태를 알고 있어!'
엘리베이터 문이 열렸다. 보인튼 노부인이 나타났다. 그녀는 지팡이를 짚고 있었고, 레이먼드가 다른 쪽에서 그녀를 부축하고 있었다.
새러가 약간 놀란 표정을 지었다. 그녀는 노부인의 눈이 그녀에게서 나다인으로 휙 옮겨 갔다가 다시 뒤로 돌아가는 것을 보았다. 그녀는 노부인의 눈에 불쾌감—증오심마저 들어 있을 거라고 각오했다. 그러나 새러는 자기가 노부인의 의기양양하고도 악의에 찬 기쁨이 있는 눈을 보리라고는 미처 생각하지도 못했다. 새러는 얼굴을 돌려버렸다.
나다인은 두 사람 쪽으로 다가갔다.
「그래, 너로구나, 나다인.」하고 보인튼 부인이 말했다.
「밖에 나가기 전에 잠시 앉아서 쉬고 싶구나.」
그들은 노부인을 등받이가 높은 의자에 앉혔다. 나다인이 그녀의 곁에 앉았다.
「너와 이야기하던 처녀가 누구냐, 나다인?」
「킹 양이라고 하던데요.」
「오, 그래? 저번 날 밤에 레이먼드에게 말을 걸었던 처녀로군. 그런데 레이, 왜 그녀에게 가서 이야기 좀 하지 그러니? 그녀는 탁자 저쪽에 있구나.」
그 노부인은 심술궂은 미소로 입을 벌린 채 레이먼드를 쳐다보았다. 그의 얼굴이 붉어졌다.
그는 머리를 다른 데로 돌리고 뭐라고 중얼거렸다.
「무슨 말을 하는 거니, 애야?」

「저는 그녀와 이야기하고 싶지 않아요.」
「아니야, 나는 그렇게 생각하지 않아. 물론 너는 그녀에게 이야기하지 않겠지만 말이야. 너는 굉장히 이야기하고 싶겠지만 그럴 수가 없는 거야, 그렇지 않니?」
그녀는 갑자기 기침— 그르렁거리는 소리를 냈다.
「나는 이번 여행이 무척 즐겁단다, 나다인. 그러니 다른 일 때문에 신경쓰고 싶지 않아.」
「그러세요?」
나다인의 목소리에는 아무런 감정이 없었다.
「애야, 레이.」
「왜요, 어머니?」
「편지지 한 장 갖다 주겠니—저쪽 구석에 있는 탁자에서 말이다.」
레이먼드가 순순히 일어섰다. 나다인은 머리를 들었다. 그녀는 그 청년이 아니라 노부인을 바라보았다. 보인튼 노부인은 몸을 앞쪽으로 기울이고 즐겁다는 듯이 콧구멍을 벌름거렸다. 레이는 새러의 바로 옆을 지나갔다. 새러는 뜻밖이라는 듯이 반가운 표정으로 그를 쳐다보았다. 그가 새러를 그냥 지나쳐서 상자에서 편지지를 몇 장 집어들고는 방을 가로질러 돌아가자, 새러의 얼굴은 다시 침울해졌다.
그가 가족에게로 돌아갔을 때 그의 이마에는 땀방울이 조금 맺혀 있었고 얼굴은 죽은 듯이 창백했다.
보인튼 노부인은 아주 부드럽게 중얼거렸다.
「흠—!」
그때 나다인은 노부인의 눈이 새러에게 고정되어 있다는 것을 알았다. 그 눈초리 속에 있는 표현할 수 없는 것이 그녀를 짜증나게 만들었다.
「코프 씨는 오늘 아침 어디 계시지?」 하고 노부인이 물었다.
나다인의 눈이 다시 밑으로 향했다. 그녀는 상냥한 목소리로 대답했다.

「모르겠어요, 보지 못했어요.」
「나는 그 사람이 좋단다.」 하고 보인튼 노부인이 말했다.
「아주 좋은 사람이지. 우리는 그 사람에게서 많은 점을 배워야 해. 너도 그런 것을 좋아할 거다. 그렇지 않니?」
「예, 그래요.」 하고 나다인이 대답했다.
「저도 역시 그분을 매우 좋아하거든요.」
「레녹스에게 요즈음 무슨 걱정거리가 있는 모양이구나. 활기가 없고, 침체되어 있는 것 같아. 너희들 사이가 뭔가 잘못된 것은 아니냐?」
「오, 아니에요. 아무 일도 없어요.」
「나는 괜스레 걱정이 된단다. 부부라고 해서 항상 사이가 좋으란 법은 없지 않겠니? 너희들, 집에서 따로 나가 사는 게 더 좋지 않을까?」
나다인은 대답하지 않았다.
「글쎄, 너는 어떻게 생각하니? 그러고 싶지 않니?」
나다인은 고개를 저으며 미소를 지었다.
「아뇨, 그러고 싶지 않아요, 어머니.」
보인튼 노부인의 눈꺼풀이 깜박거렸다. 그녀는 날카롭고 표독스럽게 말했다.
「너는 항상 나한테 반대해 왔잖니, 나다인?」
젊은 여자는 침착하게 대꾸했다.
「어머니가 그렇게 느끼셨다면 죄송합니다.」
노부인이 지팡이를 잡았다. 그녀의 얼굴이 더욱 자줏빛으로 그늘이 진 것처럼 보였다. 그녀는 목소리를 바꾸어 말했다.
「내 약을 잊었구나. 그걸 좀 갖다 주겠니, 나다인?」
「예, 그러지요.」
나다인은 일어서서 라운지를 가로질러 엘리베이터로 걸어갔다. 보인튼 노부인은 그녀의 뒷모습을 쳐다보았다. 레이먼드는 단조롭고 지루한 고통으로 흐리멍덩해진 표정을 지은 채 의자에 앉아 있었다.
 나다인은 위층으로 올라가서 복도를 걸어갔다. 그녀는 가족들이 사용하는 방으로 들어갔다. 레녹스가 창 옆에 앉아 있었다. 그의 손에는 책이 한 권 들려 있었으나, 그는 그것을 읽고 있지 않았다. 그는 퍼뜩 정신을 차렸다.
「안녕, 나다인.」
「어머니 약을 가지러 왔어요. 깜빡 잊으신 모양이에요.」
 그녀는 보인튼 노부인의 침실로 들어갔다. 그녀는 병에서 조심스럽게 1회분을 꺼내어 조그만 약 컵 속에 넣고는 물을 가득 채웠다. 그리고 나서 거실을 지나가다가 잠시 멈추었다.
「레녹스.」
 그는 조금 있다가 대답했다. 마치 그녀의 목소리가 전달되는 데 그 정도의 시간이 걸리는 것 같았다.
「미안해. 뭐라고 했지?」
 나다인 보인튼은 잔을 탁자 위에 조심스럽게 내려놓았다. 그리고는 그에게로 다가갔다.
「레녹스, 햇빛을 봐요—저기 바깥에, 창문을 통해서요. 저 활기를 보세요—아름답지 않아요? 우리도 저곳으로 나갈 수 있어요—저 창문 밖으로 보이는 곳으로 말예요.」
 다시 침묵이 흘렀다.
 잠시 뒤에 그가 입을 열었다.
「미안해, 당신은 나가고 싶지?」
 그녀는 남편에게 재빨리 대답했다.
「그래요, 저는 나가고 싶어요— 당신과 함께— 저 햇빛 속으로—활기 속으로— 그리고 우리 둘이서 함께 살고 싶어요.」
 그는 의자 속으로 움츠러들었다.
「여보, 나다인—정말 이 모든 것을 다시 시작할 수 있을까?」
「그래요, 우리는 할 수 있어요. 우리, 어딘가로 가서 우리 둘만의 생활을 꾸며요, 예?」
「우리가 어떻게 그렇게 할 수 있겠어? 돈이 한 푼도 없잖소?」
「돈을 벌면 되잖아요.」
「우리가 어떻게? 무엇을 해서? 나는 돈 버는 일을 배우지 못했어. 많은 사람들— 자격 있는 사람들— 교육받은 사람들— 그런 사람들도 일거리가 없어 놀고 있는데 우리가 어떻게 돈을 벌 수가 있단 말이야?」
「저는 돈을 벌 수 있어요.」
「여보, 당신은 간호사 과정을 끝마치지 못했잖아. 그건 희망이 없어요—불가능한 일이야.」
「아니에요. 희망이 없고 불가능한 건 우리의 현재 생활이에요.」
「당신은 지금 무엇을 이야기하는지도 모르고 있어. 어머니는 우리에게 아주 잘해 주시잖소? 어머니는 우리에게 모든 호사는 다 시켜 주고 있는 거야.」
「자유를 제외하고는요. 레녹스, 노력을 해봐요. 저와 함께 가요. 지금—오늘—」
「나다인, 당신은 제정신이 아닌 것 같아.」
「아니에요, 그렇지 않아요. 저는 지극히 정상이에요. 저는 저 나름대로의 생활을 하고 싶어요. 당신과 함께 밝은 태양 아래에서 말예요. 독재적이고, 당신을 불행하게 만드는 것을 즐기는 늙은 여자의 질식할 것 같은 그늘에서가 아니라.」
「어머니가 독재자라고—?」
「당신 어머니는 미쳤어요! 그녀는 정상이 아니에요!」
그가 온화하게 타이르듯이 말했다.
「그러면 안 돼. 어머니는 사업에 대해서 비상하게 좋은 두뇌를 가지고 있단 말이야.」
「물론 그렇겠지요.」
「나다인, 어머니는 영원히 사는 것이 아니야. 벌써 60이 넘었어. 그리고 아주 건강이 나쁜 상태야. 어머니가 세상을 떠나면 아버지 재산은 우리 형제들에게 똑같이 분배될 거야. 당신도 기억하지, 어머니가 우리에게 그 유언장을 읽어준 것을 말이야?」
「어머니가 세상을 떠날 때에는—」 하고 나다인이 말했다.
「너무 늦을 거예요.」
「너무 늦다니?」
「행복을 찾기엔 너무 늦을 거라고요.」
레녹스는 중얼거렸다.
「행복을 찾기엔 너무 늦다고—?」
그는 갑자기 몸을 떨었다.
나다인이 그에게 가까이 다가서서 그의 어깨 위에 손을 얹었다.
「레녹스, 당신을 사랑해요. 이것은 저와 어머니 사이의 싸움이에요. 당신은 어머니와 저 중에서 어느 편에 서실 거예요?」
「당신 편에— 당신 편에!」
「그러면 제 말대로 하세요.」
「그렇게는 할 수 없어!」
「아니에요. 그렇게 하셔야 해요. 생각해봐요, 레녹스. 우리는 아이를 가질 수 있잖겠어요?」
「어머니도 우리가 아이를 갖기를 원해, 어떻게 해서든지. 어머니도 그렇게 말씀하셨잖소?」
「저도 알아요. 하지만 저는 당신이 자라왔던 이 그늘 속에서 산다면 아이를 낳지 않을 거예요. 당신 어머니는 당신을 움직일 수는 있어요. 그러나 저를 누를 만한 힘은 없어요.」
레녹스가 중얼거렸다.
「당신은 가끔씩 어머니를 화나게 하지, 나다인. 하지만 그것은 현명한 일이 아니야.」
「어머니는 어머니 마음대로 저에게 명령할 수 없고, 또 제 마음을 움직일 수 없다는 것을 알기 때문에 화를 내시는 거예요.」

죽음과의 약속 69

「나도 당신이 어머니에게 항상 공손하고 상냥하게 대하려고 애쓰고 있다는 것을 알고 있어. 당신은 훌륭한 여자야. 그리고 내게는 좋은 아내이고. 당신은 항상 그래왔지. 당신이 나에게 결혼하자고 했을 때, 그것은 정말 믿을 수 없는 꿈 같은 것이었어.」

나다인이 얼른 말했다.

「당신과 결혼한 것이 잘못이었어요.」

레녹스는 절망적으로 말했다.

「그래, 당신은 잘못했어.」

「당신은 이해하지 못하는군요. 제 말은 만일 제가 그때 나가 있으면서 당신에게 저를 따라오라고 했다면, 당신은 꼭 그렇게 했을 거라는 뜻이에요. 그래요, 저는 정말로 당신이 그렇게 했을 거라고 믿어요…… 저는 그때 당신의 어머니에 대해, 그리고 그녀가 무엇을 원했는지 이해할 만큼 현명하지가 못했어요.」

그녀는 잠시 멈추었다가 다시 말을 이었다.

「당신은 우리가 독립하는 것을 싫어하지요? 글쎄요, 제가 당신을 강요할 수는 없겠지요, 그러나 저에게는 떠날 수 있는 자유가 있어요. 저는 생각하고 있어요―나가겠다고 생각하고 있단 말예요……」

처음으로 그는 곧바로 대답했다. 마치 원만한 사고의 흐름이 가속을 받은 듯이 그는 말을 더듬거렸다.

「하지만― 하지만 당신은 그렇게 할 수 없어. 어머니가― 어머니가 그것을 들어주지 않을 거야.」

「어머니는 저를 막을 수는 없어요.」

「당신은 돈이 한 푼도 없잖아.」

「저는 돈을 벌거나, 빌리거나, 구걸하거나, 아니면 훔칠 수도 있어요. 이해하겠어요, 레녹스? 당신 어머니는 저를 누를 만한 힘이 전혀 없다고요! 저는 제 마음대로 떠나든지 머물든지 할 수 있단 말이에요. 저는 이런 생활을 지긋지긋하게 오랫동안 견디어 왔어요.」

「나다인―내게서 떠나지 말아요―제발……」

그녀는 깊은 생각에 잠긴 눈으로 그를 쳐다보았다.
「떠나지 말아요, 나다인.」
레녹스는 어린애처럼 말했다.
그녀는 고개를 돌렸다. 그래서 레녹스는 그녀의 눈에 깃든 갑작스런 슬픔을 알아차리지 못했다. 그녀는 레녹스의 곁에 꿇어앉았다.
「저와 함께 나가요, 예? 저와 함께 나가요! 당신은 그럴 수 있어요. 당신이 마음만 먹는다면 충분히 그럴 수 있어요!」
그는 겁을 먹고 뒷걸음질쳤다.
「나는 안 돼! 나는 그럴 수 없어! 당신에게 분명히 말하지만, 나는 없어―하나님, 저를 도와주세요―나는 용기가 없어……」

제 8 장

제러드 박사는 여행사 사무실로 들어갔다. 그리고 카운터에서 새러 킹을 발견했다.
그녀가 쳐다보았다.
「오, 안녕하세요? 페트라로 여행가기로 했어요. 지금 막 박사님도 가기로 결정했다고 들었어요.」
「그래요, 나도 여행갈 수 있게 되었습니다.」
「정말 반가워요.」
「일행이 많겠지요?」
「여자가 2명 있다고 해요—그리고 박사님과 저예요. 차 한 대에 모두 탈 수 있다는군요.」
「그거 재미있겠는걸요.」 하고 제러드는 머리를 숙이며 말했다.
그리고 나서 그는 돌아서서 자기 일을 보았다. 그는 얼마 안 있어 손에 편지를 들고는 사무실 밖으로 걸어 나가는 새러를 쫓아갔다. 약간 차가운 듯했지만, 상쾌하고 화창한 날이었다.
「보인튼 가족에 대해서 뭐 새로운 소식이라도 있소?」 하고 제러드 박사가 물었다. 「나는 사흘 동안 베들레헴과 나자렛, 그리고 다른 곳들을 둘러보았거든요.」
새러는 천천히, 그리고 마음이 내키지 않는다는 듯이 그들과의 접촉의 발판을 마련하는 데 실패했던 이야기를 해주었다.
「그렇게 해서 실패하고 만 거예요.」 하고 그녀는 말을 끝냈다.
「그런데 그 사람들은 오늘 떠난대요.」
「어디로 간답니까?」
「글쎄요.」

그녀는 부아가 치미는 듯이 계속 말했다.
「제가 공연히 바보짓을 한 건 아닌지 모르겠어요?」
「어째서 그렇습니까?」
「다른 사람 일에 참견했기 때문이지요.」
제러드는 어깨를 으쓱했다.
「그건 견해에 관한 문제입니다.」
「박사님은 누군가가 간섭을 하든 말든 문제가 되지 않는다는 건가요?」
「그렇습니다.」
「정말이에요?」
프랑스 남자는 재미있다는 듯이 새러를 바라보았다.
「당신은 내가 남의 일에 참견하는 버릇이 있다고 생각하는 모양이군요? 하지만 사실은—전혀 그렇지 않아요.」
「그러면 제가 참견하려고 애쓰는 것이 잘못이라고 생각하시겠군요?」
「아니에요, 그렇지 않아요. 당신은 나를 잘못 생각하고 있는 것 같군요.」
제러드는 재빨리, 그리고 힘차게 이야기했다.
「그건 정확히 단정지을 수 없는 문제입니다. 만일, 당신이 어떤 사람이 잘못을 저지르고 있는 것을 본다면 그것을 바로잡아 주려고 하지 않을까요? 그런 경우에는 누군가의 간섭이 좋은 결과가 될 수 있지요—하지만 그것은 역시 막대한 해도 될 수 있습니다! 그것을 어떤 법칙 아래에서 단정짓는다는 것은 불가능합니다. 어떤 사람들은 참견하는 데는 비상한 재주를 가지고 있지요—그들은 아주 능숙하게 참견한답니다! 또 어떤 사람들은 그런 일에 무척 서투른데, 그런 사람들은 차라리 가만히 그냥 있는 것이 더 좋지요! 그 다음에는 역시, 나이 문제가 있습니다. 젊은 사람들은 그들의 이상과 신념에 대해 자부심을 가지고 있습니다—그들의 가치 기준은 실제적인 것보다 이론적인 것에 있지만요. 그들은 경험이 없어요. 어찌 되었든 그러한 사실은 이론과 모순이 되는 거지요! 만일 당신이 자신이 하고 있는 일의 정당성에 대한 신념을 가지고 있다면, 정말로 원했던 결과를 얻을 수 있을 겁니다!(덧붙여 말하면, 당신은 종종 해로운 일들도 많이 할 겁니다!) 한편, 나이가 지긋한 사람은 경험이 많습니다—그는 그러한 해로움을 깨달은 것만큼이나, 자주 간섭을 함으로써 얻어지는 이로움 따위도 알기 때문에 아주 현명하게도 그렇게 하지 않지요! 결국 결과는 항상 같아요—열정적인 젊은이는 해로움과 이로움을 모두 하고—신중한 중년은 둘 다 하지 않는다는 겁니다!」

「그것은 전혀 도움이 되지 않아요.」 하면서 새러가 반대했다.

「인간이 다른 사람에게 도움을 줄 수 있을까요? 그것은 당신 문제이지 내 소관은 아닙니다.」

「박사님은 보인튼 가족에 대해 아무것도 하지 않겠다는 말씀인가요?」

「그런 뜻이 아닙니다. 나로서는 전혀 성공할 수가 없을 것 같아서요.」

「그러면 저도 마찬가지가 아니겠어요?」

「아니, 당신에게는 가능합니다.」

「왜 그렇지요?」

「당신은 특별한 능력이 있기 때문입니다. 젊음과 성적인 매력—」

「성적인 매력! 오, 알겠어요.」

「누구나 항상 성적인 문제로 돌아가게 마련이지요. 그렇지 않습니까? 당신은 그 처녀와는 실패를 했습니다. 그렇다고 해서 그녀의 오빠와도 실패하라는 법은 없지요. 당신이 방금 나에게 말한 것은(캐롤이라는 처녀가 당신에게 말한 것) 보인튼 노부인의 독재권에 대한 아주 명확한 반발로 보입니다. 큰아들인 레녹스도 젊었을 때에는 그녀를 두려워하지 않았습니다. 그는 마음내키는 대로 집을 나가서 춤을 추러 다녔지요. 배우자에 대한 인간의 욕망은 최면적인 마력보다 더 강합니다. 그러나 그 노부인은 성의 힘을 아주 잘 알고 있었지요.(그녀는 자기의 생애에서 그것에 대해 확고한 것을 알고 있었을 겁니다.) 그녀는 그 일을 아주 현명하게 처리했지요―예쁘기는 하지만 아주 가난한 처녀를 집으로 데려와서는 레녹스의 결혼을 부추긴 겁니다. 그리하여 이윽고 또 다른 노예를 손에 넣게 되었던 거지요.」

새러는 고개를 저었다.

「저는 젊은 보인튼 부인이 노예라고는 생각지 않아요.」

제러드도 동의했다.

「맞아요. 아마도 그렇지는 않을 겁니다. 나다인이 조용하고 온순한 처녀였기 때문에 보인튼 노부인은 고집과 강한 개성으로 그녀를 얕잡아 보았던 거겠지요. 나다인은 그 당시 상황을 제대로 판단하기에는 너무 어리고 경험이 없었습니다. 그녀는 지금 그것을 깨달았지만, 너무 늦었지요.」

「박사님은 그녀가 포기했다고 생각하세요?」

제러드 박사는 의심스럽다는 듯이 고개를 저었다.

「그녀가 어떤 계획을 가지고 있다고 해도, 아무도 그것에 대해서 모를 겁니다. 코프 씨가 걱정하는 문제들은 확실히 가능성이 있는 것들이지요. 인간은 본래 질투심이 많은 동물입니다―그리고 질투심은 강력한 힘을 가지고 있지요. 레녹스 보인튼은 아직 그것을 깨닫지 못하고 있을 겁니다.」

「그리고 박사님은―」 새러는 일부러 극히 사무적이고도 직업적인 목소리로 바꾸었다―「제가 레이먼드에 대해서 무엇인가 할 수 있을 기회가 있으리라고 생각하시는 거죠?」

「맞습니다.」

새러는 한숨을 쉬었다.

「그래요. 한번 해볼 수는 있을 거예요―오, 하지만 이제는 너무 늦었어요. 게다가―저는 그 생각이 마음에 들지 않아요.」

제러드가 재미있다는 듯이 쳐다보았다.
「그것은 당신이 영국인이기 때문이죠! 영국인들은 성에 대해서 콤플렉스가 있습니다. 영국인들은 그것이 별로 좋지 않은 것이라고 생각한단 말입니다.」
새러는 몹시 화를 내며 대들었지만 그는 전혀 물러서지 않았다.
「그래, 알아요—나도 새러 양이 매우 현대적인 여자라고 생각합니다—당신은 사전에 나오는 가장 불유쾌한 단어들을 거리낌없이 사용하지요—당신은 직업적이고 너무 억제할 줄 몰라요! 그러나 '모두 똑같소.' 요컨대 당신은 당신 어머니나 할머니와 똑같은 국민성을 가지고 있단 말입니다. 당신은 비록 얼굴을 붉히지 않는다고 하더라도, 역시 부끄러움을 잘 타는 영국 처녀라고요!」
「그런 시시한 이야기는 못 들은 것으로 하겠어요!」
제러드 박사는 눈을 반짝이며, 아주 침착하게 덧붙여 말했다.
「그리고 그것 때문에 당신은 더욱 매력 있게 보입니다.」
새러는 말문이 막혔다.
제러드 박사는 허둥지둥 모자를 들어올렸다.
「그만 가봐야겠습니다.」 하고 그가 말했다.
「당신이 생각하고 있는 걸 모두 말하기 전에 말입니다.」
그는 호텔에서 빠져나갔다.
새러는 아주 천천히 그를 따라갔다.
그곳은 꽤 복잡했다. 짐을 실은 몇 대의 차들이 출발을 기다리고 있었다. 레녹스와 나다인 보인튼, 그리고 코프가 막 떠나려는 차 옆에 서서 기다리고 있었다. 어떤 뚱뚱한 통역관이 캐롤에게 거의 알아들을 수 없을 정도로 유창하게 뭐라고 떠들어댔다.
새러는 그들을 지나쳐서 호텔로 들어갔다. 보인튼 노부인은 두꺼운 코트로 몸을 감싼 채 의자에 앉아서 출발하기를 기다리고 있었다. 새러는 무심코 그녀를 쳐다보았다가 어떤 묘한 전율을 느꼈다.
그녀는 지금까지 보인튼 노부인의 모습이 사악한 증오의 화신이라고 느꼈었다. 그런데 갑자기 그 노부인이 애처롭고 무력하게 보였던 것이다. 그토록 권력과 지배에 대한 강한 욕망을 타고났는데—단지 보잘것없는 한 가정의 폭군밖에 되지 못하다니! 그녀의 자식들이 새러가 방금 그녀를—불쌍한 사람—어리석고, 악의가 있고, 억지로 일을 꾸미고 있는 노부인으로 본 것처럼 그녀를 볼 수 있다면 얼마나 좋을까!

그 당시의 순간적인 충동으로 인해서 새러는 그녀에게로 다가갔다.
「안녕히 가세요, 보인튼 부인.」 하고 그녀는 말했다.
「즐거운 여행이 되길 바라겠어요.」
노부인이 그녀를 쳐다보았다. 그 눈 속에서 증오가 이글거렸다.
「부인은 제게 심한 모욕을 주고 싶겠지요.」 하고 새러가 말했다.
(아니, 이 여자가 정신이 나갔나? 도대체 왜 이런 말을 하는 걸까?)
「부인은 자식들이 저와 친하게 지내지 못하도록 하셨지요? 부인은 그런 것이 어리석고 유치하다고 생각하지 않으세요? 부인은 자신을 도깨비처럼 보이게 하고 싶어하겠으나, 부인도 알겠지만, 단지 애처롭고 우스꽝스럽게 보일 뿐이에요. 제가 부인이라면, 이런 어리석고 유치한 놀음은 모두 그만두겠어요. 부인이 이렇게 말하는 저를 혐오하리라는 건 알고 있어요. 하지만 상관없어요—그리고 어느 정도는 참을 수 있어요. 부인은 아직도 많은 즐거움을 누릴 수 있어요. 다정하고—또한 친절해진다면 정말로 더욱 좋은 일이죠. 부인은 마음만 먹으면 그렇게 할 수 있을 거예요.」

보인튼 노부인은 죽은 듯이 얼어붙었다. 이윽고, 그녀는 마른 입술을 축이고 입을 열었다⋯⋯ 하지만 아무런 말도 나오지 않았다.
「말씀하세요.」 하고 새러가 격려하듯이 말했다.
「괜찮아요! 제게 뭐라고 하든 상관없어요. 하지만 지금 제가 말씀 드린 것을 곰곰이 생각해 보세요.」

이윽고 노부인의 입에서 말이 흘러나왔다— 부드럽고 쉰 목소리. 그러나 날카로운 목소리였다. 보인튼 노부인의 근엄한 눈은 새러가 아니라, 기묘하게도 그녀의 어깨너머를 보고 있었다. 그녀는 새러에게가 아니라, 어떤 마귀에게 말을 하고 있는 것처럼 보였다.
「나는 절대로 잊지 않아요.」 하고 그녀는 말했다.
「그것을 기억해 두세요. 나는 무엇이든지 잊어본 적이 없어─어떤 행동이나 이름, 얼굴 등을.」
그 말 속에는 아무 뜻도 없었으나, 그 앙심을 품고 내뱉은 말이 새러를 한 걸음 뒤로 물러서게 했다. 보인튼 노부인은 그렇게 말한 다음에 웃는 것이었다. 그것은 어딘지 좀 무시무시한 웃음이었다.
새러는 어깨를 으쓱했다.
「부인은 정말 불쌍한 사람이군요.」 하고 새러가 말했다. 그녀는 얼굴을 돌렸다.
새러는 엘리베이터 쪽으로 가다가 레이먼드 보인튼과 맞부딪칠 뻔했다. 그 순간 그녀는 재빨리 말했다.
「잘 가세요. 재미있는 시간 보내세요. 아마 언젠가 다시 만날 수 있겠지요.」
새러는 그에게 따뜻하고 다정한 미소를 지었다. 그리고 얼른 지나갔다.
레이먼드는 마치 돌처럼 뻣뻣하게 서 있었다. 그가 깊은 생각에 빠져 있을 때, 콧수염을 길게 기른 조그만 남자가 엘리베이터에서 빠져나오려고 애쓰며 몇 번씩이나 말하는 것이었다.
「실례합니다.」
이윽고 그에게 그 소리가 들렸다. 레이먼드는 옆으로 비켜섰다.
「정말 죄송합니다.」 하고 그가 말했다.
「생각을 좀 하느라고요.」
캐롤이 그에게 다가왔다.
「레이 오빠, 지니를 데려와야 해. 그애는 자기 방으로 돌아갔어. 우리는 곧 출발할 거야.」
「알았어. 지니에게 곧장 나오라고 말할게.」

레이먼드는 엘리베이터로 걸어갔다.

에르큘 포와로는 마치 무엇을 듣고 있는 것처럼 머리를 한쪽으로 약간 기울인 채 눈썹을 치켜 올리고는 레이먼드를 지켜보았다. 그는 라운지를 걸어가면서, 캐롤이 그녀의 어머니에게 다가가는 것을 보았다.

에르큘 포와로는 급사장을 손짓해 불렀다.

「미안하지만, 저쪽에 있는 사람들이 누구요?」

「보인튼 가족입니다, 선생님. 미국인이지요.」

「고맙소.」하고 에르큘 포와로가 말했다.

3층에서 자기 방으로 가던 제러드 박사는, 대기중인 엘리베이터로 걸어가고 있는 레이먼드 보인튼과 지네브라를 스쳐 지나가게 되었다.

그들이 막 엘리베이터에 타려 했을 때 지네브라가 말했다.

「잠깐만, 레이 오빠. 잠깐만 기다려줘.」

그녀는 돌아서서 뛰어갔다. 그리고는 모퉁이를 돌아서 걸어가고 있는 남자를 불렀다.

「죄송합니다만—말씀드릴 게 있어요.」

제러드 박사는 깜짝 놀라서 쳐다보았다.

그 소녀는 그에게 가까이 다가와서는 그의 팔을 잡았다.

「저 사람들이 저를 해치려고 해요! 그 사람들은 저를 죽일 거예요…… 저는 그들과 진짜 가족이 아니에요. 당신도 아실 거예요. 제 이름은 사실 보인튼이 아니에요……」

그녀는 몹시 당황하고 있었다. 그녀의 말은 점점 빨라지면서 앞뒤가 맞지 않았다.

「당신에게는 비밀을 털어놓겠어요. 저는—저는 왕족이에요. 정말이에요! 저는 왕위를 물려받게 될 거예요. 그 때문에—적들이 주위를 둘러싸고 있어요. 그들은 저를 독살하려고 해요—온갖 수단을 다 써서 말예요! 저를 도와줄 수 있다면—위기에서 빠져나올 수 있게 해주시지 않겠어요—?」

그녀는 말을 멈췄다.
발자국 소리가 났다.
「지니—」
그녀는 깜짝 놀라 몸을 흠칫했다. 그 소녀는 입술에 손가락을 대고는, 제러드에게 애원하는 눈빛을 던지고 돌아서서 뛰어갔다.
「지금 가, 레이 오빠.」
제러드 박사는 눈썹을 치켜 올린 채 걸어갔다. 그는 천천히 머리를 흔들면서 눈살을 찌푸렸다.

제 9 장

페트라로 출발하는 아침이었다. 새러는 전에 호텔에서 보았던, 목마 코에 체구가 당당한 여자를 찾으러 내려갔다. 그녀는 차의 크기에 대해서 맹렬하게 항의하고 있었다.

「이건 너무 작잖아요! 승객이 4명에다 통역관도 있단 말예요! 미안하지만 차를 가져가고 좀더 커다란 차를 가져와야겠어요.」

여행사 직원에게 항의를 해도 소용없었다. 그것은 언제나 제공되는 크기의 차였다. 그 차는 정말 매우 안락한 차였다. 더 큰 차는 사막 여행에는 적합하지가 않았다.

그 여자는 조금 과장해서 말하면, 커다란 증기 롤러처럼 여행사 직원을 몰아세웠다. 그리고 나서 그녀는 새러를 쳐다보았다.

「킹 양이죠? 나는 웨스트홀름 부인이에요. 아가씨도 저 차가 너무 작다고 생각하지 않아요?」

「글쎄요—」 하고 새러는 조심스럽게 말했다.

「차가 더 크다면 물론 좀더 편안하겠지요!」

그 젊은 남자는 더 큰 차는 가격이 비싸다고 변명했다.

웨스트홀름 부인이 단호하게 말했다.

「그 가격은 이미 계산된 거예요. 거기에서 비용을 조금이라도 올리려는 것은 용납할 수 없어요. 당신들의 안내서엔 '안락한 살롱 카를 타고'라고 분명히 쓰여 있잖아요? 당신은 당신들이 한 그 말을 지켜야 되는 거 아녜요?」

주눅이 든 그 젊은이는 해볼 수 있는 데까지 해보겠다고 중얼거리며 떠났다.

웨스트홀름 부인이 새러에게 돌아섰다. 그녀는 햇볕에 그을린 얼굴

위에 승리의 미소를 지었다. 그러자 크고 붉은 목마 코가 자랑스럽다는 듯이 벌름거렸다.

웨스트홀름 부인은 영국 정계에서는 꽤 알려진 인물이었다. 웨스트홀름 경이 관심 있는 것이라고는 단지 사냥하고, 활쏘고, 낚시질이나 하는 게 고작이었다. 그 나약한 중년의 귀족이 미국 여행을 마치고 돌아오는 일행 중에 밴시타드 부인이 있었다. 얼마 안 있어 밴시타드 부인은 웨스트홀름 부인이 되었다. 그들의 결혼은 바다 여행중에 일어날 수 있는 위험의 한 실례로서 자주 인용되었다. 새 웨스트홀름 부인은 트위드 천으로 지은 옷을 입고, 튼튼하고 투박한 가죽신을 신고서 개들을 기르며 마을 사람들을 괴롭혔다. 게다가 그녀는 공공연히 남편을 무자비하게 억누르곤 했다. 하지만 그녀의 압제 아래서 견디고 살면서도 웨스트홀름 경은 정치에는 관심이 없었으며 또 신경을 쓰려고도 하지 않았다. 그녀는 고맙게도 그가 취미 생활을 즐길 수 있도록 허락하고, 그 대신 자신이 국회에 나갔다. 많은 표를 얻어서 국회의원에 당선된 웨스트홀름 부인은 정치 세계 속에서 힘차게 발을 내디뎠다. 그녀에 대한 시사 만화들이 나오기 시작했다.(항상 성공의 표상으로서) 국회의원으로서 그녀는 전통적인 가족 생활의 가치와 여성을 위한 복지사업을 위해 애쓰고, 또한 농업 문제와 주택 공급, 빈민가 정리 등의 문제들을 해결했다. 그녀는 무척 많이 존경을 받았으며, 또 그만큼 미움도 받았다! 그녀의 당이 집권하게 되면 그녀가 차관이 될 거라는 유력한 소문이 돌고 있었다.

웨스트홀름 부인은 엄숙한 만족감을 가지고 출발하는 차를 지켜보았다.

「남자들은 항상 여자들을 누를 수 있다고 생각하지요.」 하고 그녀가 말했다.

새러는 웨스트홀름 부인을 누를 수 있다고 생각하는 남자는 참으로 용감한 남자일 거라고 생각했다. 그녀가 막 호텔에서 나온 제러드 박사를 소개했다.

「당신의 이름은 많이 들었어요.」 하고 웨스트홀름 부인이 말하며 악수를 했다.
「언젠가 파리에서 클레망소 교수와 이야기를 나누었지요. 나는 최근에는 가난한 정신병자들의 처리 문제에 관심을 기울이고 있답니다. 우리 더 좋은 차가 올 동안 안에 들어가 있기로 하지요.」
회색 머리를 뒤로 묶은 몽롱해 보이는 조그만 중년 여자가 근처를 서성거리고 있었다. 그녀는 마지막 일행인 에마벨 피어스 양이었다. 그녀도 역시 라운지 안으로 들어왔다.
「직업이 있나요, 킹 양?」
「얼마 전에 의학사 학위를 받았어요.」
「오, 아주 훌륭하군요.」 하고 웨스트홀름 부인이 잘했다는 듯이 말했다.
「어떤 커다란 일이 이루어져야 한다면, 내 말을 들어봐요. 그것을 하게 될 사람은 바로 여성이지요.」
처음으로 자기가 여자라는 걸 의식하게 된 새러는 얌전히 웨스트홀름 부인을 따라 자리에 앉았다.
그들이 앉아서 기다리는 동안, 웨스트홀름 부인은 그녀가 예루살렘에 머무는 중에 고등 판무관이 함께 지내자고 한 제의를 거절했다는 이야기를 해주었다.
「나는 다른 사람에게 구속받는 것을 원치 않아요. 나는 내가 직접 연구하고 조사하고 싶답니다.」
「어떤 것을요?」
새러가 다시 의아한 듯이 물었다.
웨스트홀름 부인은 남자에게서 구속을 받지 않기 위해서 솔로몬 호텔에서 혼자 지냈다는 이야기를 지루하게 늘어놓았다. 그녀는 호텔 경영자에게 그 호텔을 더욱 효율적으로 운영할 수 있는 제안들을 말해주었다고 덧붙여 말했다.
「능률—」 하고 웨스트홀름 부인은 말했다.

「이것이 내 신조예요.」

그것은 확실히 맞는 말처럼 보였다! 15분 뒤에 크고 매우 안락해 보이는 자동차가 도착했고, 짐을 어떻게 실어야 할지에 대해 웨스트홀름 부인의 설명을 들은 뒤에 일행은 떠났다.

그들이 첫번째로 멈춘 곳은 사해였다. 그들은 여리고에서 점심을 먹었다. 그리고 나서 웨스트홀름 부인과 피어스 양, 제러드 박사, 뚱뚱한 통역관이 함께 여리고 시내를 구경하러 나가고, 새러는 호텔의 정원에 남아 있었다.

그녀는 머리가 좀 아파서 혼자 남아 있겠다고 했다. 어떤 깊은 억압이 그녀를 내리눌렀다―그녀 자신도 무엇이라고 설명할 수 없는 억압. 그녀는 갑자기 여행에 관심이 없고, 재미도 없으며, 마음이 내키지 않았고, 또 그녀의 일행에게도 싫증을 느꼈다. 그녀는 그 순간 갑자기 이번 페트라 여행을 포기하고 싶어졌다. 그것은 꽤 비싼 값을 치러야 할 것이다. 그녀는 도저히 즐거운 여행을 할 수 없다고 확실하게 느꼈다. 웨스트홀름 부인의 울리는 목소리와 피어스 양이 끝없이 재잘거리는 소리가 이미 그녀의 신경들을 조각조각 닳아 떨어지게 만들어버렸다. 또한 그녀가 어떤 상태인지 정확하게 알고 있는 듯한 제러드 박사의 재미있다는 태도도 거의 마찬가지로 불쾌했다.

그녀는 보인튼 가족들이 지금 어디에 있을까 하고 생각해보았다―아마 그들은 시리아쯤 가 있을 테지―그들은 발버크나 다마스커스에 있을 것이다. 레이먼드―그녀는 레이먼드가 무엇을 하고 있을까 생각해 보았다. 어떻게 그녀가 그의 표정을 그렇게도 분명하게 볼 수 있었을까―그 열망―그 신경질적인 긴장을……

오, 맙소사! 왜 그녀는 다시는 만나지 못할 사람에 대해서 생각하는 걸까? 그 노부인과 함께 있었던 그날 그 상황―무엇이 그녀를 그 노부인에게 이끌리도록 조종했으며, 또한 그런 터무니없는 소리들을 내뱉게 했을까? 다른 사람들이 그것을 들었는지도 모른다. 그녀는 웨스트홀름 부인이 꽤 가까운 곳에 있었을지도 모른다고 생각했다. 새러는 그때 자기가 한 말을 정확히 기억해 내려고 애썼다. 아마 그것은 아주 어리석고 신경질적으로 들렸을 것이다. 아, 잘못이 아니었다―그것은 보인튼 노부인이 잘못한 것이었다. 그녀에 대한 깊은 감정 때문에 새러는 이성을 잃고 그렇게 내뱉었던 것이다.

제러드 박사가 들어와서는 이마의 땀을 닦아 내며 의자에 털썩 주저앉았다.

「휴! 그런 여자는 정말 독살당할 겁니다!」 하고 제러드가 선언이라도 하듯이 말했다.

새러는 깜짝 놀랐다.

「보인튼 노부인 말인가요?」

「보인튼 노부인? 오, 아닙니다. 웨스트홀름 부인을 말하는 겁니다! 그녀와 오랫동안 살았다는 남편이 아직까지 그렇게 해치우지 않은 것이 납득이 가지 않을 정도라고요. 무엇 때문에 그런 여자와 결혼했는지 알 수 없는 일이오.」

새러는 웃었다.

「오, 그녀의 남편은 사냥도 하고, 낚시질도 하고, 활쏘기도 하고 그래요.」 하고 그녀가 설명해 주었다.

「심리학적으로 그것은 매우 건전한 겁니다! 그는 (소위 말하는) 비교적 창조성이 낮은 취미 생활로 그의 강렬한 욕망을 억누르려는 것일 거요.」

「저는 그가 자기 부인의 활동을 매우 자랑스럽게 여기고 있다고 생각하는데요.」

프랑스 남자는 넌지시 말했다.

「그 때문에 그녀를 가정에서 멀리 떨어져 있게 하는 거군요? 홈, 이해할 수 있는 일이지요.」

그리고 그는 계속했다.

「당신은 방금 전에 뭐라고 했었지요? 보인튼 노부인? 그녀를 독살한다는 것은 아주 좋은 생각입니다. 그 가족 문제에 대한 가장 확실하고 간단한 해결책이죠! 사실, 상당히 많은 여자들이 독살당하는 게 훨씬 나을 거요. 늙고 추하게 나이만 먹은 모든 여자들 말입니다.」

그는 의미심장한 표정을 지었다.

새러는 웃으며 소리쳤다.

「오, 프랑스인들은 모두 똑같아요! 늙거나 매력이 없는 여자들은 전혀 쓸모가 없다는 거예요?」

제러드는 어깨를 으쓱했다.

「우리는 그 문제에 대해서는 무척 솔직합니다. 그것이 전부입니다. 영국 사람들, 그들은 추한 여자들을 지하철이나 기차에 태우지 않습니다―절대로 안 태우지요.」

「정말 비참한 생활이에요.」 하고 새러가 한숨을 쉬며 말했다.

「당신이 한숨을 쉴 필요는 없어요, 아가씨.」

「글쎄요, 오늘은 왠지 우울해요.」

「당연한 겁니다.」

「무슨 뜻이죠, 당연하다니?」 하고 새러가 물었다.

「당신이 자신의 마음 상태를 솔직하게 진찰해 보면, 그 까닭을 아주 쉽게 알 수 있을 텐데요.」

「제가 우울한 것은 일행들 때문이라고 생각해요.」 하고 새러가 말했다.

「정말 끔찍해요. 그렇지 않아요? 저는 그런 여자들이 싫어요! 피어스 양처럼 무능하고 멍청한 여자를 보면 분통이 터질 지경이에요―그리고 웨스트홀름 부인처럼 유능한 여자는 저를 더욱 약오르게 하고요.」

「그 두 사람 때문에 당신이 화가 난다면 그건 어쩔 수 없는 일입니다. 웨스트홀름 부인은 자신의 생활에 아주 만족해하고, 행복해하고, 또한 성공했다고 자부하거든요. 피어스 양은 보모 겸 가정교사로 오랫동안 일해 왔는데, 갑자기 약간의 유산을 받게 되어 일생의 소원을 이루었고, 또한 여행도 할 수 있게 되었다고 하더군요. 더욱이 여행은 그녀의 기대에 만족할 만한 것이었답니다. 따라서 당신은 자신이 원하는 것을 손에 넣고 기뻐하는 사람, 곧 성공한 사람을 원망하는 겁니다.」

「박사님 말이 옳아요.」 하고 새러가 우울하게 말했다.

「박사님은 정말 무섭도록 정확하게 남의 마음을 읽어내는군요. 제가 제 자신을 속이려고 해도 박사님이 못 하게 할 거예요.」

바로 그때 일행이 돌아왔다. 그들 중에서 통역이 가장 지친 것 같았다. 그는 암만으로 가는 도중에 거의 아무런 설명도 하지 않았다.

이제 길은 장밋빛 꽃들이 피어 있는 협죽도 숲을 끼고 구불구불 돌아서 요르단의 위쪽으로 구부러지고 있었다. 그들은 오후 늦게 암만에 도착해서 그레코로만 극장을 잠시 방문한 뒤에 일찍 잠자리에 들었다. 마안을 향해 사막을 건너가는 데는 자동차로 하루가 꼬박 걸리기 때문에 그들은 다음 날 아침 일찍 출발하기로 했다.

일행은 아침 8시가 조금 넘어서 떠났다. 일행은 점점 침묵을 지키게 되었다. 바람 한 점 없이 뜨거운 날씨였다. 정오에 준비해 온 점심을 먹으려고 멈추었을 때는 정말로 숨이 막힐 정도였다. 이런 찌는 듯한 날씨에도 네 사람이 가깝게 붙어 있어야 했으므로 일행의 신경은 조금씩 날카로워지기 시작했다.

웨스트홀름 부인과 제러드 박사는 국제적인 마약 갱들의 진압에 대해서 다소 짜증스러운 논쟁을 벌였다.

「그 문제는 매우 중대한 겁니다. 위험한 약품들의 암거래는 말이지요—」

그 논쟁은 계속되었다.

피어스 양은 새러에게 계속 늘어놓았다.

「웨스트홀름 부인과 여행하는 것은 정말이지 아주 재미있답니다.」

새러가 신경질적으로 대꾸했다.

「그런가요?」

그러나 피어스 양은 새러의 기분을 눈치채지 못하고 계속 즐겁게 떠들어댔다.
 「나는 신문에서 그녀의 이름을 꽤 자주 보았어요. 여자들이 사회생활에 참여하고, 또한 자신의 생활을 갖는다는 것은 정말 현명한 일이에요. 나는 여자가 무슨 일에서든지 성공했다는 이야기를 들으면 얼마나 기쁜지 몰라요!」
 「왜요?」 하고 새러가 날카롭게 물었다.
 피어스는 입을 벌리고 조금 더듬거렸다.
 「오, 왜냐하면—말하자면 바로 그런 것 때문에—글쎄요—여자도 일을 할 수 있다는 것은 참으로 멋진 일이잖아요!」
 「저는 그렇게 생각하지 않아요!」 하고 새러가 말했다.
 「누구든지 무언가 가치 있는 일을 성취할 수 있다는 것은 좋은 일이에요! 그것이 남자이고 여자인 것은 조금도 문제가 되지 않아요. 왜 꼭 구분해야 하나요?」
 「글쎄요, 물론 그렇긴 하지만—」 하고 피어스 양이 말했다.
 「그래요—나도 인정해요. 물론 그런 점에서는 그렇지요—」
 새러는 좀 부드럽게 말했다.
 「미안해요. 저는 그런 식의 남녀 차별을 싫어하거든요. '현대 여자는 인생을 완전히 실제적인 태도로 대한다!' 이런 것들 말이에요. 그것은 전혀 진실이 아니에요! 어떤 여자들은 실제적이고, 또한 어떤 여자들은 그렇지 않거든요. 감상적이고 멍청한 남자도 있는 반면, 똑똑하고 논리적인 남자도 있지요. 결국 사람들의 두뇌는 모두 다르다는 거예요. 성이란 단지 성과 직접적으로 관련될 때만 문제가 되지요.」
 피어스 양은 '성'이라는 말에 조금 얼굴을 붉히고는 재치있게 이야기를 바꾸었다.
 「그늘이 조금만 있었으면 좋겠군요.」 하고 그녀가 중얼 거렸다.
 「하지만 나는 이렇게 완벽한 공터는 참으로 놀랄 만한 것이라고 생각해요, 그렇지 않은가요?」

새러는 고개를 끄덕였다. 그녀는 이렇게 생각했다. 공터란 정말 놀라운 것이지— 상처를 치료하고— 평화스럽고— 자신들의 귀찮은 상호 관계 따위로 남을 동요시키는 사람도 없고— 개인적인 문제들로 흥분하는 일도 없지! 이제 드디어 그녀는 보인튼 가족에게서 벗어났다는 것을 느꼈다. 그녀는 간접적으로도 영향을 미칠 수 없는 사람들의 생활에 참견하고 싶어 안달을 하는 그러한 기묘한 상태로부터 자유로워진 것이다.

이곳에는 외로움, 공터, 눈가림 등이 있었다—사실은 평화…… 물론, 사람들은 그것을 혼자서만 즐기려 하지 않는다. 웨스트홀름 부인과 제러드 박사는 마약에 대한 토론을 끝내고 이제 흉악한 수법으로 아르헨티나의 카바레들로 끌려간 순진한 젊은 여자들에 대해 토론하고 있었다. 제러드 박사는, 그 대화의 처음부터 끝까지 유머 감각이라고는 전혀 없는 순수한 정치인인 웨스트홀름 부인이 한심스럽게 생각할 만큼 경박함을 드러내었다.

「자, 이제 떠나시지요?」 하고 통역관이 큰 소리로 알렸다. 그들이 마안에 도착한 것은 해가 지기 1시간 전이었다. 얼굴이 거친 낯선 사람들이 자동차 주위로 몰려들었다. 한 30분 정도 머문 뒤에 그들은 떠났다.

광막한 사막 지대를 둘러보다가, 새러는 페트라의 바위 성채가 어떻게 이런 곳에 있을 수 있었을까를 생각해 보고 적잖게 놀랐다. 정말로 그들은 자신들의 주위를 감시할 수 있었을까? 거기에는 산이나 언덕이 전혀 없었다. 그들의 여행 목적지까지는 아직 몇 마일이 남아 있을까?

그들이 아인 무사 마을에 도착했을 때 다른 차들은 이미 떠나버린 뒤였다. 그곳에는 말들이 기다리고 있었다—가엾을 정도로 야윈 짐승들. 피어스 양은 줄무늬가 있는 낡은 프록코트 때문에 몹시 불편해 했다. 웨스트홀름 부인은 재치 있게 승마용 반바지로 갈아입었다.

그 말들은 포장이 되지 않은 미끄러운 바윗길을 따라서 마을 밖으로 이끌려 갔다. 길이 미끄러워서 말들은 지그재그로 내려갔다. 해가 거의 넘어가고 있었다.

새러는 오랜 자동차 여행과 더위로 아주 지쳐버렸다. 그녀는 멍한 상태였다. 여기까지 온 것이 꿈만 같았다. 자기가 지나온 길이 마치 저승처럼 그녀의 발 밑에 펼쳐져 있었다. 길은 아래로 구부러졌다— 땅 속으로. 그 주위에 날카로운 바위들이 비죽비죽 솟아 있었다—아래로 아래로 대지 속으로, 붉은 벼랑들의 미로를 따라.

새러는 숨이 막힐 것만 같았다—골짜기는 점점 좁아지고 험해졌다—그녀의 머릿속이 혼란해졌다—사망의 골짜기 아래로—사망의 골짜기 아래로…… 쉬지 않고. 어둠이 짙어졌다—붉은 벼랑의 휘황함도 사라졌고—그리고 지금까지도 여전히 구불구불한 대지의 내부에서 방황하고 있었다. 그녀는 생각했다. '이건 환상적이고 믿을 수 없어— 죽음의 도시야.' 그리고 마치 후렴처럼 그 말들을 되풀이했다. '사망의 골짜기……'

등불이 번쩍번쩍 빛나고 있었다. 말들은 좁은 길을 따라서 구불구불 걸어갔다. 갑자기 그들은 넓은 공간으로 빠져나왔다—벼랑들은 뒤로 물러나 있었다. 멀리 그들의 앞에 한 무더기의 불빛이 보였다.

「캠프입니다!」 하고 통역이 말했다.

말들이 조금 걸음걸이를 빨리 했다—아주 빠르지는 않았지만—그들도 역시 굶주리고 지쳐 있었으나 신이 나서 달렸다. 자갈로 된 강바닥으로 들어섰다.

그들은 벼랑의 맞은편으로 더 높게 줄지어 세워져 있는 텐트를 보았다. 동굴들도 역시 바위 속으로 움푹 들어가 있었다. 베두인(사막에서 유목 생활을 하는 아라비아인) 하인들이 달려나왔다.

새러는 위를 쳐다보았다. 동굴 하나가 앉아 있는 형태를 하고 있었다. 저것은 무엇일까? 우상? 거인처럼 웅크리고 있는 상일까? 아니, 그것은 흔들리는 불빛 때문에 저렇게 거대하게 보이는 것이리라. 하지만 그것은 틀림없이 어떤 우상일 것이다. 거기에 확고 부동하게 앉아서, 그곳을 내리 덮고 있는……

 그때 갑자기 그녀는 마음속에서 어떤 사실을 깨달았다. 평화―도피의 느낌은 사라지고 다시 황량함이 덮쳐 온 것이다. 그녀는 해방에서 다시 포로가 된 느낌이었다. 그녀는 어둡고 구불구불한 계곡을 따라 내려왔다. 그곳에는 보인튼 노부인이 숭배를 받지 못하는 고약한 무당처럼 앉아 있었다……

제10장

 보인튼 노부인이 페트라에 와 있었던 것이다! 새러는 자기 자신에게 물었던 질문에 기계적으로 대답했다. 곧바로 저녁을 먹을까—저녁식사는 준비되어 있었다—아니면 먼저 씻는 게 좋을까? 그것보다도—동굴에서 자야 하나, 아니면 텐트에서 자야 하나?
 그녀는 곧 결론내렸다. 텐트. 그녀는 동굴에 대한 생각을 피했다. 그 기괴하게 웅크리고 있던 모습이 환상처럼 떠올랐다.(무엇 때문에 그 노부인이 그렇게 비인간적으로 보였을까?)
 결국 그녀는 원주민 하인 한 사람을 따라갔다. 그는 여기저기 기워 댄 카키색 반바지와, 헐렁한 가죽 각반, 그리고 거의 입을 수 없을 정도로 낡은 윗저고리를 입고 있었다. 머리 위에는 원주민의 머리 장식인 체피야—그것의 긴 주름들이 목을 가리고 있었고, 그의 머리 꼭대기에 꼭 맞게 검은 비단 끈으로 묶여 있었다. 새러는 그가—머리의 화려한 장식에는 별 신경을 쓰지 않는 듯—태평스럽게 몸을 흔들며 걷는 것을 보고 감탄했다. 단지, 그의 복장 중에서 유럽풍을 따른 부분은 천박하고 잘못된 것처럼 보였다. 그녀는 이렇게 생각했다. '문화란 모두 쓸데없는 거야—모두 쓸데없는 것이지! 하지만 보인튼 노부인에게 있어서는 그렇지 않을는지도 몰라! 그녀가 야만적인 종족들 속에 있다면 그들은 벌써 오래 전에 그녀를 죽였거나 잡아먹어 버렸을 거야!'
 그녀는 자기가 몹시 피곤하고 초조해 한다는 것을 깨달았다. 더운 물로 목욕하고 얼굴에 분을 바르고는 그녀는 다시—냉정하게 안정을 되찾자 조금 전에 가졌던 공포심에 부끄러움을 느끼게 되었다.
 그녀는 숱이 많은 검은 머리카락을 뒤로 빗어 넘기며, 흔들거리는 작은 석유 램프의 불빛 속에서 거울에 비친 자기의 모습을 눈을 가늘게 뜨고 비스듬히 바라보았다. 잠시 뒤에 그녀는 텐트의 한쪽 덮개를 들추고, 잠을 잘 아래쪽의 커다란 천막으로 내려가기 위해 밖으로 나왔다.

「당신이 어떻게―여기에?」

나지막하고―어리둥절하고 믿기지 않는다는 듯한 비명에 가까운 소리가 들렸다.

그녀는 돌아서서 레이먼드 보인튼의 눈을 똑바로 바라보았다. 그는 정말 크게 놀란 모양이었다. 그들 사이에 있는 알 수 없는 힘이 그녀의 입을 뗄 수 없게 만들었고, 거의 두려움조차 느끼게 했다. 도저히 믿을 수 없는 기쁨⋯⋯그는 마치 낙원의 환상을 보는 것 같았다―놀랍고, 망연하고, 너무 감사하고 고마워서! 새러는 평생 그런 눈빛을 잊을 수가 없을 것 같았다.

그가 다시 말했다.

「당신이―」

나지막하게 떨리는 그 목소리―그것은 그녀에게 무엇인가를 불러일으켰다. 그 목소리는 그녀의 마음 깊숙한 곳까지 뒤집어 놓았다. 그녀는 수줍고, 두렵고, 자신이 초라하다고 여겼다. 그러다가 갑자기 오만한 기쁨을 느끼게 되었다.

그녀는 아주 짧게 말했다.

「그래요.」

그는 더 가까이 다가왔다―아직도 멍한 표정으로, 여전히 믿지 못하겠다는 듯이. 그는 갑작스레 그녀의 팔을 잡았다.

「당신이로군요.」 하고 그가 말했다.

「정말로 당신이로군요. 처음에는 환상이 아닌가 생각했었습니다―당신에 대해서 너무 많이 생각하고 있었기 때문에 혹시⋯⋯」

그는 잠시 멈추었다.

「당신을 사랑합니다. 당신도 아실 거예요⋯⋯ 나는 당신을 기차에서 보는 그 순간부터 그것을 느꼈어요. 지금 그것을 확실히 알게 되었습니다. 그리고 당신이 내 마음을 알아주길 바랍니다―하지만 나는 당신이 나를 그렇게 생각하지 않는다고 느끼고 있습니다―진정한 나를―그렇게 야비하게 행동한 나를. 당신도 아시리라 생각합니다만, 나는 지금 뭐라고 말할 수가 없습니다. 당신이 내게 어떻게 하든 나로서는 어쩔 수 없지요! 나를 받아 주든지, 아니면 물리치든지―하지만 지난번에는 내가―진정한 내가―그것에 대해 책임을 질 수 있는 내가 아니란 것을 알아주기 바랍니다. 그때는 내가 너무 신경과민이었습니다. 나는 그들에 의존할 수밖에 없어요…… 어머니가 어떻게 하라고 하면―나는 그렇게 할 수밖에 없습니다! 내 신경들이 나를 그렇게 만드는 겁니다! 당신은 이해하실 겁니다, 그렇지 않은가요? 하긴, 나를 경멸해도 상관없습니다.」

그녀가 레이먼드의 말을 가로막았다. 그녀의 목소리는 나지막하고 뜻밖에도 부드러웠다.

「나는 당신을 경멸하지 않을 거예요.」

「하지만 나는 아주 비열한 사람입니다! 나는 남자답게 행동하지 못했습니다. 하지만 어쩔 수 없었어요.」

제러드의 충고가 조금 작용하기는 했겠지만, 그녀는 자신의 지식과 희망을 솔직하게 나타냈다―그녀의 달콤한 목소리 뒤에는 확신으로 가득 찬 울림과 권위 의식이 배어 있었다.

「당신은 이제는 할 수 있을 거예요.」

「내가 정말 할 수 있을까요?」 그의 목소리는 동경하는 듯했다.

「아마……」

「당신은 지금 용기를 가진 거예요. 나는 그것을 확신해요.」

그는 자세를 꼿꼿이 했다―머리를 뒤로 젖혔다.

「용기? 그래요―그것이 가장 중요한 것이죠. 용기!」

갑자기 그는 머리를 숙이고 그녀의 손에 입을 맞추었다. 잠시 뒤에 그는 가버렸다.

새러는 큰 천막으로 내려갔다. 그곳에는 일행 3명이 식탁에 앉아 있었다. 통역이 이곳에 있는 다른 관광객들에 대해서 설명해주고 있었다.

「그들은 이틀 전에 왔습니다. 내일 모레 떠날 겁니다. 미국인이죠. 그 어머니는 아주 뚱뚱하고 유별난 사람이던데요! 의자에 앉은 채로 짐꾼들이 운반해 왔는데—무척 힘들었다고 하더군요—날씨도 더운 데다가 말이죠.」

새러는 갑자기 웃음이 터져나왔다. 사실 그것은 너무 우스운 일이었다!

그 뚱뚱한 통역은 감사의 눈빛으로 그녀를 쳐다보았다. 그는 자기가 할 일에 대해서 너무 소홀했다. 웨스트홀름 부인은 그날 그에게 세 번씩이나 항의했으며, 지금은 침대에 대해서 또 따지고 들었었다. 그러던 중에 일행 중의 한 명이 화를 내지 않고 웃는 것이 너무도 고마웠던 모양이다.

「저런!」 웨스트홀름 부인이 말했다.

「그 사람들은 왜 그 솔로몬 호텔에 있었잖아요? 우리가 여기 도착했을 때 나는 그 노부인을 단번에 알아봤지요. 그 호텔에서 아가씨가 그녀와 이야기하는 것을 본 것 같은데요, 킹 양?」

새러는 죄를 지은 듯이 얼굴을 붉히고는 웨스트홀름 부인이 그때의 대화를 많이 엿듣지 못했기를 마음속으로 바랐다. '내가 무엇에라도 홀렸던 모양이지?' 하고 그녀는 속으로 끙끙거렸다.

그동안 웨스트홀름 부인은 결정을 내렸다.

「전혀 흥미 없는 사람들이에요. 아주 촌스러워요.」 하고 그녀가 말했다.

피어스 양은 아첨하는 듯한 말을 열심히 늘어놓았으며, 웨스트홀름 부인은 그녀가 최근에 만났던 재미있고 유별난 미국인들에 대해 언급하기 시작했다.

낮에는 햇볕이 너무 뜨겁기 때문에 아침 일찍 출발하기로 계획을 세웠다.

일행은 6시에 아침식사를 하기 위해 모였다. 보인튼 가족에 대해선 아무런 이야기도 없었다. 웨스트홀름 부인이 과일이 없는 것에 대해 가혹한 불평을 늘어놓은 뒤에, 그들은 지독하게 짠 베이컨을 옆으로 제쳐놓고 차와 통조림, 우유, 그리고 달걀 프라이를 먹었다.

그리고 나서 그들은 출발하기 위해 천막을 나왔다. 웨스트홀름 부인과 제러드 박사는 음식물에 있어서 비타민의 진정한 유용성과, 노동자 계층의 적당한 영양 섭취에 대해서 진지하게 토론하며 걸어갔다.

그때 캠프에서 갑자기 크게 부르는 소리가 들려서 그들은 멈춰섰다. 코프가 급하게 그들 쪽으로 뛰어오는 것이었다. 그의 얼굴은 뛰어오느라고 힘이 들어 붉게 물들었다.

「괜찮다면, 오늘 아침 당신들 일행에 끼고 싶습니다. 안녕하세요, 킹 양? 당신과 제러드 박사님을 여기에서 만나게 되다니 정말 놀랍군요. 당신 생각은 어떻습니까?」

그는 사방에 뻗어 있는 환상적으로 생긴 붉은 바위들을 가리켰다.

「저는 저런 것들이 좀 놀랍기도 하고 두렵기도 해요.」 하고 새러가 말했다.

「저는 항상 낭만적이고 꿈결 같을 거라고 생각했었지요—그 '장밋빛 붉은 도시'라는 말대로 말예요. 그렇지만 저런 것들은 내 상상보다는 훨씬 실제적이군요. 쇠고기만큼이나 실제적이에요.」

「게다가 아주 여러 가지 색깔이 있잖습니까?」 하고 코프가 동의했다.

「아무튼 정말이지 놀라운 광경이에요.」 하고 새러도 인정했다.

일행은 올라가기 시작했다. 두 명의 베두인 안내인이 그들과 동행했다. 키가 큰 그 사람들은 미끄러운 경사에도 안전하도록 징을 박아놓은 장화를 신고 별 어려움 없이 올라갔다. 새러도 요령 있게 올라갔으며, 제러드 박사도 마찬가지였다. 그러나 코프와 웨스트홀름 부인은 전혀 그렇지 못했다. 피어스 양은 깎아지른 듯한 곳을 거의 지나왔을 때, 눈을 꼭 감고 새파랗게 질린 채 공포에 가득 찬 목소리로 외쳤다.

「아래를 내려다보지 못하겠어요!」

한번은 그녀가 돌아가고 싶다고 투덜거리면서 아래쪽을 내려다보더니, 얼굴이 아주 새파랗게 질려서 차라리 계속 올라가는 것이 낫겠다고 했다.

제러드 박사가 친절한 말로 그녀를 위로해 주었다. 그는 그녀와 난간처럼 생긴 날카로운 절벽 사이에 지팡이를 고정시키면서 그녀의 뒤를 따라 올라갔다. 그녀는 난간이 있는 듯한 느낌이 들어서 어지러운 느낌이 많이 없어졌다고 했다.

새러는 조금 헐떡거리며, 통역인 마호메드에게 물어보았다. 그는 육중한 몸에도 불구하고 전혀 힘들어하는 것 같지 않았다.

「당신은 사람들을 이끌고 이곳에 올라가는 것이 어렵지 않나요? 저 나이 든 사람들 말이에요.」

「뭐―언제나 힘이 들지요.」 하고 마호메드가 침착하게 대답했다.

「늘 사람들을 이곳에 데려오나요?」

마호메드는 건장한 어깨를 으쓱했다.

「사람들이 이곳에 오고 싶어하거든요. 사람들은 이런 것들을 보기 위해서 돈을 지불하지요. 베두인 안내인들은 아주 솜씨가 좋고―믿음직하답니다. 그들이 항상 요령껏 해내거든요.」

그들은 드디어 정상에 도착했다. 새러는 깊은 숨을 내뱉었다. 주위와 아래에는 온통 피처럼 새빨간 바위들이 솟아있었다―이 세상 어느 곳과도 비교할 수 없는 이상한 곳. 그들은 깨끗하고 맑은 아침 공기 속에 신처럼 우뚝 서서 속된 세계를 내려다보고 있었다. 안내인은 이곳이 '속죄의 땅(Place of Sacrifice)' 또는 '하이 플레이스(High Place ; 산꼭대기의 예배장소)'라고 했다. 그는 발 밑에 있는 평평한 바위에 난 제단 쌓을 돌들을 잘라낸 자국을 보여 주었다.

새러는 통역의 입에서 술술 흘러나오는 유창한 설명을 듣고 있는 일행에게서 떨어져 나왔다. 그녀는 바위 위에 앉아, 숱이 많은 검은 머리카락을 손으로 빗어 넘기며 눈을 가늘게 뜨고 발 아래에 펼쳐진 세계를 내려다보았다. 잠시 뒤에 그녀는 누군가가 옆에 서 있다는 것을 알아차렸다.

제러드 박사의 목소리가 들렸다.

「당신은 신약 성서에 나오는 교묘한 악마의 유혹을 알고 있을 겁니다. 사탄이 우리 주님을 산꼭대기로 데려가서는 그에게 세상을 보여주었지요. '만일 내게 엎드려 경배하면 이 모든 것을 네게 주리라.' 물질적인 능력을 갖춘 신이 되기 위해서는 더 큰 유혹을 이겨내야 하지요.」

새러는 그 말을 인정했다. 그러나 그녀가 너무 골똘하게 생각하는 것 같아서 제러드는 조금 의아하게 여기며 그녀를 쳐다보았다.

「당신은 너무 깊이 생각하고 있어요.」 하고 그가 말했다.

「그래요, 맞아요.」

그녀는 당황스런 표정으로 그를 돌아보았다.

「이곳이 속죄의 땅이라는 것은—좀 놀라운 일이에요. 저는 때때로 희생이란 필요한 것이라고 생각해요…… 제 말은 사람은 인생을 지극히 소중하게 여겨야 한다는 뜻이에요. 죽음이란, 우리가 말하는 것처럼 사실 그렇게 두려운 것이 아니잖겠어요?」

「만일 당신이 정말 그렇게 생각한다면, 킹 양, 당신은 의사라는 직업을 택해서는 안 될 겁니다. 우리들에게 죽음은 적이고, 또한 항상 그렇게 여겨야 하거든요.」

새러는 몸을 부르르 떨었다.

「그래요, 박사님 말씀이 옳아요. 그렇지만 아주 종종 죽음이 문제를 해결하기도 해요. 좀더 나아가서, 더 충만한 생활을 의미할 수도 있어요……」

「많은 사람을 위해서 한 사람이 죽어야 한다는 것은 수단이리라!」 하고 제러드는 엄숙하게 인용했다.

새러는 깜짝 놀란 얼굴로 그를 쳐다보았다.

「저는 그런 뜻으로 말한 게 아니고—」

그녀는 말을 끊었다.

제퍼슨 코프가 그들에게 다가왔다.

「이곳은 정말로 대단히 놀라운 곳입니다.」 하고 그가 무슨 선언이라도 하듯이 말했다.

「예, 대단히 놀라운 곳이지요. 나는 단지 이곳을 놓치지 않았다는 것만으로도 너무 기쁩니다. 보인튼 노부인은 무척 이상한 여자이지만 그녀가 이곳에 오기로 결정한 것에는 무척 감탄하고 있습니다—그녀와 함께 여행하는 데는 여러 가지 복잡한 문제가 많습니다. 그분은 건강이 좋지 않거든요. 그래서 그 노부인은 다른 사람들의 기분을 생각하지 않게 되는 모양입니다. 하지만 그렇다고 해서 다른 가족이 노부인을 빼놓고 여행하려고 하지는 않지요. 하지만 그녀가 일부러 식구들을 그녀 주위에 모여 있도록 하고 있다고는 생각하지 않습니다—」

코프는 말을 끊었다. 그의 명랑한 얼굴이 좀 불안하고 불편해 보였다.

「당신도 알겠지만—」 하고 그가 말했다. 「나를 의아하게 하는, 보인튼 노부인에 대한 이야기를 조금 들었습니다.」

새러는 다시 자신의 생각 속으로 빠져들어갔다—코프의 목소리는 마치 멀리 떨어진 곳의 스팀이 웅얼거리는 소리처럼 들렸다. 제러드 박사가 말했다.

「그래요? 무슨 이야기입니까?」

「티베리아에 있는 호텔에서 우연히 만난 어떤 부인에게서 들었는데, 보인튼 노부인 집에서 일했던 어떤 하녀에 대한 이야기입니다. 그 하녀는 내가 듣기로는—」

코프는 이상한 눈으로 새러를 쳐다보면서 목소리를 낮추었다.
「그녀는 임신중이었다고 하더군요. 노부인이 아마 그것을 알아차린 모양인지 그 하녀에게 그리 잘 대해주지 않은 것 같더군요. 그리고 노부인은 하녀가 아기를 낳기 몇 주일 전에 그녀를 집에서 쫓아냈답니다.」
제러드 박사의 눈썹이 치켜 올라갔다.
「오—!」 하고 그는 가볍게 탄성을 질렀다.
「내게 이야기해 준 부인은 아주 분명하고 확실하게 그렇게 말했답니다. 당신은 어떻게 생각할지 모르겠지만, 나는 그것이 너무 잔인하고 냉혹한 처사라고 생각합니다. 통 이해할 수가 없어요—」
제러드 박사가 그의 말을 가로막았다.
「당신도 이제는 알고 있어야 합니다. 그런 일로 보인튼 노부인은 은근한 즐거움을 느꼈을 겁니다.」
코프는 충격을 받은 얼굴로 그를 돌아보았다.
「아닙니다, 박사님.」 하고 그가 완강하게 말했다.
「나는 그런 것을 믿을 수 없어요. 그런 생각은 너무도 터무니없는 겁니다.」
제러드 박사가 부드럽게 인용했다.
「'그때 나는 돌아와서 태양 아래에서 자행되었던 모든 압제들을 생각해 보았다. 또한 거기에는 그처럼 억압받고 전혀 위로받지 못함으로 인한 통곡과 흐느낌이 있었다. 그들의 압제자들에게는 권력이 있었고, 그 때문에 그들을 위로해주러 오는 사람은 아무도 없었다. 그때 나는 이미 죽어버린 사람들을 더 높이 평가했다. 맞아, 인생을 질질 끌며 살아가느니보다는 차라리 죽는 것이 낫다. 그렇다. 사람이 죽느냐 사느냐 하는 것은 그리 중요한 문제가 아니다. 왜냐하면 지상에서 끝없이 행해지고 있는 악을 알지 못하기 때문에……'」
그는 인용하던 것을 멈추고 말했다.
「코프 씨, 나는 인간의 마음속에서 일어나고 있는 기묘한 현상들에 대해서 연구해 왔습니다. 누구든 인생의 밝은 면만을 본다는 것은 바람직하지 않습니다. 우리 일상 생활의 체면과 관습들 뒤에는 기이한 현상들이 많이 있습니다―즉, 다시 말하자면 자신의 목적을 위해 잔인한 행위를 즐긴다는 것이지요. 그러나 당신이 그것을 깨달았다 하더라도 여전히 더욱 깊숙한 무엇인가가 존재하고 있을 겁니다―인정받고 싶은 욕망, 연민. 만일 그것이 방해받는다면, 그리고 불쾌한 성격을 통해서 인간이 그런 욕구에 대한 응답을 얻을 수 없다면 그것은 다른 방법들로 전환됩니다―그것은 저절로 느껴지고 또 알게 될 것입니다―그리고 희한한 악행들이 무수히 행해지겠지요. 잔혹한 습관은 다른 습관과 마찬가지로 길러질 수도 있고, 또 억제할 수도 있습니다―.」

코프가 헛기침을 했다.

「나도 압니다, 제러드 박사님. 하지만 당신은 약간 과장하고 있군요. 정말로 이곳의 공기는 너무 상쾌합니다…….」

그는 천천히 자리를 떴다.

제러드는 약간 미소를 띠면서 새러를 다시 쳐다보았다. 그녀는 얼굴을 찌푸리고 있었는데―그녀의 표정은 젊은이 특유의 긴장감으로 굳어져 있었다. 제러드는 그녀가 마치 판결을 내리는 젊은 판사처럼 보인다고 생각했다. 그는 자기를 향해 불안하게 뛰어오는 피어스 양쪽으로 돌아섰다.

「우리 이제 그만 내려가요.」 그녀는 초조하게 말했다.

「오, 선생님! 나는 아까 올라왔던 길로는 도저히 내려가지 못하겠어요. 하지만 안내인이 내려가는 길은 다르다고 하며, 그 길은 아주 평탄하고 수월하다고 하더군요. 정말 그래야 할 텐데 걱정이에요.」

내려가는 길은 폭포 밑으로 나 있었다. 바위들이 흔들거려서 발목을 다칠 위험은 있었으나, 눈이 아찔하게 내려다보이는 곳은 전혀 없었다. 일행은 피곤하기도 하고, 또 점심 때가 지났기 때문에 심한 허기를 느꼈다. 그들은 2시가 지나서야 캠프에 도착했다.

보인튼 가족은 큰 천막 안에 있는 커다란 탁자 둘레에 앉아 있었다. 그들은 막 식사를 끝낸 참이었다.
웨스트홀름 부인은 매우 겸손한 태도로 정중하게 말을 걸었다.
「정말로 대단히 즐거운 아침이었어요. 페트라는 훌륭한 곳이에요.」
캐롤은 그 말에 대꾸해도 좋을지 묻는 것처럼 어머니의 얼굴을 슬쩍 쳐다보고는 중얼거렸다.
「오, 그래요— 그래요. 그것은—」
그리고 다시 침묵이 이어졌다.
웨스트홀름 부인은 자기가 마땅히 해야 할 말을 했다고 생각하며, 본격적으로 음식을 먹기 시작했다.
식사하면서 네 사람은 그날의 계획을 의논했다.
「오후엔 쉬었으면 좋겠어요.」 하고 피어스 양이 말했다.
「물론 그래야죠. 너무 무리를 하지 않는 것이 좋아요.」
「저는 좀더 멀리 가보고 싶은데요.」 하고 새러가 말했다.
「당신은 어때요, 제러드 박사님?」
「당신과 함께 가도록 하지요.」
보인튼 노부인이 땡그랑 하며 숟가락을 떨어뜨려서 사람들은 모두 깜짝 놀랐다.
「나는—」 하고 웨스트홀름 부인이 말했다.
「당신 생각을 따르겠어요, 피어스 양. 한 30분쯤 책을 본 다음에, 한 시간 정도 누워서 쉴 거예요. 그런 뒤에—글쎄요, 잠시 산책이라도 하겠어요.」
보인튼 노부인은 레녹스의 부축을 받으며 일어서려고 애썼다. 그녀는 선 채로 말했다.
「너희들은 오늘 오후에 산책을 나가는 것이 낫겠다.」
그 말에 그녀의 가족들이 깜짝 놀란 표정은 좀 우스꽝스럽게 보였다.

「하지만, 어머니, 어머니는 어떻게 하고요?」
「나는 너희들이 없어도 괜찮아. 나는 책을 보며 혼자 앉아 있는 것이 좋아. 지니는 좀더 누워서 자는 게 나을 게다.」
「엄마, 전 피곤하지 않아요. 저도 함께 나가고 싶어요.」
「아니다, 너는 피곤해. 너는 머리가 아프다고 했잖니! 너 스스로 조심해야 한단다. 그만 가서 자거라. 그렇게 하는 것이 네 몸에 좋을 거야!」
「저— 저는—」
그 소녀는 반항하듯이 고개를 흔들며 쏘아보았다. 그러다 곧 그녀의 눈동자가 밑으로 떨어졌다— 주춤하며……
「애야—」 하고 보인튼 노부인이 말했다.
「네 텐트로 가거라.」
그녀는 큰 천막 밖으로 터벅터벅 걸어나갔다— 다른 사람들도 따라 나갔다.
「이봐요—」 하고 피어스 양이 말했다.
「어째 좀 이상하잖아요? 그건 정말 괴이한 얼굴이에요—그 어머니라는 여자 말예요. 그 자줏빛. 아유 끔찍해. 이렇게 더운 것도 그녀 때문인 것 같아요.」
새러는 생각해 보았다. '저 노부인이 오늘 오후에 자식들에게 자유롭게 나가도 좋다고 했어. 그녀는 레이먼드가 나와 함께 있고 싶어한다는 것을 알고 있는 거야. 무슨 이유일까? 어떤 함정이 있는 걸까?'
점심식사 뒤, 그녀가 시원한 리넨 옷으로 갈아입고 텐트에서 나왔을 때도 그녀의 머리는 그런 생각으로 복잡했다. 어젯밤 그 일이 있은 뒤, 그녀는 레이먼드의 그 연약한 마음을 감싸주고 싶은 열망으로 부풀어 있었다. 이것이 아마도 사랑이리라—다른 이를 대신하여 느끼는 고민—어떻게 해서든지 사랑하는 사람에게서 그 아픔을 덜어주고 싶은 욕망…… 그렇다, 그녀는 레이먼드 보인튼을 사랑하고 있는 것이다. 그것은 성 조지와 용(龍)이 서로 뒤바뀐 셈이었다. 그녀는 구조

죽음과의 약속 103

자였으며, 레이먼드는 쇠사슬에 묶인 산 제물이었다. 그리고 보인튼 노부인은 용— 그 용이 갑자기 온화해졌다는 것이 새러에게는 왠지 불안하고 불길하게 느껴졌다.

새러는 45분 뒤에 큰 천막 아래쪽으로 내려갔다. 웨스트홀름 부인이 의자에 앉아 있었다. 그녀는 이런 더운 날씨에도 불구하고 해리스 트위드(스코틀랜드 해리스 섬에서 나는 솜으로 짠 옷감) 치마를 입고 있었다. 그녀의 무릎 위에는 왕실위원회의 보고서가 놓여 있었다. 제러드 박사는 텐트 옆에서 '사랑의 탐구'라는 제목의 책을 들고 있는 피어스 양과 이야기를 나누고 있었다. 그 책의 내용은 오해와 열정 등에 대한 자극적인 이야기를 묘사한 것이었다.

「점심식사 뒤에 바로 자리에 눕는 것은 별로 좋지 않다고 생각해요.」 하고 피어스 양이 설명했다.

「소화를 시켜야지요. 큰 천막 그늘 밑에 있으면 아주 시원하고 상쾌해요. 오, 박사님, 저 노부인이 저기 뙤약볕 아래 앉아 있는 것이 현명하다고 생각하세요?」

그들은 모두 앞쪽의 산등성이를 바라보았다. 보인튼 노부인은 어젯밤과 똑같이 그렇게 앉아 있었다. 마치 동굴 입구에 앉아 있는 부처처럼 인간적인 면은 전혀 없어 보였다. 모든 캠프는 다 잠들어 있었다. 조금 떨어진 곳에서는 계곡을 따라 몇몇 사람이 무리를 지어 거닐고 있었다.

「재미있게도—」 하고 제러드 박사가 말했다.

「그 좋은 어머니는 식구들끼리만 나가서 놀아도 좋다고 허락했습니다. 그녀가 새로운 악마적인 행락을 즐기는 건 아닐까요?」

「박사님—」 하고 새러가 말했다.

「저도 그렇게 생각하고 있었어요.」

「아무래도 뭔가 수상합니다. 이리 와요, 우리 함께 생각해 봅시다.」

그들은 독서에 열중하고 있는 피어스 양을 내버려둔 채 그곳을 떠났다.

계곡을 한 바퀴 빙 돌아서, 그들은 천천히 걸어가고 있는 다른 일행들을 따라갔다. 보인튼 가족은 행복하고 꽤 즐거워 보였다.

레녹스와 나다인, 캐롤과 레이먼드, 그리고 얼굴 가득히 너그러운 미소를 짓고 있는 코프와, 지금 마지막으로 합류한 제러드와 새러, 이들은 모두 곧 웃고 떠들기 시작했다.

일행은 갑자기 걷잡을 수 없는 어떤 환희를 느꼈다. 그들의 마음속에는 이것이 뜻밖에 얻은 기쁨—마음껏 즐길 수 있도록 훔쳐낸 즐거움이라는 느낌이 들었다. 새러는 레이먼드와 짝을 이루지 않고 캐롤과 레녹스와 함께 걸었다. 제러드 박사는 레이먼드와 이야기를 나누면서 그들 뒤에 바싹 따라왔으며, 나다인과 제퍼슨 코프가 조금 떨어져서 걸어왔다.

그때 프랑스인이 일행의 분위기를 깨뜨렸다. 그는 가끔씩 지나치게 흥분하여 발작적으로 이야기하곤 했다. 갑자기 그가 말을 멈추었다.

「정말 미안합니다. 아무래도 나는 돌아가야 할 것 같습니다.」

새러가 그를 쳐다보았다.

「어디 불편하세요?」

그는 고개를 끄덕였다.

「흠, 열이 좀 나는 것 같아요. 사실 점심 때부터 열이 있긴 했거든요.」

새러가 그를 자세히 바라보았다.

「말라리아 아니세요?」

「글쎄, 돌아가서 키니네를 좀 먹어야겠습니다. 더 이상 악화되지 말아야 할 텐데. 아마도 콩고를 방문했던 기념인가 봅니다.」

「저도 함께 갈까요?」 하고 새러가 물었다.

「오, 아닙니다. 괜찮아요. 나도 약상자가 있습니다. 정말 지독하군요. 자, 걱정 말고 어서 가십시오.」

그는 바삐 캠프를 향해 돌아갔다.

새러는 한동안 어찌할까 망설이며 그를 지켜보다가 레이먼드의 눈과 마주쳤다. 그녀는 레이먼드에게 미소짓고는 프랑스 남자의 일은 잊어버렸다.

한동안 그들 여섯 사람—캐롤과 새러, 그리고 레녹스와 코프, 나다인과 레이먼드는 함께 있었다.

잠시 뒤, 어떻게 되어서인지 그녀와 레이먼드는 일행에서 떨어져 나와 있게 되었다. 그들은 바위들을 넘고, 불쑥 튀어나온 바위를 돌아서 그늘진 곳에서 멈추었다.

한동안 침묵이 흐른 뒤—레이먼드가 말했다.

「이름이 어떻게 돼죠? 성이 킹이라는 것은 아는데……」

「새러예요.」

「새러—그렇게 불러도 돼요?」

「물론이죠.」

「새러, 당신 이야기를 해주지 않겠어요?」

그녀는 바위에 등을 기댄 채, 요크셔에 있는 집에서의 생활, 그녀의 개들과 자기를 길러 준 아주머니에 대한 이야기를 해주었다. 레이먼드는 돌아서서 더듬더듬 자신의 생활에 대해 이야기해 주었다.

오랜 침묵이 있었다. 그들은 서로의 손을 찾아 더듬거렸다. 그들이 손을 잡고 앉자, 이상하게 마음이 편안해졌다.

해가 많이 기울어졌을 때, 레이먼드가 먼저 일어났다.

「이제 돌아가야겠습니다.」 하고 그가 말했다.

「그럼 같이 가세요.」

「아닙니다, 당신과 함께가 아니라 나 혼자 돌아가고 싶어요. 누구에게 이야기할 것과 해야 할 일이 조금 있습니다. 일단 그렇게 하면, 내가 스스로에게 겁쟁이가 아니라는 것을 증명하는 것이 되고— 그때는— 그때는— 나도 당신에게 다시 와서 나를 도와달라고 떳떳하게 부탁할 수 있을 겁니다. 나는 도움이 필요해요—아마도 돈이 있어야 할 겁니다.」

새러는 미소지었다.

「당신이 현실을 생각하니 정말 기뻐요. 나는 당신을 도와줄 수 있어요.」

「하지만 나는 혼자 해내고 싶습니다.」

「어떻게요?」

청년의 순진한 얼굴이 갑자기 엄숙해졌다.

「내 용기를 한번 시험해 볼 겁니다. 이것은 다시없는 기회입니다.」

그리고는 갑자기 성큼성큼 걸어서 가버렸다.

새러는 바위에 기댄 채로 멀어져 가는 그의 모습을 지켜보았다. 그의 말 속에 있는 표현할 수 없는 힘에 그녀는 충격을 받았다. 그는 아주 격렬했다. 아주 무서울 정도로 진지하고 흥분된 것처럼 보였다. 처음에는 그녀는 레이먼드를 따라가고 싶었다…… 그러나 그녀는 곧 그런 자신을 엄하게 꾸짖었다. 레이먼드는 혼자 일어서야 한다. 그리고 그는 스스로 자기의 용기를 시험해 보고 싶어한다. 그것은 그의 권리였다. 그녀는 레이먼드의 시험이 실패하지 않기를 빌었다…….

새러가 캠프가 보이는 곳으로 나왔을 때는 해가 이미 저문 뒤였다. 그녀가 어슴푸레한 빛을 받으며 캠프 가까이로 왔을 때, 아직도 동굴 입구에 앉아 있는 보인튼 노부인의 엄숙한 모습을 볼 수 있었다. 새러는 그렇게 꼿꼿하게 앉은 엄숙한 모습을 보고는 전율을 느꼈다. 그녀는 아래로 이어지는 작은 길을 바삐 지나서 불이 켜져 있는 큰 천막으로 들어갔다.

웨스트홀름 부인은 목에다 푸른색 털실 타래를 걸고 윗도리를 짜고 있었다. 피어스 양은 가냘픈 물망초 무늬가 있는 탁자보를 수놓으며, 이혼법의 정당한 개정에 대해서 이야기하고 있었다. 하인들이 들어왔다가 저녁식사를 준비하러 나갔다. 보인튼 가족들은 끄트머리에 있는 간이 의자에 앉아서 책을 읽고 있었다. 뚱뚱한 마호메드가 나타나서는 책망하듯이 푸념을 늘어놓았다. 아주 멋진 다과회를 열려고 했는데 모두들 캠프를 비우고 없었다고 말이다. 그래서 그 계획은 이제 완전히 취소되었다…… 나바틴의 건축물을 견학하는 것이 더 좋았을 텐데.

새러가 허둥지둥 자기들도 아주 즐거웠다고 말했다. 그녀는 식사를 하기 위해 손을 씻으려고 자기 텐트로 갔다. 돌아오는 길에 그녀는 제러드 박사의 텐트 옆에 멈춰 서서는 낮은 목소리로 불렀다.

「제러드 박사님!」

아무 대답도 없었다. 그녀는 입구를 들치고 안을 들여다보았다. 박사는 침대 위에 꼼짝 않고 누워 있었다. 새러는 그가 깨어나지 않도록 조심스럽게 밖으로 나왔다.

하인이 천막을 가리켰다. 저녁식사가 준비되어 있었다. 제러드 박사와 보인튼 노부인을 제외하고는 모든 사람이 탁자에 모여 있었다. 누군가가 노부인에게 식사가 준비되었다고 알리라고 하인을 급히 보냈다. 그때 밖에서 갑작스런 소동이 일어났다. 겁먹은 하인 두 명이 뛰어들어와서는 흥분하여 아랍어로 통역에게 말했다.

마호메드는 어리둥절한 태도로 그들을 둘러보고는 밖으로 나갔다. 새러가 재빨리 그를 쫓아갔다.

「무슨 일이죠?」 하고 그녀가 물었다.

마호메드가 대답했다.

「저 노부인이요. 압둘은 저 분이 아파서—움직일 수 없다고 하는군요.」

「제가 가서 볼게요.」

새러는 발걸음을 재촉했다. 그녀는 마호메드를 따라 바위를 올라가서 의자에 웅크리고 앉아 있는 노부인 쪽으로 걸어갔다. 그녀는 노부인의 살찐 손을 잡고 맥박을 살폈다.

그녀가 몸을 똑바로 세웠을 때, 그녀의 얼굴은 매우 창백했다.

새러는 큰 천막으로 돌아왔다. 출입구에 잠시 멈추어 선 채 그녀는 탁자 저쪽 끄트머리에 있는 사람들을 쳐다보았다. 새러는 그들에게 말을 하면서 자기 목소리가 쌀쌀하고 부자연스럽다는 것을 느꼈다.
「유감스럽게도―」 그녀는 장남인 레녹스에게 간신히 말했다.
「당신의 어머니가 돌아가셨습니다, 보인튼 씨.」
그리고 이상하게도 마치 꽤 멀리 떨어져 있는 것처럼, 그녀는 다섯 사람의 표정을 살펴보았다. 그들에게 그 발표는 곧 자유를 뜻하는 것일 테니……

제11장

카베리 대령은 탁자 건너편에 앉아 있는 손님에게 미소를 지으며 잔을 들었다.

「자, 사건 해결을 위해서!」

에르큘 포와로는 토스트 맛이 괜찮다는 듯이 눈을 깜빡거렸다. 그는 카베리 대령 앞으로 보내는 레이스 대령의 소개장을 가지고 암만으로 왔다. 카베리는 자기의 오랜 친구이며 정보 기관의 동료였던 레이스 대령이 아낌없는 칭찬과 함께 보낸 세계적인 이 인물을 관심 있는 눈으로 바라보았다. 소개장에는 이렇게 쓰여 있었다. '단지 한 가지 심리학적인 추론만을 가지고 사건을 해결해 낼 걸세!' 그리고 레이스 대령은 샤이타나 사건에서 보인 포와로의 활약을 덧붙여 써 놓았다.

「우리가 할 수 있는 일이라면 최선을 다하겠습니다.」 하고 카베리 대령은 조금은 초라하고 얼룩얼룩한 콧수염을 비틀며 말했다. 그는 보통 몸집에 옷차림이 단정치 못한 사람이었고, 머리는 반쯤 벗겨졌으며 옅은 푸른색 눈은 흐릿했다. 카베리 대령은 군인처럼 보이지 않았다. 아무도 그가 군인 생활을 한 사람이라고는 생각하지 못할 것이다. 하지만 그는 트랜스요르다니아(요르단 왕국의 옛 이름)에서는 실권을 가진 인물이었다.

「그런 것에 관심이 있습니까?」

「나는 모든 것에 흥미를 느끼지요!」

「그렇군요.」 하고 카베리가 말했다. 「이것이 인생을 원만하게 살아나가는 유일한 방법이지요.」

그는 잠시 멈추었다.

「당신의 직업 의식이 언제나 당신을 줄줄 따라다닌다고 생각하지 않습니까?」

「무슨 말인지요?」

「글쎄―다시 말하자면―범죄에서 벗어나 휴가를 즐기러 왔는데, 갑자기 시체를 발견하게 되었으니 말입니다.」

「그런 일이 여러 번 있었지요―한두 번이 아닙니다.」

「흠.」

카베리 대령은 무엇인가에 도취된 것 같았다. 그가 갑자기 일어섰다.

「자, 이제 시체를 보러 갑시다. 이건 정말 불쾌한 사건입니다.」 하고 그가 말했다.

「오, 그런가요?」

「물론이죠. 이곳 암만에서는 말이죠. 그 시체는 미국인 노부인이지요. 그녀는 가족들과 함께 페트라에 갔었습니다. 여행하기에는 더운 날씨였지만, 그 노부인은 이를 악물고 참았다는군요. 그런데 여행은 그녀가 생각했던 것보다 훨씬 더 힘들었을 테고, 그래서 심적으로 긴장하여―그녀는 그만 죽고 말았지요!」

「여기―암만에서 말입니까?」

「아니, 페트라에서 말입니다. 가족들이 그 시체를 오늘 이 곳으로 옮겨 왔습니다.」

「오, 저런!」

「모든 게 아주 자연스럽고, 또 그럴 수밖에 없는 상황이었습니다. 흔히 일어날 수 있는 가장 평범한 사건이지요. 다만―」

「무엇입니까, 그 다만이란 것은?」

카베리 대령이 벗겨진 머리를 긁적거렸다.

「내 생각으로는―」 하고 그가 말했다. 「그녀의 가족이 저지른 것 같아서요!」

「그렇습니까? 어째서 당신은 그렇게 생각하셨는지요?」

카베리 대령은 곧바로 대답하지 않았다.
「그 노부인이 너무 고약했기 때문이지요. 그리고 주위에 있는 사람들이 모두 그녀의 갑작스러운 죽음이 오히려 다행이라고 생각하고 있거든요. 아무튼 그 가족들이 모두 묵비권을 행사하고 있는 이상, 무엇인가를 알아낸다는 것은 무척 어려운 일일 겁니다. 그리고 그들이 지독한 거짓말을 할지도 모르잖습니까? 누구든지 복잡하고—또 외국에 와서까지 불쾌한 일을 당하고 싶지는 않을 테니까요. 그러니까 그런대로 내버려두는 것이 가장 쉬운 방법이 되지 않겠습니까? 뭐 또 사실 아무 일도 없었을 테지만 말입니다. 나는 의사 한 사람을 알고 있지요. 그 친구는 자기 환자들 중에서 예상보다 일찍 저 세상으로 간 사람들이 종종 있었다고 하며 의심해 보더군요. 그러면서도 한편으로는 말썽 없이 지내고 싶으면 그저 조용히 입다물고 있는 것이 최상책이 아니겠느냐고 하는 겁니다. 달리 말한다면, 조용하고 근면한 의사들 뒤에는 추악한 냄새와 입증될 수 없는 사건들이 짙게 깔려 있다고 하는 뜻이 아니겠습니까? 이것과 마찬가지로—」하고 그는 다시 머리를 긁적거렸다. 「나는 깨끗한 걸 좋아합니다.」
카베리 대령의 넥타이는 왼쪽 귀 밑에 있었으며, 양말은 줄줄 흘러내려왔고, 더러운 윗저고리는 찢겨져 있었다. 그러나 에르큘 포와로는 웃지 않았다. 그는 카베리 대령의 마음속 깊은 곳에 어떤 깔끔함이 있는 것을 보았다. 그는 깔끔하게 사건을 요약 정리해보고, 조심스럽게 생각을 정리하고 있었다.
「그렇지요, 나는 깔끔한 것을 좋아합니다.」 하고 카베리가 말했다. 그는 막연하게 손을 흔들었다.
「복잡한 것은 싫습니다.」
에르큘 포와로가 엄숙하게 고개를 끄덕였다.
「그곳으로 내려간 의사는 없었습니까?」 그가 물었다.
「2명이 있었습니다. 비록 한 의사는 말라리아에 걸렸지만, 다른 한 사람은 처녀—이제 갓 의학사 학위를 받은 여자지요. 물론 아직까지

익숙하지는 않겠지만요. 하지만 그 죽음에는 이상한 점이 하나도 없었습니다. 노부인은 심장이 좋지 않았다고 하고요. 그녀는 심장약을 복용하고 있었다더군요. 그러나 그런 사람이 갑자기 쓰러졌다고 해서 놀랄 것은 전혀 없지 않겠습니까?」

「그럼 무엇이 문제가 되는 겁니까?」

카베리 대령은 귀찮은 듯이 푸른 눈을 그에게로 돌렸다.

「시어도어 제러드라는 프랑스 사람에 대해서 들어 보았습니까?」

「물론이지요—그 사람 분야에서는 매우 저명한 인물 아닙니까?」

「정신병자지요!」 하고 카베리 대령이 단호하게 말했다.

「4살 때 파출부를 하고 싶다는 강한 욕망이 38살 때 켄터베리 대주교로 되게 했다고 한답니다. 우린 결코 그 이유를 알 수가 없지만, 그런 사람들은 그것을 아주 설득력 있게 설명하지요.」

「그렇지요. 제러드 박사는 노이로제 증세에 대해서는 권위자 아닙니까?」 하고 포와로는 미소를 지으며 말했다.

「음— 어— 페트라에서 일어난 사건에 대한 것은 그의 이론에 따른 겁니까?」

카베리 대령은 고개를 세게 저었다.

「아닙니다. 그렇지 않습니다. 비록 그렇다고 해도 그 일로 고민하지는 않을 겁니다. 글쎄, 걱정 마십시오. 나는 그것이 모두 진실이라고는 믿지 않습니다. 내가 이해하지 못하는 것이 하나 있긴 한데—베두인 하인은 삭막한 사막 한가운데에 떼어 놓는다고 해도, 당신이 1~2마일 안에 있다면 당신을 찾아낼 수 있다는 겁니다. 그것이 정말인지는 모르겠지만, 아마 사실일 겁니다. 물론 제러드 박사의 이야기는 모두 사실이지요. 정말 명백한 사실들이지요. 나는 당신이 이것에 관심이 있다고 생각합니다만—정말 관심이 있습니까?」

「물론 있고말고요.」

「좋습니다. 내가 곧 전화를 걸어 제러드 박사를 이리로 오라고 할 테니, 당신이 직접 그에게서 이야기를 들어 보십시오.」

대령이 그 일을 요령 있게 처리하고 나자, 포와로가 이렇게 물었다.

「그 가족은 어떻습니까?」

「보인튼 가족인데 아들이 둘 있습니다. 한 사람은 결혼했지요. 그의 부인은 무척 아름답고—조용하고 똑똑한 여자랍니다. 그리고 딸이 둘 있습니다. 모습은 완전히 다르지만 상당히 예쁜 아가씨들입니다. 동생이 약간 신경이 예민한 것 같은데—아마 어머니의 죽음으로 충격을 받았기 때문일 겁니다.

「보인튼이라—」 하고 포와로가 말했다. 그의 눈썹이 치켜 올라갔다.

「이상하군—아주 이상한데요.」

카베리는 무엇이 이상하냐는 듯이 그를 흘끔 쳐다보았다. 그러나 포와로는 아무 말 하지 않고 혼잣말로 무슨 말인가를 중얼거렸다.

「노부인은 가족들에게 골칫덩어리였던 모양입니다! 그들은 모두 손발이 되어 노부인을 모시면서 그녀의 비위를 맞추었다는군요. 그 노부인은 재산권을 쥐고 있으면서 가족들에겐 한 푼도 주지 않았다고 합니다.」

「오호! 정말 재미있는 사건이군요. 그 부인이 남긴 재산이 얼마나 되는지 알 수 있을까요?」

「지금 막 생각이 났는데—그것은 자식들에게 공평하게 분배된다고 하더군요.」

포와로는 머리를 끄덕이고 나서 물었다.

「당신은 그들이 그 말대로 할 거라고 생각합니까?」

「모르겠습니다. 그렇게 한다면 많은 어려움이 있겠지요. 그것이 합의된 사항인지, 아니면 식구 중 똑똑한 사람의 생각인지는 모르겠습니다만, 아마 그런 사실은 실제로는 아무것도 아닌 대발견이 아닐까요? 나도 당신의 전문적인 의견을 듣고 싶습니다. 아, 저기 제러드 박사가 오는군요.」

그 프랑스인은 빨리, 그러나 서두르지 않는 걸음걸이로 들어왔다. 그는 카베리 대령과 악수를 하고 날카로운 눈으로 포와로를 쳐다보았다.

카베리가 말했다.

「이쪽은 에르큘 포와로 씨입니다. 나와 함께 머물고 있지요. 이번 페트라에서 있었던 사건에 대해 이야기하고 있었습니다.」

「오, 그렇습니까?」

제러드는 민첩하게 포와로를 아래위로 훑어보았다.

「그 사건에 관심이 있으신 모양이지요?」

「물론이지요! 누구든 항상 자기 자신의 분야에는 어쩔 수 없이 관심을 가지게 되지 않겠습니까?」

「맞습니다.」 하고 제러드가 말했다.

「한잔 하시겠습니까?」 하고 카베리가 말했다. 그는 위스키와 소다수를 따라서 제러드의 팔꿈치 옆에 놓았다. 그는 포도주 병을 잡고 물어보는 눈으로 포와로를 바라보았지만, 포와로는 고개를 저었다. 카베리 대령은 그것을 내려놓고, 그의 의자를 좀더 가까이 당겼다.

「그런데—」 하고 그가 말했다.

「우리가 어디까지 이야기했지요?」

「내 생각입니다만—」 포와로가 제러드에게 말했다.

「카베리 대령은 만족해 하지 않는 것 같더군요.」

제러드는 의미심장한 몸짓을 했다.

「그렇다면 그것은—」 하고 그가 말했다.

「내 불찰입니다. 그리고 내가 틀릴 수도 있습니다. 그것을 염두에 두셔야 합니다, 카베리 대령. 내가 완전히 틀릴 수도 있다는 것 말입니다.」

카베리는 투덜거리듯이 말했다.

「포와로 씨에게 그 사건에 대해서 말씀해 주시지요.」

제러드 박사는 페트라 여행에 앞서서 일어난 사건들에 대해서 간단하게 설명해 주었다. 그는 보인튼 가족의 유별난 성격과, 감정적인 긴장 상태에서 그들이 어떤 고통을 받아 왔는지 자세히 설명했다. 포와로는 흥미 있게 들었다.

제러드는 페트라에서 일어난 사건을 이야기할 차례가 되자, 그가 먼저 캠프로 돌아온 이유부터 설명했다.

「내게 갑자기 말라리아 증세가 나타났습니다.」 하고 그가 설명했다.

「그래서 키니네 정맥 주사를 맞아야겠다고 생각했지요.」

포와로는 알겠다는 듯이 고개를 끄덕였다.

「열이 몹시 올라서 고통스러웠거든요. 그래서 곧 비틀거리며 내 텐트 안으로 들어갔지요. 그런데 누가 약상자를 있던 자리에서 옮겨 놓았기 때문에 한참 뒤적거려야 했습니다. 그 상자를 간신히 찾아서 열어보니, 주사기가 없는 거였습니다. 한동안 그것을 찾기 위해서 또 쩔쩔매다가 결국 포기하고는 키니네를 잔뜩 먹고 침대에 누워버렸습니다.」

제러드는 잠시 멈추었다가 다시 계속했다.

「해가 진 뒤에도 우리는 보인튼 노부인이 죽었는지 몰랐습니다. 그녀가 의자에 기대어 앉아 있었기 때문에, 움직이지 않고 있는 것에 별로 신경을 쓰지 않았거든요. 하인이 6시 30분에 저녁식사가 준비되었다고 그녀를 부르러 갔을 때까지 어느 누구도 노부인에 대해서 주의하지 않았습니다.」

그는 동굴의 위치와, 그것이 큰 천막에서 상당히 떨어져 있다는 것도 설명해 주었다.

「킹 양이 그 노부인의 시체를 조사했지요. 물론 그녀는 자격이 있는 의사입니다. 킹 양은 내가 열이 있다는 것을 알고는 나를 깨우지 않았습니다. 사실 나라고 해도 그때 할 수 있었던 것은 아무것도 없었을 테니까요. 보인튼 노부인은 이미 죽었고, 또 어느 정도 시간이 지난 상태였으니까요.」

포와로가 중얼거렸다.
「정확하게 어느 정도 지났습니까?」
제러드가 천천히 말했다.
「킹 양은 그런 것에는 별로 신경을 쓰지 않았을 겁니다. 그녀는—이건 내 생각입니다만, 그것이 그렇게 중요하다고 생각하지 않았을 겁니다.」
「하지만 그 노부인이 마지막으로 살아 있었던 시간에 대해서는 말할 수 있지 않겠습니까?」 하고 포와로가 말했다.
카베리 대령은 목청을 가다듬고는, 공식적으로 알려진 사실을 말해 주었다.
「보인튼 노부인은 오후 4시가 약간 지나서 웨스트홀름 부인과 피어스 양과 이야기를 했습니다. 레녹스 보인튼은 4시 30분에 어머니와 이야기했습니다. 레녹스 보인튼 부인은 약 5분 뒤에 그녀와 한동안 대화를 나누었습니다. 캐롤 보인튼도 확실한 시간은 알 수 없지만, 그녀의 어머니와 이야기를 나누었습니다—다른 사람의 증언에 의하면, 그것은 약 5시 10분 정도인 것 같습니다.
제퍼슨 코프—그는 그 가족의 친구인 미국인인데—웨스트홀름 부인과 피어스 양과 함께 캠프로 돌아왔을 때 그녀가 잠들어 있는 것을 보았다고 합니다. 그 사람은 노부인과 이야기하지는 않았습니다. 그때가 대충 5시 40분쯤이었습니다. 둘째 아들인 레이먼드 보인튼이, 살아 있는 노부인을 마지막으로 본 사람인 것 같습니다. 산책에서 돌아온 그는 5시 50분경에 어머니에게 가서 이야기를 했습니다. 그런 뒤에, 시체는 6시 30분에 하인이 저녁이 준비되었다는 것을 알리러 가서야 발견되었습니다.」
「레이먼드 보인튼과 이야기를 하고 나서부터 6시 30분 사이에 그녀에게 가까이 갔던 사람은 아무도 없습니까?」 하고 포와로가 물었다.
「그건 확실하지 않습니다.」

「하지만 누군가가 갔었다면?」 포와로가 계속 물었다.

「아마 그렇지는 않을 겁니다. 6시경부터 6시 30분까지 하인들은 캠프 주위에서 왔다갔다하고 있었고, 사람들도 자기들 텐트에서 나와 있었지요. 하지만 누군가가 그 노부인에게 접근하는 것을 본 사람은 없었습니다.」

「레이먼드 보인튼이 살아 있는 그녀의 모습을 마지막으로 본 것이 틀림없습니까?」 하고 포와로가 물었다.

제러드 박사와 카베리 대령은 서로 눈짓을 했다. 카베리 대령은 손가락으로 탁자를 두드렸다.

「지금 우리는 깊은 물 속으로 빠져들어가고 있는 겁니다. 계속하십시오, 제러드 박사. 이건 당신 책임입니다.」

제러드 박사가 말했다.

「조금 전에 말했듯이, 새러 킹은 보인튼 노부인을 검진했을 때 정확한 사망 시간을 결정해야 할 필요가 없다고 생각했습니다. 그녀는 단지 보인튼 노부인이 조금 전에 죽었다고만 말했지요. 그러나 그 다음 날 내 개인적인 이유로 별뜻 없이 나는 요점만을 이야기하려고 노력하며, 레이먼드가 6시 조금 못 되었을 때 보인튼 노부인의 살아 있는 모습을 보았다고 이야기하자, 킹 양은 분명히 그런 일은 불가능하다고 말하더군요—곧, 그 시간에 보인튼 노부인은 이미 죽어 있었다는 겁니다.」

포와로의 눈썹이 치켜 올라갔다.

「이상한데. 그거 정말 이상한데요. 그러면 무엇 때문에 레이먼드 보인튼이 그렇게 말했을까요?」

카베리 대령이 갑자기 끼여들었다.

「그는 분명히 어머니가 살아 있었다고 했습니다. 그는 어머니에게 가서 '다녀왔습니다. 오후에 잘 지내셨어요?' 라든가, 뭐 그렇게 말했다고 하더군요. 그러자 어머니가 '그래, 잘 지냈다.' 하고 퉁명스럽게 대답했답니다. 그 뒤에 그는 곧장 자기 텐트로 돌아갔다고 합니다.」

포와로는 머리가 아픈 듯이 얼굴을 찡그렸다.

「이상한데―」 하고 그가 말했다.

「정말 이상하군요. 그런데―그때는 이미 어둑어둑해진 뒤가 아니었습니까?」

「해가 막 넘어가고 있었지요.」

「이상하군요.」 하고 포와로가 다시 말했다.

「그럼, 제러드 박사, 당신이 그 시체를 본 것은 언제였나요?」

「다음 날, 정확하게 오전 9시였습니다.」

「당신은 그 노부인이 몇 시에 죽었다고 생각합니까?」

프랑스인은 어깨를 으쓱했다.

「그런 시간을 사후에 정확하게 추정한다는 것은 어려운 일입니다. 거기에는 3, 4시간의 오차가 있게 마련이지요. 내가 분명히 말할 수 있는 것은, 내가 검시했을 땐 그녀가 죽은 지 12~18시간이 넘지 않았다는 것뿐입니다. 아시다시피, 그런 것은 전혀 도움이 되지 않을 텐데요?」

「계속하십시오, 제러드 박사.」 카베리 대령이 말했다.

「그 나머지도 이야기해 주십시오.」

「아침에 일어나서―」 하고 제러드 박사가 말했다.

「내 주사기를 찾았습니다―그것은 옷장 위에 있는 약병 상자 뒤에 가려져 있더군요.」

그는 몸을 앞으로 내밀었다.

「당신은 내가 그 전날에 빠뜨리고 못 보았던 거라고 생각하시겠지요. 사실 그때 나는 높은 열과, 괴로움, 머리에서 발끝까지 떨리는 끔찍한 상태였습니다. 평상시에도 분명히 그곳에 있는데 막상 찾으려고 하면 찾지 못하는 경우가 종종 있긴 하지요. 그렇지만 그때는 분명히 주사기가 거기에 없었습니다. 이것은 틀림없습니다.」

「그럼 거기에는 그럴 만한 어떤 증거라도 있는 모양이군요?」 하고 카베리가 말했다.

「물론이지요. 두 가지가 있는데, 그것들은 가치가 있고 상당한 의미가 들어 있는 겁니다. 죽은 노부인의 손목에는 흔적이 있었습니다—주사를 맞은 것 같은 그런 흔적 말입니다. 노부인의 딸은 그것이 바늘에 찔린 자국 같다고 했지만—」

포와로가 몸을 움직였다.

「어떤 딸 말입니까?」

「캐롤이었습니다.」

「오, 알겠습니다. 자, 계속하십시오.」

「그리고 또 한 가지 사실은, 내 약상자에서 디기톡신(강심제의 일종)이 아주 많이 없어졌다는 사실입니다.」

「디기톡신?」 하고 포와로가 말했다.

「심장약이군요. 그렇지 않습니까?」

「맞습니다. 그것은 디기탈리스 마른 잎에서 추출되는 약이지요. 일반적으로 디기탈리스라고 하지요. 거기에는 4가지의 강렬한 독성이 들어 있는데—디기탈린—디기토닌—디기탈리안—그리고 디기톡신이죠. 이 중에서, 디기톡신이 가장 독성이 강한 성분입니다. 코프의 실험에 따르면, 그것에는 디기탈린이나 디기탈리안보다 6~10배나 강한 독성이 있다고 하더군요. 그것은 프랑스에서 약국법에 판매가 금지되어 있지만—영국의 약전에는 그런 규정이 없습니다.」

「디기톡신을 지나치게 사용하면 어떻게 됩니까?」

제러드 박사는 엄숙하게 말했다.

「디기톡신을 정맥 주사로 지나치게 투입하면, 혈액 순환이 갑자기 빨라져서 심장마비로 사망하는 수가 있습니다. 4㎎이면 성인에게 치명적이라고 알려져 있습니다.」

「그리고 보인튼 노부인은 심장 질환이 있었다지요?」

「그렇습니다. 사실 문제가 되는 것은, 그녀가 디기탈리스 성분이 들어 있는 약을 복용하고 있었다는 겁니다.」

「그것은—」 하고 포와로가 말했다.

「정말로 흥미 있는 사실이군요.」

「당신 이야기는―」 하고 카베리가 물었다.

「그녀가 약을 과다 복용했을 수도 있다는 겁니까?」

「물론―그렇지요. 하지만 그 이상의 뜻은 없습니다.」

「어느 점에서는―」 하고 제러드 박사가 말했다.

「디기탈리스는 점가약이라고 합니다. 그런데 시체를 해부한다고 해도, 디기탈리스의 강렬한 독성은 식별될 수 있는 흔적을 남기지 않는다고 하지요.」

포와로는 알겠다는 듯이 천천히 고개를 끄덕였다.

「흠, 그것은 교묘하군요―참으로 교묘해요. 배심원들을 설득할 만한 증거는 되지 못하겠군요. 아, 그런데 당신이 말씀하시는 건―만일 이것이 살인이라면 아주 교묘하게 저질러졌다는 거로군요! 피해자가 평상시에 복용하는 독물을 주사기만 바꿔서 사용한다는 것은 실수를 하거나―일이 잘못될 가능성이 전혀 없는 거지요. 오, 그래요―정말 지능적입니다. 그런 생각은 천재적인 것입니다.」

잠시 그는 침묵을 지키다가 머리를 쳐들었다.

「그런데 아직도 이해할 수 없는 사실이 있습니다.」

「그것이 뭡니까?」

「주사기가 없어진 일 말입니다.」

「누군가가 그것을 사용했겠지요.」 하고 제러드 박사가 재빨리 말했다.

「사용하고―나서는 제자리에 놓았단 말입니까?」

「그렇지요.」

「이상하군.」 하고 포와로가 말했다.

「아주 이상합니다. 그렇지만 않다면, 모든 사실들이 아주 잘 들어맞는데……」

카베리 대령이 궁금한 듯이 그를 쳐다보았다.

「전문가의 입장에서 본 견해를 말씀해주시지 않겠습니까? 정말 살인일까요?」

포와로가 손을 들어서 막았다.

「잠깐만, 아직 살인이라고 단정짓기에는 조금 이릅니다. 고려해보아야 할 증거들이 몇 가지 있습니다.」

「무슨 증거 말입니까? 당신은 사건에 대해서 듣기만 했을 텐데요?」

「아! 하지만 그것은 나, 에르큘 포와로가 당신들에게 제시할 증거입니다.」

그는 고개를 끄덕이고는, 깜짝 놀란 표정을 짓고 있는 두 사람을 보고 살짝 웃었다.

「농담이 아닙니다. 내가 지금 당신들에게 이야기해줄 것은 이 사건의 중요한 증거가 될 수도 있습니다. 그것은 이렇습니다. 솔로몬 호텔에서 어느 날 밤에, 나는 문이 닫혀 있는가 확인하려고 창가로 갔었지요.」

「닫기 위해서였습니까, 아니면 열기 위해서였습니까?」 하고 카베리 대령이 물었다.

「닫기 위해서였습니다.」 하고 포와로가 확실하게 말했다.

「창문이 열려 있었거든요. 나는 분명히 닫으러 갔지요. 하지만 내가 창문을 닫으려고 손잡이에 손을 올려놓았을 때 어떤 말소리—동의를 구하는 듯한 목소리, 신경질적이며 흥분된 떨림이 들어 있는 나지막하고 맑은 목소리가 들렸습니다. 나는 그 목소리를 다시 들으면 알 수 있을 거라고 생각했습니다. 그 목소리는—이렇게 말했습니다. '너도 알지, 그렇지? 그녀는 죽어야 해.'」

그는 잠시 멈추었다.

「그 당시 나는 그러한 말들이 어떤 살인을 언급하는 거라고는 생각할 수 없었지요. 그때 나는 그것이 단지 어느 작가나 아니면 극작가의 대사라고 생각했습니다. 그러나 지금도—그것이 무엇인지 확신할 수는 없습니다. 하지만 그 소리가 대사 따위는 절대로 아니라고 확신할 수 있지요.」

다시 그는 잠시 멈추었다가 말했다.

「여러분, 지금 내가 말하려고 하는 것은—그 말은 내가 나중에 호텔 라운지에서 보았던 어떤 젊은이가 한 것 같다는 사실입니다. 당신들이 수상하다고 말한 바로 그 레이먼드 보인튼 말입니다.」

제12장

「레이먼드 보인튼이 그렇게 말했다고요?」
 프랑스인의 입에서 절규에 가까운 소리가 터져나왔다.
「당신은 그것이—심리학적으로 말해서—믿기 어려운 것이라고 생각합니까?」
 포와로는 침착하게 질문했다.
 제러드가 고개를 저었다.
「아닙니다, 나는 그런 뜻으로 말한 것이 아닙니다. 그것 참, 정말 놀라운 일이군요. 내가 놀라는 것은, 레이먼드 보인튼이 너무도 분명하게 혐의자로 주목되기 때문입니다.」
 카베리 대령이 한숨을 내쉬었다. 그는 마치 '이런 심리학자 친구들이란!' 하고 말하는 것처럼 보였다.
「문제는—」 하고 카베리가 중얼거렸다.
「우리가 그것에 대해서 어떻게 대처해야 하는가가 아닙니까?」
 제러드는 어깨를 으쓱했다.
「내 생각으론 지금의 우리는 아무것도 할 수 없을 것 같은데요.」 하고 그가 솔직히 말했다.
「그 증거는 결정적인 것이 아닙니다. 그 사건이 살인이라고 생각할 수는 있지만, 그것을 입증하기에 아직은 불충분합니다.」
「나도 그건 압니다.」 하고 카베리 대령이 말했다.
「우리는 살인이 일어났으리라고 생각은 하지만, 어떻게 그것을 증명해 보일 방법이 없다는 거지요! 이건 아주 고약한 사건입니다!」
 그는 마치 정상을 참작해주기를 바란다는 듯이 기묘한 변명을 덧붙였다.

「이래봬도 나는 아주 깔끔한 것을 좋아한답니다.」
「나도 압니다, 알고 있어요.」
포와로도 공감한다는 듯이 고개를 끄덕였다.
「당신은 이 문제를 깔끔하게 해결하고 싶을 겁니다. 무슨 일이 어떻게 일어났는지를 명확하고 정확하게 말이지요. 제러드 박사, 당신도 그렇지요? 당신은 그 말이 의도적으로 한 것이 아니며—그 증거란 결정적인 단서가 될 수 없다고 말씀하셨습니다. 그게 사실일지도 모르지요. 하지만 당신은 그 문제가 미결 상태로 그냥 넘어가도 아무렇지 않겠습니까?」
「그 노부인은 위독한 상태였습니다.」 하고 제러드가 천천히 말했다.
「그녀는 죽음이 임박해 있는 상태였지요—1주일—한 달—길어야 1년 정도.」
「그럼 당신은 만족한다는 뜻입니까?」 하고 포와로가 끈질기게 물었다.
「그녀의 죽음에 대해서는 의심할 바가 전혀 없어요—우리로서는 어떻게 판단할 수가 없지 않겠습니까?—그리고 그것은 사회적으로 유익할 수도 있습니다. 그 노부인의 죽음은 가족에게 자유를 가져다 주었습니다. 그들은 발전할 기회를 가지게 될 겁니다—그들은 모두 훌륭한 인격과 지성을 갖춘 사람들이라고 나는 생각합니다. 그들은 틀림없이 그렇게 될 겁니다—이제—유능한 사회인으로 말이지요! 보인튼 노부인의 죽음은—내 생각으로는, 어떻게 보면 잘된 일일 수도 있습니다.」
포와로는 다시 똑같은 말을 되물었다.
「그래서 당신은 그것으로 만족한다는 뜻입니까?」
「아니, 그런 뜻이 아닙니다.」
제러드 박사는 갑자기 주먹으로 탁자를 쳤다.
「나는 그러한 '만족'을 느낀다고는 말하지 않았습니다! 그것은 개가 생명에 대해서 마음속으로 간직하고 있는 본능이지—결코 그녀의 죽음을 재촉하고 싶었다고 한 것은 아닙니다. 그러므로 비록 내가 노부인의 죽음이 잘된 일이라고 마음속으로 생각하고 있을지라도, 무의식적으로는 그것을 부정하고 있는 겁니다! 그것은 결코 좋은 일이 못됩니다, 여러분. 남자든 여자든, 사람이 자기의 수명이 다하기 전에 죽음을 맞이한다는 사실 그 자체부터가 말입니다.」

포와로는 미소를 지었다. 그는 끈질기게 물고 늘어져서 얻어 낸 대답에 만족해 하며 뒤로 몸을 기댔다.

카베리 대령이 냉정하게 말했다.

「박사는 결코 살인을 좋아하지 않아요! 틀림없습니다! 이제 그 문제는 더 이상 논의하지 맙시다.」

그는 일어나서 독한 위스키와 소다수를 잔에 따랐다. 손님들 잔은 아직도 그대로 있었다.

「그리고 이제—」 그는 다시 사건으로 화제를 돌렸다.

「진상을 파악하기로 합시다. 과연 노부인의 죽음에는 의도적인 것이 끼어 있을까요? 우리는 그것을 바라지는 않습니다—아무렴! 하지만 그렇다고 그것을 무시할 수도 없는 일 아닙니까! 그리고 기대에 어긋난다고 해서 안달할 필요도 없습니다.」

제러드가 몸을 앞으로 내밀었다.

「전문가의 입장에서 본 당신의 의견은 어떤지요, 포와로 씨? 당신은 전문가가 아닙니까?」

포와로는 대답을 하기 전에 잠시 시간을 끌었다. 그는 재떨이를 가지런히 정돈하고 성냥개비를 조금 쌓아 올렸다.

「당신은 '누가 보인튼 노부인을 죽였는가?(그녀는 살해당한 건가, 아니면 자연사한 건가?)' 알고 싶지요, 카베리 대령? 정확하게 어떻게, 그리고 언제 그녀가 살해당했는지—또한 그 사건의 모든 진상을 빠짐없이?」

「그렇소, 나는 그러한 것들을 알고 싶습니다.」

에르퀼 포와로는 천천히 말했다.
「나는 당신이 그것을 왜 아직도 모르고 있는지 그 이유를 모르겠습니다!」
제러드 박사는 믿을 수 없다는 표정을 지었다.
카베리 대령은 온화한 표정으로 관심 있다는 얼굴로 쳐다보았다.
「그럼 당신은 진상을 알아낼 수 있다는 겁니까? 이거 무척 재미있군. 어떻게 그 일을 시작할 생각입니까?」
「증거를 하나씩 선별하는 방법으로 추론해 나가야지요.」
「내 마음에 꼭 드는구먼.」 하고 카베리 대령이 말했다.
「그리고 심리학적으로 분석해 본 뒤에 말입니다.」
「제러드 박사도 마음에 드시리라고 기대합니다.」 하고 카베리가 말했다.
「그리고 그 다음에―증거를 선별하고 결론을 추측해내고, 그것을 심리학적으로 분석해본 다음에―나와라!―하고 외치면 모자 속에서 토끼를 끄집어낼 수 있다고 생각합니까?」
「만일에 내가 그렇게 하지 못한다면, 그것이야말로 정말 놀라운 일이 아닐까요?」 하고 포와로가 침착한 어조로 대꾸했다.
카베리 대령은 술잔 너머로 그를 찬찬히 바라보았다. 그 순간, 그의 희미한 눈빛은 전혀 몽롱해 보이지 않았다―신중하고도―또한 그 눈빛은 무엇인가를 감지하고 있었다. 그는 중얼거리면서 잔을 내려놓았다.
「당신은 어떻게 생각합니까, 제러드 박사?」
「나도 역시 포와로 씨의 계획이 성공하기란 쉽지 않을 거라고 인정합니다만―하지만 나는 포와로 씨의 놀라운 능력을 잘 알고 있지요.」
「나에겐 타고난 재능이 있답니다―맞아요. 정말 그렇답니다.」
그 조그만 남자는 겸손하게 미소지었다.
카베리는 고개를 돌리고는 기침을 했다.

포와로가 말했다.

「첫번째로 우리가 알아내야 할 것은 과연 이것이 여러 사람의 모의로 이루어진 살인이냐—보인튼 가족 전체가 함께 계획하고 실행한 것인가, 아니면 그들 중에서 단지 한 사람이 저지른 것인가를 판단하는 겁니다. 만일 나중의 경우라면, 가능성이 가장 많은 인물이 한 명 있지요.」

제러드 박사가 말했다.

「당신이 내세운 증거가 있잖습니까? 먼저 레이먼드 보인튼을 고려해 보아야겠군요.」

「나도 동감입니다.」 하고 포와로가 말했다.

「내가 엿들었던 말과 그의 증언, 그리고 젊은 여의사의 증언 사이에 있는 모순점으로 보아, 일단 그를 가장 유력한 용의자로 생각할 수 있겠지요. 그는 보인튼 노부인의 살아 있는 모습을 최후로 본 사람입니다. 그것은 그가 직접 한 이야기입니다. 그러나 새러 킹은 그건 있을 수 없는 일이라고 했습니다. 그런데 말입니다—거기에는—뭐라고 할까?—내가 말하는 게 무슨 뜻인지 아시겠지요—좀 미묘하다고 할지, 뭐 그런 것이 거기에 있단 말입니다, 그렇지 않습니까?」

프랑스인은 고개를 끄덕였다.

「확실히 그렇지요.」

「흠! 그녀는, 그 젊은 여자는 검은 머리카락을 뒤로 빗어 넘기고—그리고—또한 엷은 갈색 눈과, 태도가 매우 분명한 사람 아닙니까?」

제러드 박사는 좀 놀라는 듯했다.

「맞아요. 아주 정확하게 보셨습니다.」

「나는 그녀를 한 번 본 적이 있습니다—솔로몬 호텔에서 레이먼드 보인튼과 이야기하는 것을 보았지요. 그리고 그녀가 떠난 뒤에도 그는 몽롱하게 엘리베이터의 입구를 막은 채로 서 있었습니다. 나는 그가 내 말을 듣고 비켜줄 때까지 '실례합니다.' 하고 3번씩이나 되풀이해야 했거든요.」

포와로는 얼마 동안 생각에 잠겨 있다가 이렇게 말을 이었다.

「그렇다면 먼저 우리는 새러 킹 양의 의학적인 증언에 어떤 의중 유보가 있다는 것을 인정해야 합니다. 그녀는 그 가족과 어떤 이해 관계가 있는 사람이니까요.」

그는 잠시 멈추었다가 다시 계속했다.

「제러드 박사, 당신은 레이먼드 보인튼이 살인을 저지를 수 있는 기질을 가지고 있다고 생각합니까?」

제러드가 천천히 대답했다.

「당신은 그것이 신중하게 계획된 살인이라고 생각하시는 모양이군요. 물론, 나도 그것이 가능하다고 생각합니다마는—그것보다는 격한 감정적인 긴장 상태에서 저질러졌다고 볼 수 있습니다.」

「그런 일이 있었습니까?」

「그렇습니다. 그들은 이번 해외 여행으로 신경과민 증상이 더욱 심해졌을 것이고, 또 지금까지도 계속해서 그들 모두 정신적인 긴장 상태에서 지내 왔지요. 아마, 자신의 생활과 다른 사람들의 생활이 비교되었기 때문에 그것이 더욱 깊어졌을 겁니다. 그리고 레이먼드 보인튼의 경우에 있어서는—」

「말씀해 보십시오.」

「더 복잡했을 겁니다. 새러 킹에게 강한 호감을 가지고 있었으니까요.」

「그것이 그에게 어떤 동기를 줄 만한 것이었나요? 그리고 자극도?」

「그렇습니다.」

카베리 대령이 기침을 했다.

「잠깐, 생각난 것이 있습니다. 당신이 엿들었다는 그 말—'너도 알지, 그렇지? 그녀는 죽어야 해'—이것은 누군가에게 한 말이 틀림없습니다.」

「오, 정말로 좋은 지적입니다.」 하고 포와로가 말했다.

「나도 그렇게 생각했습니다. 그렇다면 과연 레이먼드 보인튼은 누구에게 이야기하고 있었을까요? 물론 생각해 볼 것도 없이 가족 중의 한 사람이었을 겁니다. 도대체 그게 누구였을까요? 제러드 박사, 우리에게 그 가족들의 정신적인 상태에 대해서 이야기해 주실 수 있겠습니까?」

제러드가 즉시 대답했다.

「캐롤 보인튼은—내가 생각하기로는, 레이먼드와 거의 비슷한 상태—심한 정신적인 흥분으로 쉽사리 계획에 가담할 수 있는 상태였습니다. 그러나 그녀는 여자이기 때문에 조금 덜 심각한 상태였을지도 모릅니다. 레녹스 보인튼은 나이로 보아 반항할 단계는 이미 지났지요. 그는 아예 무관심한 상태였습니다. 내 생각에 그는 무언가에 몰두할 수 없다는 것을 깨닫고 있는 듯했습니다. 그는 주위의 상황에 대해 거의 무관심하고, 자기 자신 속으로 도피해 있었습니다. 그는 내성적인 사람이거든요.」

「그의 부인은 어떻습니까?」

「그의 부인은 비록 피곤하고 불행해 보이기는 했지만, 정신적인 갈등을 겪고 있는 것 같지는 않았습니다. 내 생각으로, 그녀는 어떤 결단을 내리고 싶은데 그것을 망설이는 듯했어요.」

「무슨 결단을 내린단 말입니까?」

「남편에게서 떠나는 문제이지요.」

그는 제퍼슨 코프와 나누었던 이야기를 들려주었다.

포와로는 알겠다는 듯이 고개를 끄덕였다.

「그리고 그 소녀는 어땠습니까? 지네브라. 맞지요, 아닌가요?」

프랑스인의 표정이 엄숙해지면서 말했다.

「내가 보기에, 그녀는 정신적으로 극도로 위험한 상태에 있습니다. 그녀는 이미 정신 분열 증세를 보이기 시작했거든요. 현재의 생활에 대한 압박감을 견디어 내지 못하고 환상의 세계로 도피하게 된 겁니다. 그녀는 극도의 피해 망상에 빠져 있습니다—즉 다시 말하면, 그녀는 왕족으로서—위험 속에—적들이 자기를 둘러싸고 있다고 주장하고 있는 정도입니다—그것도 거리낌없이!」

「아주 위험한 상태입니까?」

「매우 위험하지요. 그것은 때때로 살인적인 충동을 일으키는 발단이 되기도 합니다. 그렇게 살인을 저지른 사람들은 살인에 대한 강한 욕망이 있기 때문이 아니라—자기 방어를 위해서 하게 됩니다. 그들은 자기 자신이 살해당하지 않기 위해서 살인을 합니다. 그들 생각으로는 그것이 더할 나위없이 합리적인 것이지요.」

「그렇다면 당신은 지네브라 보인튼이 자기 어머니를 살해했을 수도 있다고 생각합니까?」

「그렇습니다. 하지만 나는 그녀가 그런 방법으로 실행할 만한 지식이나 적극성이 있을까는 확신할 수 없어요. 그러한 광적인 사람들의 사고 방식이란 대개 매우 단순하고 또한 뻔하거든요. 나는 그녀가 했다면 보다 극적인 방법을 택했으리라고 생각합니다.」

「아무튼 그녀에게도 가능성이 있다는 말 아닙니까?」

포와로가 말했다.

「맞아요.」 하고 제러드가 인정했다.

「그리고 다음에—언제 그 행위가 행해졌을까요? 당신은 가족의 나머지 사람들이 누가 그 일을 했는지 알고 있다고 생각합니까?」

「맞아요, 그들은 알고 있어요!」 하고 카베리 대령이 갑자기 중얼거리듯이 말했다.

「만일 내가 무언가를 숨기고 있는 사람들 앞을 지나 왔다면—그건 바로 그 사람들일 겁니다!」

「우리는 그들이 무엇을 감추고 있는지 이야기하게 해야 합니다.」 하고 포와로가 말했다.

「취조를 한단 말입니까?」 하고 말하며 카베리는 눈썹을 곤두세웠다.

「오, 아닙니다.」

포와로는 고개를 저었다.

「아주 일상적인 대화를 통해서지요. 대체로 사람들은 진실을 말합니다. 왜냐하면 그것이 보다 쉽기 때문이지요! 그리고 억지로 꾸며내는 데서 오는 긴장을 덜 수 있기 때문입니다! 당신은 누군가에게 한두 번—혹은 세 번—아니 네 번까지는 거짓말을 할 수 있을 겁니다—그러나 매번 거짓말을 할 수는 없지요. 그리고 또한—진실이란 평범하기 마련이지요.」

「그것은 사실입니다.」 하고 카베리도 동의했다. 그 다음에 그는 퉁명스럽게 말했다.

「그럼 그들과 이야기해 보겠다는 겁니까? 그것은 당신이 사건을 기꺼이 맡겠다는 뜻인가요?」

포와로는 고개를 숙였다.

「이것만은 명확히 해두기로 합시다.」 하고 그가 말했다.

「당신이 무엇을 묻고, 또한 내가 어떻게 대답을 하게 되든, 그것은 진실입니다. 하지만 알아두어야 할 것은, 비록 우리가 진실을 알고 있다고 해도 거기에는 증거가 전혀 없다는 겁니다. 다시 말하자면, 어떠한 증거도 배심원에게 보여줄 수 없다는 거란 말이지요. 알겠습니까?」

「좋습니다.」 하고 카베리가 말했다.

「당신은 내가 사건의 진상을 규명할 수 있게 도와주어야 합니다. 게다가 국제적인 문제로 번지지 않게 단도리해야 합니다. 그러나 아무튼 그것은 명쾌하게 해결될 거요—아무런 혼란 없이.」

포와로는 미소를 지었다.

「한 가지 더—」 하고 카베리가 말했다.

「나는 당신에게 많은 시간을 줄 수가 없습니다. 그 사람들을 무한정 붙잡아 둘 수는 없으니까요.」

포와로가 재빨리 말했다.

「당신 능력으로는 24시간은 붙잡아 둘 수 있을 겁니다. 내일 밤까지는 진실을 알게 될 거요.」
　카베리 대령은 그를 가만히 쳐다보았다.
「자신 있습니까?」 하고 그가 물었다.
「나는 내 자신의 능력을 알고 있지요.」 하고 포와로는 말했다.
　이런 영국인답지 않은 태도로 조금 불쾌해진 카베리 대령은 먼 데를 바라보며 엉성한 콧수염을 만지작거렸다.
「그러면.」 하고 중얼거렸다.
「그것을 당신에게 맡기겠습니다.」

제 13장

 새러는 에르퀼 포와로를 날카롭게 바라보았다. 그녀는 달걀 모양의 머리와, 거창한 콧수염, 잔뜩 멋을 부린 외양과, 의심스러울 정도로 새카만 그의 머리카락을 찬찬히 살펴보았다. 그녀의 눈에 의심스러운 빛이 떠올랐다.
「아가씨, 이제 만족하셨습니까?」
 새러는 약간 빈정거리는 듯한 웃음을 띤 그의 시선과 마주치자 얼굴을 붉혔다.
「무슨 말씀이신지요?」하고 그녀는 어색하게 말했다.
「모든 것 말입니다! 내가 최근에 배운 표현을 빌려 말해보자면, 당신은 나를 한 차례 죽 훑어보았습니다, 그렇지 않은가요?」
 새러는 조금 미소를 지었다.
「글쎄요. 하여튼, 당신도 똑같이 하실 수도 있어요.」하고 그녀가 말했다.
「물론이지요. 나도 그런 일에 소홀한 사람은 아니니까요.」
 그녀는 그를 날카롭게 노려보았다. 그의 목소리에는 기묘한 뜻이 있는 것 같았다. 포와로는 만족스럽다는 듯이 콧수염을 만지작거렸으며, 새러는 이렇게 생각했다.(두 번째로) '이 남자는 정말 협잡꾼이야!' 그녀는 마음을 가다듬고, 좀더 꼿꼿하게 앉아서 미심쩍은 듯이 말했다.
「저는 왜 이런 대답을 해야 하는지 이해를 못 하겠어요.」
「그 훌륭한 제러드 박사가 설명해 주지 않았나요?」
 새러는 얼굴을 찌푸리고 말했다.
「저는 제러드 박사님을 이해할 수가 없어요. 너무 깊이 생각하시는 것 같거든요.」
「덴마크에도 무엇인가 타락한 것이 있다 이거죠.」 하고 포와로가 인용했다.
「나는 당신의 셰익스피어를 알고 있습니다.」
새러는 그가 셰익스피어 이야기를 더 이상 하지 못하도록 막았다.
「대체 어째서 이렇게 야단법석을 떠는 거지요?」 하고 그녀가 물었다.
「좋게 말해서, 어떤 사람이 원하고, 어떤 사람이 원치 않을까요? 이 사건의 진실이 밝혀지는 것을 말입니다.」
「보인튼 노부인의 죽음에 대해서 말씀하시는 건가요?」
「그렇습니다.」
「그 문제라면 더더군다나 이렇게 소란을 피울 까닭이 전혀 없지 않을까요? 당신은 전문가잖아요, 포와로 씨. 그러니까 당연히 당신은—」
포와로는 그녀의 말을 중간에서 끊었다.
「내가 어떤 범죄의 기미를 찾아냈다면, 그것을 해결할 구실을 마련해야 한다는 것은 지극히 당연한 논리이지요.」
「물론—그렇겠지요.」
「당신은 보인튼 노부인의 죽음에 대해 의심해보지 않았습니까?」
새러는 어깨를 으쓱했다.
「포와로 씨, 만일 당신이 페트라에 계셨었다면, 당신은 그 여행이 심장이 좋지 않은 노부인에게는 무리라는 것을 알았을 거예요.」
「그럼 당신은 전혀 의심하지 않는다는 말이군요?」
「물론이죠. 제러드 박사님의 태도를 이해할 수 없어요. 박사님은 그것에 대해 아무것도 알지 못해요. 그때 박사님은 열이 있었어요. 저도 박사님이 뛰어난 의학 지식을 가지고 있다는 것은 인정해요—하지만 이번 일에 대해서는 아무것도 말할 수 없어요. 저는 그 가족들만 좋다면, 그들이 예루살렘에서 오늘 하루를 보낼 수 있으리라고 생각해요—하지만 그들이 제 의견을 받아들이지 않는다면……」
 포와로는 잠시 침묵을 지켰다가 다시 말했다.
「거기에는, 킹 양, 당신이 미처 깨닫지 못한 사실이 있습니다. 제러드 박사는 그 일에 대해서 당신에게 이야기하지 않았다고 했습니다.」
「어떤 일인데요?」하고 새러가 물었다.
「약품 중에서—제러드 박사의 여행용 약상자에서 디기톡신이 없어졌습니다.」
「어머!」
 새러는 곧 그 사건의 새로운 상황을 받아들였다. 그리고 그녀는 의심스러운 점에 대해서 캐묻기 시작했다.
「제러드 박사님은 그것을 정말 확신했나요?」
 포와로는 어깨를 으쓱했다.
「의사란—당신도 알겠지만, 보통 자기의 진술에 대해서 상당히 조심하는 법이지요.」
「오, 물론이죠. 그거야 말할 것도 없잖아요. 하지만 제러드 박사님은 그 당시 말라리아에 걸려 있었거든요.」
「물론 그렇지요.」
「박사님은 그것을 언제 알게 되었다고 하셨나요?」
「그가 페트라에 도착하던 날 밤에 그 상자를 사용할 일이 있었답니다. 그는 머리가 몹시 아파서 피내시틴(해열 진통제의 일종)을 좀 먹어야겠다고 생각한 거지요. 다음 날 아침에 피내시틴을 약상자 안에 다시 넣었을 때, 그는 모든 약들이 그대로 있다고 확신했습니다.」
「하지만—」하고 새러가 말했다.
 포와로는 어깨를 으쓱했다.
「물론, 거기에도 의심의 여지가 있긴 하지요! 그러한 의심은 어느 누구든지 '정직한 사람'이라면 비슷하게 느낄 수가 있을 겁니다.」
 새러는 고개를 끄덕였다.

「그래요, 저도 알아요. 누구든지 항상 지나치게 확신하는 사람들은 믿지 않아요. 하지만, 포와로 씨, 그 증거는 매우 보잘것없는 거예요. 저에게는 그렇게 보여요—」

포와로가 그녀의 말을 중간에서 가로막았다.

「아가씨는 내가 쓸데없는 질문을 하고 있다고 생각하는 것 같군요!」

새러는 그를 똑바로 쳐다보았다.

「솔직히 말해서 그래요. 포와로 씨, 당신은 이것이 로만홀리데이(남을 희생시켜서 얻는 오락)가 아니라고 확신할 수 있으세요?」

포와로는 미소를 지었다.

「한 가족의 사사로운 생활이 무너지고 복잡해짐으로써—에르퀼 포와로는 탐정놀이를 즐길 수가 있다—이겁니까?」

「당신을 불쾌하게 만들 생각은 없어요—하지만 그것과 다를 바가 없잖겠어요?」

「그러면 당신은 보인튼 가족 편인가요, 아가씨?」

「그렇다고 생각해요. 그들은 심한 고통을 겪어 왔어요. 그들은—그들은 더 이상 견딜 수가 없었을 거예요.」

「그리고 그 노부인은 불쾌하고 폭력적이고 흉악했으므로 살아 있느니보다 차라리 죽어버리는 편이 더 낫다, 이겁니까?」

「당신이 그것을 그렇게 표현한다면—」

새러는 말을 멈추었다. 그리고는 얼굴을 붉히고 다시 계속했다.

「아무도 그러한 것은 고려하지 않을 거예요.」

「하지만 그래도—어느 누군가는 그것을 생각하고 있습니다! 곧, 당신 말입니다, 아가씨! 나는—아니죠! 하지만 내게 있어서 그것은 마찬가지입니다. 그 희생자는 훌륭한 성인일 수도 있고—아니면 추악한 악인일 수도 있지요. 허나 사실은 마찬가지입니다. 한 생명이 희생되었습니다!—나는 늘 이렇게 말하지요. 나는 살인을 찬성하지 않습니다.」

「살인이라고요!」
새러는 갑자기 휴 하고 한숨을 내쉬었다.
「거기에는 무슨 증거라도 있나요? 너무나 빈약해요. 제러드 박사님도 결코 장담할 수 없을 거예요!」
포와로가 얼른 말했다.
「그러나 거기에는 또 다른 증거도 있습니다, 아가씨.」
「어떤 증거요?」
그녀의 목소리가 날카로워졌다.
「죽은 노부인의 손목에 주사기로 찔린 흔적이 있었습니다. 그리고 더더욱 중요한 것은—내가 침실의 창문을 닫으려고 했던 상쾌하고 조용한 밤에 예루살렘에서 엿들었던 몇 마디 말들이지요. 그것이 어떤 말이었는지 말해줄까요, 킹 양? 그것은 이런 거였습니다. 나는 레이먼드 보인튼이 말하는 것을 들은 겁니다. '너도 알지, 그렇지 않아? 그녀는 죽어야 해.'」
그는 새러의 얼굴이 창백해지는 것을 보았다.
그녀가 말했다.
「당신이 그것을 들었다고요?」
「그렇습니다.」
그녀는 앞을 똑바로 쳐다보았다. 이윽고, 그녀가 말했다.
「정말로 그 말을 엿들었다는 말이지요?」
그는 조용히 고개를 끄덕였다.
「그렇습니다. 그것은 무척 우연한 일이었죠. 이제 왜 내가 그 노부인의 죽음을 조사해 보아야 한다고 생각했는지 알겠습니까?」
새러가 조용히 말했다.
「당신이 정말 옳은 것 같아요.」
「오! 그럼 나를 도와주겠다는 겁니까?」
「물론이에요.」
그녀의 목소리는 무미건조—아무런 감정도 섞여 있지 않았다. 그녀의 눈이 포와로의 냉정한 눈과 마주쳤다.

포와로는 고개를 숙였다.

「고맙소, 아가씨. 이제 그날 일에 대해서 기억나는 것을 정확하게 이야기해 주기 바랍니다.」

새러는 한동안 조용히 생각에 잠겼다.

「저는 그날 아침에 산책을 나갔어요. 보인튼 가족은 아무도 우리와 함께 있지 않았지요. 저는 점심때 그들을 보았어요. 보인튼 노부인은 유별나게 기분이 좋아 보이더군요.」

「그녀는 보통 때는 상냥하지 않았다고 알고 있는데요.」

「그래요. 그런 일은 어림도 없지요.」 하고 새러는 약간 얼굴을 찡그린 채 말했다. 새러는 그날 보인튼 노부인이 뜻밖에도 자기를 시중 드는 일에서 가족들을 해방시켜 주었다고 이야기했다.

「그것은 보기 드문 일이었겠군요?」

「예, 그래요. 그 노부인은 언제나 가족들을 자기 주위에 붙잡아 두었거든요.」

「당신은 그녀가 자기의 그동안의 행동을 갑자기 후회하게 되어서 그렇게 했다고 생각합니까?」

「아뇨, 그렇지 않아요.」 하고 새러는 퉁명스럽게 말했다.

「그럼 어떻게 생각했나요, 그 당시에?」

「저는 혼란스러웠어요. 그것에는 고양이가 쥐를 괴롭히는 것과 같은 어떤 것이 있지 않나 하고 생각했어요.」

「자세히 말해주겠습니까, 아가씨?」

「고양이는 쥐를 슬쩍 놓아 주었다가는—다시 잡아채며 즐기잖아요. 보인튼 노부인은 그런 사람이에요. 저는 그녀가 뭔가 새로운 악독한 짓을 저지를 거라고 생각했어요.」

「그 다음에 무슨 일이 일어났습니까?」

「보인튼 가족은 출발했지요—」

「가족 모두가요?」

「아뇨, 제일 어린 지네브라는 남았어요. 노부인이 그녀에게 가서 쉬라고 했거든요.」

「그녀도 그렇게 하고 싶어했나요?」

「아니에요. 하지만 그것은 문제가 안 돼요. 그녀는 어머니가 시키는 대로 해야 하니까요. 그래서 다른 사람들만 떠났지요. 그리고 제러드 박사님과 제가 그들과 합류했고—」

「그게 언제였습니까?」

「3시 반쯤 되었을 거예요.」

「보인튼 노부인은 그때 어디에 있었습니까?」

「나다인이—젊은 보인튼 부인 말예요—그녀를 동굴 밖에 있는 의자에 앉혀 주었어요.」

「계속하세요.」

「제러드 박사님과 제가 모퉁이를 돌아갔을 때 그들과 함께 걷게 되었어요. 우리는 모두 함께 걸었지요. 조금 뒤에, 제러드 박사님이 되돌아가셨어요. 몸이 몹시 좋지 않아 보였어요—저는 박사님에게 열이 있다는 것을 알았지요. 제가 함께 돌아가겠다고 하니까 박사님이 굳이 거절하시더군요.」

「그게 몇 시였습니까?」

「오, 아마 4시쯤이었을 거라고 생각해요.」

「그리고 나머지 사람들은 어떻게 했습니까?」

「우리는 계속 걸었어요.」

「당신들은 모두 함께 있었습니까?」

「처음에는 그랬어요. 그러다가 나중에는 각각 떨어졌어요.」

새러는 마치 포와로의 다음 질문을 예상하고 있었다는 듯이 서둘러 말했다.

「나다인 보인튼과 코프 씨가 함께 있었고, 저는 캐롤, 레녹스, 레이먼드와 함께 있었어요.」

「그리고 당신들은 계속 그렇게 있었습니까?」

「글쎄—아니에요. 나중에 레이먼드와 제가 다른 사람들에게서 떨어져 나왔어요. 우리는 평평한 바위에 앉아서 광대한 경치를 감상했지요. 그렇게 있다가 그가 먼저 갔고, 저는 좀더 머물러 있었지요. 5시 반경에 저는 시계를 보고 이제 돌아가야겠다고 생각하고 일어섰어요. 그리고 6시 정각에 캠프에 도착했지요.」

「당신은 돌아오는 길에 보인튼 노부인을 보았습니까?」

「그녀가 그때까지도 동굴 앞의 의자에 앉아 있는 걸 보았어요.」

「그것을 보고 기묘하다는 느낌을 받지는 않았습니까? 그녀가 꼼짝 않고 있다는 것이 말이죠.」

「아뇨. 그런 생각은 전혀 하지 않았어요. 왜냐하면 우리가 도착했던 날 밤에도 그녀는 거기에 그렇게 앉아 있었거든요.」

「알겠습니다. 계속하세요.」

「저는 곧장 큰 천막으로 들어갔어요. 사람들은 모두 거기에 있더군요—제러드 박사님을 제외하고는 말예요. 저는 나갔다가 세수를 하고 돌아왔지요. 그리고 하인들이 저녁식사를 가져왔고, 그 중 한 명이 보인튼 노부인을 부르러 갔어요. 잠시 뒤, 하인이 그 노부인이 아픈 모양이라고 하면서 뛰어들어 오더군요. 그래서 제가 서둘러 그곳으로 가보았습니다. 그랬더니 그녀는 여전히 의자에 앉아 있었어요. 하지만 저는 그녀를 만져 보고 곧 그녀가 죽었다는 것을 알았습니다.」

「그때 당신은 그녀가 자연사했다는 것에 대해 조금도 의심하지 않았습니까?」

「예, 그래요. 저는 그녀가 심장 질환으로 몹시 시달리고 있다고 들었거든요. 하지만 그것이 구체적으로 어떤 병이었는지에 대해서는 자세히 몰라요.」

「당신은 그녀가 의자에 앉은 채로 죽었다고 판단했습니까?」

「그래요.」

「그렇다면 누군가에게 도움을 청하지 않았을까요?」

「물론 그런 일도 있을 수 있겠지요. 하지만 잠든 채로 죽었을 수도 있잖아요. 그녀는 틀림없이 깜빡 졸았을 거예요. 오후에 대부분 캠프는 조용히 잠들어 있었거든요—그러니까 그녀가 크게 소리쳐서 부르기 전에는 그녀의 요청을 들을 수가 없었을 거예요.」

「당신은 그녀가 죽은 지 얼마나 되었다고 생각하고 계십니까?」

「글쎄요, 저는 사실 그 문제에 대해서 깊이 생각해보지 않았어요. 하지만 그녀는 확실히 죽은 지 몇 시간은 되었어요.」

「몇 시간이라—? 좀더 정확하게 말해주겠습니까?」

「글쎄요, 한 시간 이상? 더 오래 되었을 수도 있지요. 바위가 그녀의 몸이 급격히 차가워지는 것을 막아주었을 거예요.」

「한 시간 이상? 당신도 알고 있겠지만, 레이먼드 보인튼이 불과 반 시간 전에 노부인과 이야기를 나누었고, 그때 그녀는 살아 있었다고 했습니다.」

그녀는 포와로의 눈길을 피하려고 애쓰는 듯했다. 하지만 그녀는 고개를 저었다.

「그가 잘못 알고 있었을 겁니다. 그것보다는 좀 빠른 시간이었을 거예요.」

「아니에요, 아가씨. 그것은 그렇지 않습니다.」

새러는 그를 똑바로 쳐다보았다. 포와로는 그녀의 꼭 다문 입을 바라보았다.

「글쎄요—」 하고 새러가 입을 열었다.

「저는 아직 미숙하고, 또 시체를 대해 본 경험도 그리 많지 않아요—하지만 이것만은 확실해요. 제가 보인튼 노부인의 몸을 검진해보았을 때는 죽은 지 적어도 한 시간은 지난 뒤였다고요!」

「그것은—」 하고 에르큘 포와로는 급작스럽게 말했다.

「당신 생각일 테고—그래, 그 생각을 굽히지 않을 작정이군요?」

「그것은 진실이에요.」 하고 새러가 말했다.

「그렇다면 왜 레이먼드 보인튼은 어머니가 살아 있었다고 말하는 걸까요? 사실은 죽어 있었는데도요?」

「그건 잘 모르겠어요. 아마도 시간 관념이 없는 사람인 모양이지요. 그들 모두! 그들은 아주 신경이 예민해요!」
「킹 양, 당신은 몇 번이나 그들과 이야기를 나누어 보았습니까?」
새러는 얼굴을 약간 찌푸리고는 잠시 생각에 잠겼다.
「그것은 정확하게 말씀드릴 수 있겠군요.」 하고 그녀가 말했다.
「예루살렘으로 가던 중 침대차의 복도에서 저는 레이먼드 보인튼과 이야기를 나누게 되었어요. 캐롤과는 두 번 이야기를 나누었는데―한 번은 오우마의 사원에서였고, 또 한 번은 어느 날 저녁 때 제 침실에서였어요. 어느 날 아침에는 레녹스 보인튼 부인과 이야기를 했지요. 그게 전부예요. 그리고 보인튼 노부인이 죽던 그날 오후에 우리는 모두 함께 산책을 했어요.」
「그럼 보인튼 노부인과는 한 번도 이야기해보지 않았습니까?」
새러는 기분이 언짢은 듯이 얼굴을 붉혔다.
「아니에요. 저는 그 가족이 예루살렘을 떠나던 날 노부인과 몇 마디 나누었어요.」
그리고 나서 그녀는 불쑥 말을 꺼냈다.
「공연히 제가 제 자신을 바보로 만든 거였지요.」
「무슨 말인지?」
새러는 마지못해 하며 딱딱하게 그때의 일을 설명해주었다. 포와로는 관심이 있는 듯이 새러의 이야기를 귀담아 듣고 친밀하게 반대 심문을 했다.
「보인튼 노부인의 마음 상태―그것은 이번 사건에 있어서 대단히 중요합니다.」 하고 그가 말했다.
「그리고 당신은 외부인―편견이 없는 관찰자이지요. 그러므로 노부인에 대한 당신의 이야기는 매우 중요한 겁니다.」
새러는 대꾸를 하지 않았다. 그녀는 그때를 생각하면 아직도 낯이 뜨겁고 기분이 언짢았다.
「대단히 고맙소, 킹 양.」 하고 포와로가 말했다.

「이제 다른 증인들을 만나보아야겠습니다.」
새러가 일어섰다.
「죄송하지만, 포와로 씨, 제가 한 가지 제안을 해도 괜찮을지—?」
「물론 괜찮습니다.」
「검시 때가 되면 모든 것을 알 수 있고, 또한 당신의 의심이 정당한 것인지 아닌지를 밝혀낼 수 있을 텐데 어째서 그때까지 기다리지 않는 건가요?」
포와로는 자신 있게 손을 흔들었다.
「이것이 바로 에르큘 포와로의 방법입니다.」 하고 그가 설명했다.
새러는 입술을 꼭 다문 채 방을 나갔다.

제 14장

 웨스트홀름 부인은 부두로 들어오고 있는 배가 대서양 정기 연락선이 틀림없다고 생각하며 그 방으로 들어갔다.
 에마벨 피어스는 어떤 배인지 알 수 없는 그 정기선의 항적을 쫓으며 뒷면을 조잡한 재료로 만든 의자에 앉았다.
 「물론입니다, 포와로 씨.」하고 웨스트홀름 부인이 큰 소리로 말했다.
 「힘이 닿는 데까지는 어떤 방법으로든 당신을 도와드리겠어요. 나는 늘 생각해 왔지요—이러한 종류의 문제들에 있어서는 누구나 어떤 공적인 의무감을 가지고 있어야 한다고 말예요.」
 웨스트홀름 부인이 공적인 의무감이 무엇인가에 대해 몇 분 동안 떠들어대도록 한 다음에, 포와로는 교묘하게 질문에 따라오게 했다.
 「나는 그날 오후의 일이라면 모두 기억하고 있어요.」하고 웨스트홀름 부인이 대답했다.
 「피어스 양과 나는 당신에게 도움이 되는 일이라면 뭐든지 할 거예요.」
 「오, 그래요.」하고 피어스 양도 황홀한 듯이 한숨을 내쉬며 말했다.
 「정말 비극이에요! 죽다니—눈 깜짝할 사이에!」
 「부인은 그날 있었던 일을 정확하게 말씀해주실 수 있으시겠죠?」
 「오, 물론이죠.」하고 웨스트홀름 부인이 말했다.
 「우리는 점심을 먹은 뒤에 낮잠을 좀 자기로 했어요. 그날 아침의 산책은 조금 고된 것이었지요. 나는 사실 피곤하지는 않았어요—나는 좀처럼 피곤을 느끼지 않는답니다. 나는 정말 피곤이 무엇인지 모르는 사람이거든요. 사람들이 아무리 피로하다고 하더라도 말예요.」
 다시 포와로가 교묘하게 끼여들었다.
「나도 낮잠을 찬성하는 쪽입니다. 피어스 양도 그와 동감일 겁니다.」
「오, 그래요.」하고 피어스 양이 한숨을 지으며 말했다.
「그리고 나는 그날 오후에는 너무나 피곤했어요. 그렇게 아슬아슬한 등산은 처음이었어요—재미는 있었지만 너무 힘들었어요. 그리고 유감스럽게도 나는 웨스트홀름 부인처럼 그렇게 튼튼하지는 못해요.」
 포와로가 말했다.
「점심을 드신 뒤, 두 분께서는 각자의 텐트로 돌아갔습니까?」
「그렇지요.」
「보인튼 노부인은 여전히 그녀의 동굴 입구에 앉아 있었고요?」
「그녀의 며느리가 떠나기에 앞서 그곳으로 가서 그녀를 도와주더군요.」
「두 분 모두 그녀를 보았습니까?」
「오, 그래요.」하고 피어스 양이 말했다.
「그녀는 맞은편에 있었어요, 아실 텐데요?—물론 약간 거리가 떨어져 있었지만, 그리고 조금 위쪽이었지요.」
 웨스트홀름 부인이 그 말을 다시 설명했다.
「동굴은 바위의 불쑥 튀어나온 쪽에 뚫려 있어요. 그 바위 밑으로 몇 개의 텐트와 작은 개울이 있었는데, 그 개울 건너편 커다란 천막 가까이에 텐트를 쳤어요. 그녀는 텐트의 오른쪽에 있었고, 나는 왼쪽에 있었습니다. 우리 텐트의 입구는 그 바위가 불쑥 튀어나온 쪽으로 나 있었는데, 조금 거리가 떨어져 있었어요.」
「한 200야드(약18m) 정도 되리라고 생각해요.」
「그래요, 아마 그럴 거예요.」
「자, 여기에 도면이 있습니다.」하고 포와로가 말했다.

「마호메드 통역의 말을 듣고 만들었습니다.」

웨스트홀름 부인이 그것을 보고는 뭔가 잘못되었다고 말했다.

「그 남자는 아주 형편없는 사람이더군요. 나는 그의 설명과 내 베데커 여행 안내서를 비교해 보았어요. 그랬더니 그 사람은 몇 번이나 잘못 알려주고 있는 거예요.」

「이 도면에 따르면―」 하고 포와로가 말했다.

「보인튼 노부인이 있던 바로 옆 동굴은 맏아들인 레녹스와 그의 부인이 사용했군요. 레이먼드와 캐롤, 그리고 지네브라 보인튼은 바로 아래쪽에서 좀 오른쪽에 텐트를 쳤는데―실은 큰 천막과는 거의 반대쪽이고요. 지네브라 보인튼의 텐트 바로 오른쪽에는 제러드 박사의 텐트가 있고, 그 옆에 킹 양의 텐트가 있습니다. 다른 쪽에―큰 천막 옆으로 왼쪽에―당신과 코프 씨의 텐트가 있군요. 피어스 양의 텐트는 당신이 말했던 대로 큰 천막의 오른쪽에 있고요. 어때요, 맞습니까?」

웨스트홀름 부인은 그것이 틀림없다는 것을 알고는 마지못해 인정했다.

「감사합니다. 그럼 이 도면은 거의 완벽하군요. 자, 그럼 말씀해보세요.」

웨스트홀름 부인은 엄숙하게 미소를 짓고는 입을 열었다.

「3시 45분쯤 나는 피어스 양이 깨어 있으면 함께 산책이라도 하는 게 어떨까 해서 그녀의 텐트로 갔어요. 우리는 30분쯤 뒤, 햇볕이 덜 따가울 때 출발하기로 했지요. 나는 내 텐트로 돌아와서 25분 가량 책을 읽었어요. 그 다음에 다시 피어스 양에게 갔지요. 그녀는 이미 준비를 마친 뒤여서 우리는 곧 출발할 수 있었어요. 캠프의 사람들이 다 잠들었는지 주위에는 아무도 없더군요. 나는 보인튼 노부인이 그곳에 혼자 앉아 있는 것을 보고는 우리가 떠나기 전에 그녀에게 혹시 필요한 거라도 있는지 물어보자고 했죠.」

「예, 그랬어요. 그래서 나는 웨스트홀름 부인이 정말로 인정이 많은 부인이라고 생각했었죠.」하고 피어스 양이 덧붙였다.

「그것이 내 임무라고 느꼈답니다.」하고 웨스트홀름 부인이 말했다.

「그런데 그녀는 정말 너무 무례했어요!」

포와로가 궁금한 듯이 쳐다보았다.

「우리는 그 불쑥 튀어나온 바위 밑으로 지나갔지요.」하고 웨스트홀름 부인이 설명했다.

「그곳에서 내가 그 노부인을 불러서 우리가 산책을 나가는 중이라고 말하고, 우리가 가기 전에 뭐 도와줄 게 없냐고 물었답니다. 당신도 알겠지만, 포와로 씨, 그녀는 단 한 마디도 대꾸하지 않았답니다! 그녀는 마치 우리가—뭐 쓰레기라도 되는 듯이 쳐다보는 거였어요!」

「정말 불쾌한 일이었어요!」하고 피어스 양이 얼굴을 붉히며 말했다.

「솔직히 말하자면—」하고 웨스트홀름 부인이 얼굴을 조금 붉히며 말했다. 「나는 그때 조금 잔인한 말을 한 마디 했었지요..」

「어떤 말이었습니까?」하고 포와로가 물었다.

「나는 피어스 양에게 아마 그 부인이 술에 취한 모양이라고 했어요. 사실, 그녀의 태도는 너무도 괴팍했거든요. 물론 그때까지도 죽 그래왔었지만요. 나는 그녀가 술을 마셔서 그럴지도 모른다고 생각했어요.」

포와로는 술에 대한 이야기를 교묘하게 본론으로 이끌어 나갔다.

「사건이 나던 날 그녀의 태도가 매우 이상했었다고요? 그러면 점심때도 그랬습니까?」

「오—아니에요.」하고 말하고 웨스트홀름 부인은 잠시 생각해보았다.

「아니에요. 그때는 확실히 정상이었어요—그 부인 특유의 미국인다운 태도였지요, 다시 말하자면—」

「그녀는 어떤 하인에게 매우 거칠게 대했어요.」하고 피어스 양이 얼른 말했다.

「오, 맞아요, 나도 기억하고 있어요. 그녀는 유별나게 그를 괴롭히는 것 같았거든요!」하고 웨스트홀름 부인이 말을 받았다.

「영어를 한 마디도 알아듣지 못하는 하인을 데리고 있다는 것은 정말 괴로운 일이지요. 하지만 누구나 여행할 때는 그만한 불편쯤은 감수할 줄 알아야 하잖아요?」

「그 하인은 어떤 사람이었습니까?」포와로가 물었다.

「캠프에 속해 있던 베두인 하인 중의 한 사람이었어요. 그 하인이 그녀에게 올라갔는데—그녀가 무엇인지를 가져오라고 그를 보냈던 것 같아요. 그런데 아마 그가 잘못 가져갔던 모양이지요—정확하게 그것이 무엇이었는지는 모르겠지만 말예요—아무튼 그녀는 그에게 몹시 화를 냈지요. 그러자 그 가엾은 하인은 재빨리 도망가 버렸고, 그녀는 그를 향해 지팡이를 흔들며 소리쳐 부르더군요.」

「그녀가 뭐라고 소리쳤습니까?」

「우리는 너무 떨어져 있어서 알아들을 수가 없었어요. 나는 무슨 말인지 확실하게 듣지 못했는데, 당신은 들었나요, 피어스 양?」

「아뇨, 나도 알아듣지 못했어요. 나는 그녀가 막내딸의 텐트에서 무언가를 가져오라고 그를 보낸 것이 아닌가 생각해요—아니면 그 하인이 자기 딸의 텐트에 들어갔기 때문에 화를 냈을지도 모르지요—아무튼 정확하게 말할 수가 없군요.」

「그는 어떻게 생겼습니까?」

피어스는 모르겠다는 듯이 고개를 흔들었다.

「뭐라고 말할 수가 없어요. 그 사람은 너무 멀리 떨어져 있었거든요. 게다가 아랍인들은 모두 비슷하게 보이니까요.」

「그는 키가 좀 큰 남자였어요.」하고 웨스트홀름 부인이 말했다.

「그리고 그 흔한 원주민의 머리 장식을 쓰고 있었지요. 그리고 매우 낡고 해진 반바지를 입고 있었고요—정말 볼썽사나웠어요—게다가 가죽 각반은 어찌나 헐렁하게 감겨 있었던지!」

「당신은 하인 중에 그 사람을 가려낼 수 있겠습니까?」

「글쎄요, 확실하게 대답할 수가 없군요. 우리는 그의 얼굴을 보지 못했거든요—너무 멀리 떨어져 있었기 때문이죠. 그리고 피어스 양이 말한 것처럼 아랍인들은 모두 똑같아 보여요.」

「그것 참 이상하군요.」 하고 포와로는 신중하게 말했다.

「그가 무슨 잘못을 저질렀기에 보인튼 노부인이 그렇게 화를 냈을까요?」

「그 사람들은 때때로 도저히 참을 수가 없을 정도로 행동할 때도 있어요.」 하고 웨스트홀름 부인이 말했다.

「어떤 하인이 내 구두를 가져갔는데, 내가 그를 불러서 특별히 당부했거든요—물론 손짓발짓을 써서 말예요. 그런데도 내가 직접 구두를 닦는 편이 더 나았답니다.」

「나도 역시 늘 그런답니다.」 하고 포와로는 잠시 다른 이야기로 돌렸다.

「나는 언제나 조그만 구두닦이 통을 가지고 다니면서 내가 직접 닦지요.」

「나도 마찬가지예요.」

웨스트홀름 부인은 꽤 인간적으로 말했다.

「아랍인들은 좀처럼 쓰레기를 치우려 들지 않아요—」

「그러고말고요. 나는 그놈의 쓰레기를 정말 참을 수가 없어요!」

웨스트홀름 부인은 몹시 도전적으로 보였다. 그녀는 감정이 복받쳐서 말했다.

「그 시장의 파리들—아이고, 정말 끔찍해요!」

「그렇고말고요.」 하고 말하며 포와로는 약간 겸연쩍은 듯이 바라보았다.

「보인튼 노부인이 무엇 때문에 그렇게 화를 냈는지 그 하인에게서 알아볼 수 있을 겁니다. 부인—자, 다시 이야기를 계속해 주시겠습니까?」

「우리는 천천히 산책했지요.」 하고 웨스트홀름 부인이 말했다.

「그때 제러드 박사를 만났어요. 그분은 비틀거리며 걸어오고 있었는데, 몹시 아파 보이더군요. 나는 그에게 열이 있다는 것을 알 수 있었답니다.」

「그분은 몹시 떨고 있었어요.」 하고 피어스 양이 끼여들었다.

「온몸을 말예요.」

「나는 그것이 말라리아 증세라는 것을 알아요.」 하고 웨스트홀름 부인이 말했다.

「그래서 내가 함께 돌아가서 키니네 주사를 놔주겠다고 했지만, 그는 혼자서도 할 수 있다고 하더군요.」

「가엾은 사람.」 하고 피어스 양이 말했다.

「당신도 짐작하실 거예요―의사가 아픈 것을 본다는 게 얼마나 두려운 것인지를 말예요.」

「그리고 나서 우리는 산책을 계속하다가―」 하고 웨스트홀름 부인이 계속 말을 이었다.

「바위 위에 앉아서 쉬었답니다.」

피어스 양이 중얼거렸다.

「정말―그날 아침에 무리를 한 뒤라서 너무 피곤했어요―그 등산 말예요.」

「나는 하나도 피로하지 않았어요.」 하고 웨스트홀름 부인이 큰 소리로 말했다.

「하지만 우리는 더 이상 멀리 갈 필요가 없었어요. 우리는 그곳에서 주위에 펼쳐진 아주 멋진 경치를 감상했답니다.」

「당신들은 캠프가 보이지 않는 곳에 있었습니까?」

「아니에요, 우리는 캠프 쪽을 향해서 앉아 있었어요.」

「정말 낭만적이었지요!」 하고 피어스 양이 중얼거리듯이 말했다.

「캠프는 붉은 장밋빛을 띤 바위들이 널려 있는 황야의 한가운데에

설치되어 있었어요.」

「하지만 그곳보다 더 좋은 곳에다 설치할 수도 있었을 텐데 말예요.」 하고 웨스트홀름 부인이 말했다. 그녀의 커다란 콧구멍이 더욱 넓어졌다.

「나는 우리가 마시는 물이 끓이고 여과된 것인지 전혀 확신할 수가 없어요. 그것은 틀림없이 그렇지 않을 거예요. 나는 그런 문제들을 그들에게 지적할 거예요.」

포와로는 기침을 하고 나서 음료수에 대한 대화를 얼른 본론으로 되돌렸다.

「부인은 그 일행의 다른 사람들을 만났습니까?」 하고 그가 물었다.

「예, 보인튼 씨와 그의 부인이 캠프로 돌아가는 길에 우리 앞을 지나갔어요.」

「그들은 함께 왔습니까?」

「아니에요, 보인튼 씨가 먼저 왔어요. 그는 약간 더위를 먹은 것처럼 보이더군요. 그리고 좀 어지러운지 비틀거리며 걸어왔어요.」

「레녹스 보인튼 씨는 캠프로 돌아가는 길에 무엇을 했습니까?」 하고 포와로가 물었다.

이번에는 피어스 양이 웨스트홀름 부인에 앞서 대답을 했다.

「그는 곧바로 어머니에게 올라갔는데, 그곳에서 그리 오래 있지는 않았어요.」

「얼마나 있었습니까?」

「한 1, 2분 정도일 거예요.」

「내 생각으론 그것보다는 조금 더 있었던 것 같아요.」 하고 웨스트홀름 부인이 말했다.

「그리고 나서 그는 자기 동굴로 들어갔고, 그 다음에 큰 천막으로 내려왔지요.」

「그의 부인은요?」

「그녀는 15분 정도 뒤에 왔어요. 그녀는 잠시 멈추어서 우리와 이야기했지요—아주 예의바르게.」

「그 며느리는 매우 훌륭한 여자라고 생각해요.」 하고 피어스 양이 말했다.

「그녀가 그 가족과 한 식구라고는 도저히 생각할 수 없어요.」 하고 웨스트홀름 부인도 인정했다.

「부인은 그녀가 캠프로 돌아가는 것을 보았습니까?」

「물론이죠. 그녀는 시어머니에게 올라가서 무슨 이야기인가를 하더군요. 그리고 나서 자기 동굴로 들어가더니, 의자를 한 개 가지고 나와 한 10분 가량 노부인과 이야기를 하며 앉아 있었어요.」

「그 다음에는요?」

「그리고 나서—의자를 다시 동굴에 갖다 놓고, 그녀의 남편이 있는 큰 천막으로 내려가더군요.」

「그 다음에는 무슨 일이 있었습니까?」

「왜 그 아주 기묘한 미국인 있죠? 그 사람이 왔어요.」 하고 웨스트홀름 부인이 말했다.

「코프 씨라고 하는 것 같던데. 그는 우리에게 모퉁이를 막 돌아가면, 거기에 옛날의 훌륭한 건축물의 잔해가 남아 있다고 하더군요. 그는 우리가 그런 것을 본 적이 없을 것이라고 말했답니다. 그래서 우리는 그곳에 가기로 했어요.」

「그것은 정말 무척 흥미로운 것이었답니다.」 하고 피어스 양이 말했다.

웨스트홀름 부인이 계속 말을 이었다.

「6시 20분 경에 우리는 텐트로 돌아왔어요.」

「보인튼 노부인은 당신들이 떠났을 때까지도 앉아 있던가요?」

「그래요.」

「그녀와 이야기해 보았습니까?」

「아니에요. 솔직히 말해서, 나는 그녀를 별로 주의해서 보지 않았

죽음과의 약속 153

어요.」

「그리고 나서는 무엇을 했습니까?」

「텐트로 돌아와서는 신을 갈아 신고 중국산 차 꾸러미를 가지고 나왔지요. 그리고 큰 천막으로 갔어요. 통역이 그곳에 있기에 나는 그에게 내가 가져온 차를 좀 끓이려고 하는데, 물이 끓고 있는지 확인해보라고 지시했지요. 그는 저녁식사가 30분 안에 준비될 거라고 말했는데―하인들이 식탁을 차리고 있더군요―하지만 나는 그것은 별로 중요한 게 아니라고 말했어요.」

「큰 천막 안에는 누가 또 있었습니까?」

「레녹스 보인튼 부부가 책을 보며 끝 쪽에 앉아 있었고, 캐롤 보인튼도 거기에 있었지요.」

「그리고 코프 씨는요?」

「그는 우리 쪽으로 와서 함께 차를 마셨어요.」 하고 피어스 양이 말했다.

「그는 차를 마시는 게 미국인의 습관은 아니라고 말했지만요.」

웨스트홀름 부인이 기침을 했다.

「나는 코프 씨가 조금 성가시게 하면 어쩌나 하고 걱정되었답니다―그는 내게 매달리려고 하는 것 같았어요. 여행을 할 때는 사람을 멀리하기가 참 어려운 일이지요. 나는 그들이 참견하기 좋아한다는 걸 알고 있어요. 미국인들은 유달리 그렇잖아요. 그 사람들은 좀 우둔한 것 같아요.」

포와로는 기분 좋게 중얼거렸다.

「나는, 웨스트홀름 부인, 당신은 그러한 상황을 처리하는 수완이 상당하다고 알고 있습니다.」

「나는 웬만한 상황들은 솜씨 있게 처리할 능력이 있다고 생각해요.」 하고 웨스트홀름 부인은 흡족해하며 말했다.

포와로가 눈을 깜빡거렸지만 그녀는 조금도 아랑곳하지 않았다.

「이제 부인이 지금까지 이야기했던 그날의 사건들에 대해서 전체적으로 설명해 주시겠습니까?」

「물론이죠, 내가 기억할 수 있는 한에서는, 잠시 뒤에 레이먼드 보인튼과 붉은 머리를 가진 보인튼 소녀가 들어왔어요. 그리고 킹 양이 마지막으로 도착했지요. 저녁식사는 이미 준비되어 있었어요. 통역이 보인튼 노부인에게 알리라고 하인 한 사람을 보냈지요. 그 하인은 흥분한 상태로 동료 한 명과 함께 뛰어들어와서 아랍어로 통역에게 말했어요. 보인튼 노부인이 아픈 것 같다는 이야기였죠. 그러자 킹 양이 그녀를 살펴보겠다고 하며 통역과 함께 나가더군요. 그리고 잠시 뒤에 그녀가 돌아와서는 보인튼 노부인의 가족에게 그 소식을 전했어요.」

「그 가족은 그 소식을 어떻게 받아들이던가요?」 하고 포와로가 물었다.

그 물음에 웨스트홀름 부인과 피어스 양은 좀 당황해 했다. 웨스트홀름 부인이 자신 없는 목소리로 말했다.

「글쎄요—사실 그것은 말하기가 좀 어렵군요. 그 사람들은 그 소식을 듣고 매우 침착했어요.」

「아니, 멍청했어요.」 하고 피어스 양이 말했다. 그녀는 사실보다 좀 과장해서 말했다.

「그들은 모두 킹 양과 함께 나갔어요.」 하고 웨스트홀름 부인이 말했다.

「피어스 양과 나는 큰 천막 안에 그대로 남아 있었어요.」

피어스 양의 눈에 어렴풋하게 놀라는 듯한 빛이 스쳤다.

「나는 저속한 호기심은 정말 싫어하거든요!」 하고 웨스트홀름 부인이 계속했다.

이 말에 피어스 양은 깜짝 놀라는 듯했다.

「나중에—」 웨스트홀름 부인이 이야기를 끝맺었다.

「통역과 킹 양이 돌아왔어요. 나는 우리 네 사람이 준비된 식사를 마저 하자고 말했지요. 왜냐하면 보인튼 가족이 낯선 사람들과 함께 어색한 분위기에서 식사하는 것은 별로 좋지 않을 거라고 생각했기 때문이었죠. 내 말대로 우리들은 식사를 끝냈고, 나는 곧 내 텐트로 들어갔어요. 킹 양과 피어스 양도 마찬가지였죠. 코프 씨는 그냥 큰 천막에 남아 있던 것 같아요. 그 사람은 그 가족의 친구이며, 게다가 그들에게 뭔가 도움을 줄 수 있다고 생각했기 때문일 거예요. 이상이 내가 알고 있는 전부예요.」

「킹 양이 그 소식을 전해 주었을 때 보인튼 가족은 모두 그녀와 함께 밖으로 나갔습니까?」

「그래요—아, 아니에요, 당신이 그렇게 물어보니까 생각이 났는데, 그 머리가 붉은 소녀는 남아 있었어요. 아마 당신도 기억할 수 있을 거예요, 피어스 양?」

「맞아요, 나도 생각이 나요—그녀는 그냥 큰 천막 안에 있었어요.」

포와로가 물었다.

「그녀는 무엇을 했습니까?」

「그녀가 무엇을 했다니요? 그녀는 아무것도 하지 않았는데요, 내가 기억하고 있는 한은.」

「내 말은 그녀가 바느질을 하고 있었다든지—아니면 책을 읽고 있었다든지—뭐 불안하게 보였다든지—또는 무슨 말을 하지는 않았는지 하는 것들입니다.」

「글쎄요, 사실은—」

웨스트홀름 부인은 얼굴을 찌푸렸다.

「그녀는—흠—그녀는 그냥 앉아 있었어요.」

「손가락을 비비고 있었어요.」 하고 피어스 양이 갑자기 말했다.

「내가 그 모습을 주의해서 보고 있었던 것이 기억나는데—가엾게도 그녀는 몹시 긴장한 상태였어요! 그녀의 얼굴에는 아무 표정도 없었어요. 잘 알겠지만 그녀가 팔을 돌리고 비틀고 하는 것은······언젠가 한번은······」 하고 피어스 양은 대화를 하듯이 이어나갔다.

「내가 한 파운드의 공책을 갈기갈기 찢어버린 것이 기억나요—아무런 생각도 없이 말이지요. '첫 기차를 타고 대고모님에게 갈까?' 하고 나는 생각했지요.(그분이 갑자기 병에 걸렸거든요.) '아니면, 가지 말까?' 그런데 나는 결정할 수가 없었어요. 그러다가 무심히 밑을 내려다보니까—글쎄 전보 대신 한 파운드나 되는 공책을 찢고 있었던 거예요—그것도 아주 조각조각으로!」

그녀의 추종자가 뜻밖에도 이런 말을 한 것에 화가 난 웨스트홀름 부인은 쌀쌀맞게 말했다.

「그 밖에 또 물어볼 것이 있습니까, 포와로 씨?」

포와로는 깊은 생각에서 깨어난 것처럼 깜짝 놀라서 말했다.

「오, 아무것도 없습니다. 부인은 명확하게—대단히 확실하게 말씀해 주셨습니다.」

「나는 제법 괜찮은 기억력을 가지고 있답니다.」 하고 웨스트홀름 부인이 말했다.

「마지막으로 한 가지만 더 말씀해 주시겠습니까, 웨스트홀름 부인?」 하고 포와로가 말했다.

「죄송하지만, 그대로 앉아 계세요—주위를 돌아보지 마시고요. 이제 피어스 양이 오늘 어떻게 입고 있는지 정확히 말씀해 주시겠습니까—피어스 양만 반대하지 않는다면요?」

「오, 아니에요, 나는 전혀 반대하지 않아요!」 하고 피어스 양이 얼른 말을 받았다.

「정말이에요, 포와로 씨. 상관없어요—」

「그러면 말씀해 주시겠습니까, 부인?」

웨스트홀름 부인은 어깨를 으쓱하고는 좀 마지못해 하며 말했다.

「피어스 양은 갈색 줄무늬가 있는 하얀 면 옷을 입고 있으며, 그 위에 붉고 파랗고 베이지색의 가죽으로 된 수단 벨트를 하고 있어요. 그리고 베이지색 실크 스타킹과 윤기나는 갈색 가죽 구두를 신고 있지요. 그녀의 왼쪽 스타킹은 올이 나갔어요. 그리고 밝은 진보라색

구슬이 한 개 섞인 홍옥 구슬 목걸이를 하고 있고—그리고 또 그 위에 진주를 박은 나비 모양의 브로치를 달고 있지요. 그녀는 오른손 셋째 손가락에 모조 갑충석(딱정벌레 모양으로 조각한 보석)반지를 끼고 있어요. 머리에는 분홍색과 갈색 줄무늬가 2개 있는 펠트 모자를 썼고요.」

그녀는 말을 멈추었다—조용히 자신감에 찬 듯한 표정으로.

「더 이상 말할 게 있나요?」

포와로는 충분하다는 뜻으로 그의 손을 활짝 벌렸다.

「나는 완전히 감복했습니다, 부인. 부인의 관찰력은 최고입니다.」

「이제 겨우 놓아주시는군요.」

웨스트홀름 부인은 일어서서 고개를 약간 옆으로 기울이고는 방을 떠났다. 피어스 양이 따라 일어서서 풀이 죽은 표정으로 자기의 왼쪽 다리를 내려다보고 있을 때 포와로가 말했다.

「잠깐 기다려주지 않겠습니까, 피어스 양?」

「예?」 하고 말하며 피어스 양이 내려다보았다.

포와로가 친밀하게 몸을 앞으로 굽혔다.

「여기 탁자 위에 있는 들꽃을 보셨습니까?」

「예—」 하며 피어스 양이 그 꽃을 뚫어지게 보면서 대답했다.

「그리고 생각나시는지 모르겠지만, 당신이 이 방에 처음 들어왔을 때 내가 한두 번 재채기를 했던 것을 기억하십니까?」

「예, 그래요.」

「만일에 말입니다, 내가 킁킁거리며 저 꽃들의 향기를 맡았다면 당신이 주의해 보셨을까요?」

「글쎄요—사실은—뭐라고 말할 수가 없네요.」

「하지만 당신은 내가 재채기했던 것을 기억하고 있지 않습니까?」

「오, 그래요. 나는 그것을 분명히 기억하고 있어요!」

「아, 그렇군요—나는 혹시 당신이 알고 있는 것은 아닐까 하고 생각했어요. 그 꽃들이 건초열(초여름에 눈, 코, 목구멍 따위가 아픈 열성

염증)을 일으킬 수도 있다는 것을 말입니다!」

「건초열!」 하고 피어스가 소리쳤다.

「내 사촌이 그것 때문에 무척 고생했지요. 그녀는 나도 그 병에 걸리면 매일 코에다 붕산 용액을 뿌려야 할지도 모른다고 말했어요.」

포와로는 간신히 사촌이 코를 치료한 이야기는 나중에 듣기로 하고 피어스 양을 방에서 몰아냈다. 그는 문을 닫고 눈썹을 치켜 올린 채 방으로 들어왔다.

「하지만 나는 재채기를 하지 않았는데—」 하고 그는 중얼거렸다.

「그 일은 이쯤으로 해두지. 아니야, 나는 재채기를 하지 않았어.」

제15장

레녹스 보인튼은 빠르고 딱딱한 걸음걸이로 그 방으로 들어왔다. 그곳에 있던 제러드 박사는 레녹스의 변한 모습에 놀라는 것 같았다. 그의 태도는 빈틈이 없었다―하지만 아직도 그는 신경이 날카로운 상태였다. 그는 여기저기 그 방을 재빨리 둘러보았다.

「안녕히 주무셨습니까, 보인튼 씨.」 하고 포와로가 일어서서 깍듯이 인사를 했는데―레녹스는 다소 어색하게 대꾸했다.

「이렇게 와주셔서 대단히 고맙습니다.」

레녹스 보인튼이 좀 분명치 않은 목소리로 말했다.

「흠―카베리 대령님은 좋은 일일 거라고 했는데―이것은 좀 형식적인 일이라고 말이지요.」

「좀 앉으시죠, 보인튼 씨.」

레녹스는 방금 전에 웨스트홀름 부인이 앉았던 의자에 앉았다. 포와로는 친근하게 이야기를 계속했다.

「이번 일은 당신에게 커다란 충격을 주었을 거라고 생각합니다.」

「그렇지요, 물론. 글쎄요―아, 아닙니다. 아마도 그렇지만은…… 우리는 어머니의 심장이 튼튼하지 않다는 것을 잘 알고 있었죠.」

「그것이 현명한 일이었을까요? 당신의 어머니가 그런 몸으로 무리한 여행을 하도록 한 것 말입니다.」

레녹스 보인튼이 머리를 치켜들었다. 그는 별로 슬퍼하는 기색도 없이 이야기했다.

「어머니는―포와로 씨, 모든 일을 어머니 자신이 결정했습니다. 어머니가 한번 하기로 마음을 먹었다면, 우리가 아무리 말려도 소용이 없지요.」

「잘 알고 있습니다.」 하고 포와로는 수긍했다.
「나이가 많은 부인들은 때때로 쓸데없는 고집을 부리시지요.」
레녹스가 성급하게 말했다. 「먼저 나를 부른 목적이 무엇입니까? 무슨 이유로 이런 절차들을 밟아야 하는 거지요?」
「아직 모르고 있는 것 같군요, 보인튼 씨. 그런 돌발적이고도 설명할 수 없는 죽음이 발생한 경우에는 필수적으로 밟아야 할 절차들이 따르게 마련이지요.」
레녹스는 좀 날카롭게 말했다.
「설명할 수 없다니―그게 무슨 뜻인지 모르겠습니다.」
포와로는 어깨를 으쓱했다.
「다시 생각해보아야 할 문제가 있습니다. 노부인의 죽음이 자연사인가, 아니면 자살일 수도 있지 않을까 하는 것 말입니다.」
「자살?」 레녹스 보인튼은 포와로를 빤히 쳐다보았다.
포와로는 대수롭지 않게 말했다.
「당신은 물론 그러한 가능성들에 대해서 아주 잘 알고 계실 겁니다. 카베리 대령은 그런 걸 잘 모르고 있지요. 그는 심문―검시―기타 등등 이 모든 것들을 진행해야 할지에 대해서 결정을 내려야 합니다. 그런데 마침 내가 이곳에 와 있고, 또 내가 이런 문제들에 많은 경험을 가지고 있기 때문에, 그는 내가 이 문제를 어느 정도 조사해서 그에게 충고해 줄 수 있을 거라고 믿고 부탁한 모양입니다. 그래서 그는 그 일에 도움이 될 수만 있다면 당신에게 폐를 끼치고 싶어하지 않을 겁니다.」
레녹스 보인튼이 화가 나서 말했다.
「예루살렘에 있는 우리 영사에게 전보를 치겠습니다.」
포와로가 불분명하게 말했다.
「물론 그렇게 하는 것은 당신의 자유입니다.」
잠시 침묵이 흐른 뒤에 포와로가 팔을 뻗으며 말했다.
「만일 당신이 내 질문에 대답하지 않겠다면―」

레녹스 보인튼이 재빨리 말했다.

「그런 뜻이 아닙니다. 단지—이런 것이 전혀 쓸데없다고 생각되기 때문입니다.」

「나도 충분히 이해합니다. 하지만 이것은 매우 간단한 일입니다. 말하자면 일종의 형식적인 일이지요. 자, 보인튼 씨, 당신의 어머니가 돌아가신 그날 오후에 당신은 페트라에 있는 캠프를 떠나서 산책을 나갔다고 알고 있는데요?」

「그렇습니다. 우리는 모두—아니, 어머니와 막내 여동생을 제외하고는 모두 산책을 나갔습니다.」

「당신의 어머니는 동굴 입구에 앉아 있었습니까?」

「예, 바로 그 입구 앞에요. 어머니는 오후 내내 거기에 앉아 계셨습니다.」

「흠—그렇군요. 당신은 몇 시에 출발했습니까?」

「3시가 조금 지났을 때인 것 같습니다.」

「당신이 산책에서 돌아온 것은 몇 시였습니까?」

「몇 시였는지 말하기가 어렵군요—4시였는지 5시였는지 잘 모르겠습니다.」

「당신은 1~2시간 뒤에 돌아왔습니까?」

「예—그쯤 되었을 겁니다.」

「돌아오는 길에 누군가를 지나쳐 왔습니까?」

「내가 어떻게 했다고요?」

「누군가를 지나치지 않았느냐는 말입니다. 두 여자가 바위 위에 앉아 있지 않았던가요?」

「글쎄, 잘 모르겠습니다. 보지 못한 것 같습니다.」

「그때 당신은 무언가를 골똘하게 생각하고 있었던 모양이군요?」

「맞아요. 그랬습니다.」

「돌아와서 당신은 어머니와 이야기를 했습니까?」

「예—물론 그랬지요.」

「어머니가 그때 몸이 좋지 않다고 하던가요?」

「아니오—그러지 않았습니다. 어머니는 건강해 보였습니다.」

「어머니와 무슨 이야기를 나누었는지 정확하게 말씀해 주실 수 있겠습니까?」

레녹스는 잠시 침묵을 지켰다.

「어머니는 내가 꽤 일찍 돌아왔다고 하셨습니다—나는 '예, 일찍 돌아왔습니다.' 하고 말했지요.」

그는 다시 생각을 집중하기 위해 입을 다물었다.

「나는 날씨가 덥다고 했지요. 어머니는 내게 몇 시냐고 물으면서, 손목시계가 멈췄다고 하셨습니다. 그래서 어머니의 손목시계를 받아 태엽을 감고 시간을 맞춰서 손목에 다시 채워 드렸지요.」

포와로가 부드럽게 그의 말을 중간에서 가로채면서 이렇게 말했다.

「그러면 그때가 몇 시였습니까?」

「예?」 하고 레녹스가 말했다.

「당신이 그 손목시계의 시간을 맞추었을 때가 몇 시였습니까?」

「오—예, 이제 알겠습니다. 그때가—4시 35분이었지요.」

포와로가 말했다.

「그럼 당신은 캠프로 돌아온 시간을 정확히 알고 있는 게 아닙니까?」

레녹스는 얼굴을 붉혔다.

「참, 그렇군요. 내가 이렇게 어리석다니! 죄송합니다, 포와로 씨. 그만 잊고 있었습니다.」

포와로가 재빨리 맞장구를 쳤다.

「오, 아닙니다. 나는 충분히 이해할 수 있습니다! 워낙 주위가 복잡했기 때문이겠죠! 다음에는 무슨 일이 있었습니까?」

「나는 어머니에게 뭐 필요한 거라도 없느냐고 물었지요. 뭐 마실 거라도—차나 커피를 갖다 드릴까요?—하고 말입니다. 하지만 어머니는 아무 말씀도 없었습니다. 그래서 그냥 나는 큰 천막으로 내려왔습니다. 하인들이 아무도 없어서, 내가 직접 소다수를 찾아서 마셨지요. 목이 말랐거든요. 그런 뒤에 그곳에 앉아서 낡은 '새터데이 이브닝 포스트'지를 뒤적였습니다.」

「그럼 당신 부인은 그 큰 천막에서 당신과 함께 있었습니까?」

「예, 그녀는 얼마 지나지 않아서 들어왔지요.」

「그 뒤에 당신은 어머니가 살아 계신 모습을 보지 못했습니까?」

「그렇습니다.」

「어머니가 당신과 이야기할 때 뭔가 좀 흥분했다든가, 아니면 불안해 하는 것 같지는 않았습니까?」

「그렇지 않았습니다. 어머니는 평상시와 조금도 다르지 않았어요.」

「당신 어머니는 어떤 하인을 유난히 좀 성가시게 하고 괴롭혔다고 하던데요?」

레녹스가 빤히 쳐다보았다.

「아닙니다, 그런 일은 전혀 없었습니다.」

「그 밖에 내게 더 할 말은 없습니까?」

「글쎄―모두 말씀드렸다고 생각합니다.」

「감사합니다, 보인튼 씨.」

포와로는 머리를 옆으로 기울였다―마치 이야기가 끝났다는 것을 알리는 것처럼.

레녹스는 나가기가 썩 내키지 않는 듯했다. 그는 문가에서 망설이며 서 있었다.

「뭔가 더 물어보실 말씀이 있습니까?」

「없습니다. 당신 부인에게 이 곳으로 와달라고 말씀해 주시겠습니까?」

레녹스는 천천히 걸어 나갔다. 포와로는 옆에 있는 메모지에 이렇게 적었다.

'L.B.(레녹스 보인튼) 오후 4시 35분.'

제16장

포와로는 그 방으로 들어온 늘씬하고 기품 있는 젊은 여자를 관심 있는 눈으로 바라보았다. 그는 일어서서 예의바르게 허리를 굽혀 인사했다.

「레녹스 보인튼 부인이시죠? 에르퀼 포와로라고 합니다.」

나다인이 자리에 앉았다. 생각에 잠긴 듯한 그녀의 눈은 포와로의 얼굴에 고정되어 있었다.

「내가 이런 식으로 부인의 슬픔에 끼여들어도 되는 건지 모르겠습니다.」

그녀의 시선은 조금도 흔들리지 않았다. 그녀는 금방 대답하지 않았다.

그녀의 눈은 여전히 엄숙하고 움직이지 않았다. 이윽고 그녀가 말했다.

「저는 선생님에게 모든 것을 솔직하게 털어놓는 것이 좋을 거라고 생각해요.」

「옳은 생각입니다, 부인.」

「선생님은 제가 슬퍼한다고 말씀하셨지요? 그러한 슬픔은, 포와로 씨, 존재하지도 않고 또한 있다고 해도 그런 체하는 것에 지나지 않아요. 저는 어머니를 전혀 좋아하지 않았고, 솔직히 말해서 어머니의 죽음을 슬퍼하지도 않아요.」

「고맙습니다, 부인. 분명하게 말씀해 주셔서.」

나다인이 계속 말했다.

「그러나 지금 제가 슬픔을 가장할 수는 없을지 몰라도, 다른 감정—가책은 받고 있어요.」

「가책이라니요?」
포와로의 눈썹이 치켜 올라갔다.
「그래요. 왜냐하면 어머니는 바로 저 때문에 돌아가셨으니까요. 그래서 저는 제 자신을 몹시 나무라고 있어요.」
「무슨 이야기인지 구체적으로 설명해 주시겠습니까, 부인?」
「어머니는 저 때문에 돌아가셨어요. 제가 연출하고 생각해 냈지만, 솔직하게 말해서—결과가 이렇게 될 줄은 몰랐어요. 하여튼 제가 어머니를 죽인 거나 마찬가지예요.」
포와로는 의자 뒤로 몸을 기댔다.
「부인은 지금 사건의 진상을 말씀하겠다는 겁니까?」
나다인은 고개를 끄덕였다.
「그래요, 저는 그것을 말씀드리고 싶어요. 처음에는 비밀로 덮어두려고 했지만요. 그러나 말해버리는 편이 더 나을 거라고 생각했어요. 저는 선생님이 어떤 본능적인 감각으로 인정과 신뢰를 받아오고 있다는 것을 알고 있어요.」
「그건 그렇지요.」
「무슨 일이 일어났는가를 아주 간단히 말씀드리지요. 제 결혼 생활은, 포와로 씨, 불행한 편이었어요. 저의 남편은 그런 것에는 전혀 신경쓰지 않았고요—그를 온통 뒤덮고 있는 어머니의 영향이 그를 불행하게 만들었는데도 말이에요. 하지만 저는 제 생활이 그렇게 되는 것을 도저히 참을 수가 없었어요.」
그녀는 잠시 멈추었다가 다시 말을 이었다.
「어머니가 돌아가셨던 그날 오후에 저는 결심을 했어요. 제게는 친구가 한 명 있어요—아주 훌륭한 친구죠. 그는 언젠가 자기와 운명을 함께 하지 않겠느냐고 말한 적이 있어요. 그날 오후에 저는 그의 제안을 받아들였지요.」
「남편과 헤어지기로 결심했다는 뜻입니까?」
「그래요.」

「계속하십시오, 부인.」
나다인은 가라앉은 목소리로 이야기했다.
「한번 마음을 먹게 되자, 저는 그 일을 한시라도 빨리 이루고 싶었어요. 저는 혼자 캠프에서 숙소로 올라갔지요. 어머니는 혼자 앉아 계셨고, 마침 주위에는 아무도 없길래 어머니에게 제 생각을 알리기로 결심했어요.」
「어머니가 놀라던가요?」
「물론이죠. 저는 어머니가 너무 커다란 충격을 받은 것이 아닌가 하고 걱정했어요. 어머니는 놀라기도 했고 화도 내셨지요—아주 몹시 화를 내셨어요. 어머니는— 어머니는 그것에 대해 몹시 흥분하셨거든요! 저는 그 문제에 대해서는 더 이상 이야기하지 말아야겠다고 생각했지요. 그래서 곧 일어나서 그곳을 떠났어요.」
그녀의 목소리가 낮아졌다.
「저는— 저는 그 뒤로는 어머니의 살아 있는 모습을 다시는 보지 못했어요.」
포와로는 머리를 천천히 끄덕이면서 말했다.
「알겠습니다.」
그리고는 다시 말했다.
「부인은 어머니가 부인의 이야기에 충격을 받아서 돌아가셨다고 생각합니까?」
「그것이 거의 확실하다고 생각해요. 사실, 어머니에게는 이 곳을 여행하는 것도 너무 무리였어요. 게다가 제가 그런 말을 했으니, 어머니가 그때 화를 내신 것이 남아 있던 마지막 힘이었을 거예요. 제가 더욱 죄책감을 느끼는 것은, 저는 환자를 돌보기 위한 교육을 받았기 때문에 그 누구보다도 더 그런 일이 일어날 가능성을 인식하고 있었어야 했다는 거예요.」
포와로는 한동안 아무 말도 하지 않고 앉아 있다가 이윽고 말했다.
「부인은 어머니에게서 떠난 뒤에 정확히 무엇을 했습니까?」

「저는 의자를 다시 동굴 안에 갖다 놓은 뒤에 큰 천막으로 내려갔어요. 남편이 거기에 있더군요.」

포와로는 그녀를 자세히 살펴보며 말했다.

「부인은 그때 남편에게 부인의 결심을 말했습니까? 아니면 이미 말한 뒤였던가요?」

잠시 극히 짧은 침묵이 흐른 뒤에 나다인이 말했다.

「그때 처음으로 말했어요.」

「남편은 그 말을 어떻게 받아들이던가요?」

그녀가 재빨리 대답했다.

「몹시 당황해 했어요.」

「남편이 부인에게 다시 생각해보라고 했습니까?」

그녀는 고개를 저었다.

「그분은— 그분은 아무 말도 하지 않았어요. 사실, 우리는 언젠가 그와 같은 일이 벌어지리라는 것을 이미 알고 있었거든요.」

「죄송한 말씀입니다만—그 다른 사람이란 제퍼슨 코프 씨를 말하는 것이지요?」

그녀는 고개를 숙였다.

「맞아요.」

한동안 침묵이 계속된 뒤에—조금도 바뀌지 않은 목소리로 포와로가 물었다.

「주사기를 가지고 있습니까, 부인?」

「예?—아, 아니오.」

그의 눈썹이 치켜 올라갔다.

그녀는 설명했다.

「제 여행용 약상자 안에 다른 물건들과 함께 오래 된 주사기가 하나 들어 있어요. 하지만 그것은 우리가 예루살렘을 떠날 때 꾸렸던 커다란 짐 속에 들어 있어요.」

「알겠습니다.」

다시 침묵이 흐른 뒤에, 그녀는 불안한 듯이 떨리는 소리로 물었다.

「왜 그런 것을 물으시는 거죠, 포와로 씨?」

그는 그 질문에 대답하지 않았다. 그 대신 다른 이야기를 했다.

「나는 보인튼 노부인이 디기탈리스 성분이 들어 있는 약을 복용하고 있었다고 알고 있습니다.」

「맞아요.」

그녀는 이제 확실히 경계하는 눈치였다.

「그것은 심장병 때문이었습니까?」

「그렇지요.」

「디기탈리스는 어느 한도까지는 점가약이 아닌가요?」

「저도 그렇게 알고 있어요. 하지만 그 이상 자세하게는 알지 못해요.」

「만일 보인튼 노부인이 디기탈리스를 기준치보다 많이 복용했다면—?」

그녀는 재빨리, 그리고 단호하게 그의 말을 가로챘다.

「어머니가 그렇게 했을 리가 없어요. 어머니는 언제나 무척 조심하셨어요. 제가 어머니에게 약을 드릴 때도 역시 그랬고요.」

「특수한 병에 약이 지나치게 많이 넣어져 있을 수도 있습니다. 제조한 약사의 실수로 말입니다.」

「그런 일은 거의 있을 수 없다고 생각해요.」 하고 그녀가 재빨리 대답했다.

「아, 물론, 그 분석 결과가 곧 우리에게 알려질 겁니다.」

나다인이 말했다.

「불행하게도 그 병은 깨졌어요.」

포와로가 그녀를 쳐다보았다.

「그래요! 누가 그것을 깨뜨렸습니까?」

「저도 확실히 모르겠는데, 하인 한 사람이 그런 것 같아요. 어머니의 시신을 동굴 안으로 옮길 때—무척 복잡하고 혼란했거든요. 게다가 불빛마저 희미했지요. 그때 탁자 하나가 넘어졌어요.」

포와로는 그녀를 잠깐 동안 주의 깊게 지켜보았다.

「그것은—」 하고 그가 말했다.

「매우 흥미 있는 사실이군요.」

나다인은 지루한 듯이 의자에서 몸을 움직였다.

「선생님은 저희 어머니가 충격에 의해 돌아가신 것이 아니라, 디기탈리스의 과다복용 때문이라고 생각하시는 건가요?」 하고 말하고 잠시 쉬었다가 다시 이었다.

「그것은 정말 있을 수 없는 일이에요.」

포와로는 몸을 앞으로 기대었다.

「마침 말씀드릴 참이었습니다만, 그 캠프에서 함께 지냈던 프랑스인 의사 제러드 박사는 자기 약상자에 있던 디기톡신의 상당량이 없어졌다고 하는군요. 이것에 대해서는 어떻게 생각하는지요, 부인?」

그녀의 안색이 아주 창백해졌다. 포와로는 그녀가 탁자 위에 놓인 손을 꽉 움켜쥐는 것을 보았다. 그녀의 눈이 아래로 떨구어졌다. 하지만 그녀는 여전히 아주 침착하게 앉아 있었다.

「자, 부인—」 하고 포와로가 말했다.

「그것에 대해 어떻게 말씀하시겠습니까?」

다시 물어보았지만 그녀는 말이 없었다. 잠시 침묵이 흐른 뒤, 그녀가 고개를 들었을 때 포와로는 그녀의 눈빛을 보고는 섬뜩하게 놀랐다.

「포와로 씨, 저는 어머니를 죽이지 않았어요. 그것은 선생님도 아세요! 제가 어머니 곁을 떠났을 때는 물론 살아 계셨어요. 많은 사람들이 그것을 증언할 수 있어요! 저는 범죄와는 전혀 무관해요. 선생님이 왜 이 일을 복잡하게 만들려고 하시는지 모르겠습니다. 정의, 단지 정의만이 행해졌다고 제 명예를 걸고 말씀드려도 선생님은 조사를 포기하지 않을 건가요? 우리가 얼마나 고통을 겪어 왔는지 선생님은 모르실 거예요. 이제야 겨우 평화와 행복의 가능성을 찾게 되었는데, 이 모든 것을 파괴해야 하는 건가요?」

포와로는 똑바로 고쳐 앉았다.

「분명하게 말씀해주세요, 부인. 내가 어떻게 하기를 원하시는 겁니까?」

「저는 어머니가 때가 되어서 돌아가신 것이며, 또한 선생님이 그러한 상황을 받아들이기를 바랍니다.」

「분명하게 말해봅시다. 부인은 어머니가 누군가에게 살해되었다고 믿고 있으면서도 나에게는 그것을 눈감아 달라고 부탁하고 있는 건가요―살인을?」

「저는 선생님에게 동정을 부탁하는 거예요!」

「물론이죠―하지만 누군가에 대해서는 조금도 동정이 가지 않습니다!」

「선생님은 이해하지 못하시는군요―그것은 그렇지가 않아요.」

「당신은 죄를 범했습니까, 부인?」

나다인은 죄를 저지른 듯한 표정은 전혀 보이지 않았다.

「아니에요.」 하고 그녀는 조용하게 말했다.

「제가 어머니 곁을 떠났을 때는 분명히 살아 계셨어요.」

「그리고 그 다음에―무슨 일이 일어났습니까? 부인이 알고 있는 것이나, 아니면 의심가는 점이 있으면 말씀해주십시오.」

나다인은 격분해서 말했다.

「저는 들은 적이 있어요, 포와로 씨. 선생님은 오리엔트 특급 열차에서 발생한 사건에 대해 경찰이 어떤 결론을 내리도록 유도하셨잖아요?」

포와로는 신기한 듯이 그녀를 쳐다보았다.

「누가 부인에게 그런 말을 했는지 짐작이 갑니다.」

「그것이 사실인가요?」

그는 천천히 말했다.

「이번은 그 사건과는 다릅니다.」
「아니에요, 아니에요. 그것은 다르지 않아요! 열차에서 살해당한 그 남자는 흉악한 사람이었어요.」

그녀의 목소리가 낮아졌다.

「마찬가지로 우리 어머니도……」

포와로가 말했다.

「희생자의 도덕적인 인격이 그와 같이 취급되어서는 안 됩니다! 개인적인 판단 기준에 따라 권리를 행사할 수 있는 사람이나, 다른 사람의 생명을 취할 수 있는 권리란 결코 존재할 수가 없습니다.」

「선생님은 정말 무정하시군요!」

「부인, 어쨌든 나는 흔들리지 않습니다. 살인을 절대로 그냥 넘어가지 않을 겁니다! 이것이 에르퀼 포와로의 최후 통첩입니다.」

그녀는 일어섰다. 그녀의 눈동자가 갑자기 이글이글 타올랐다.

「계속하세요! 선량한 사람들의 생활 속으로 파멸과 고통을 몰고 가세요! 저는 더 이상 할 말이 없어요.」

「하지만 나는— 나는 아직 부인이 할 말이 많다고 생각하는데요!」

「더 이상 아무것도 없어요.」

「아닙니다. 그렇지 않습니다. 부인, 당신의 어머니와 헤어진 뒤에 무슨 일이 있었습니까? 당신과 당신 남편이 큰 천막 안에 있는 동안에 말입니다.」

그녀는 어깨를 으쓱했다.

「제가 그것을 어떻게 알 수 있겠어요?」

「부인은 알고 있습니다. 아니면 적어도 의심하고 있든지.」

그녀는 그를 똑바로 노려보았다.

「저는 아무것도 몰라요.」

그녀는 돌아서서 방을 나갔다.

제 17 장

 그는 메모지에 'N.B.(나다인 보인튼) 4시 40분'이라고 적은 뒤에 문을 열고, 카베리 대령이 그에게 처리해 달라고 한 사람들을 순서대로 불렀다. 그는 대령에게 캐롤 보인튼을 불러 달라고 부탁했다.
 포와로는 그녀가 들어왔을 때—밤색 머리카락과 늘씬한 목 위에 알맞게 균형잡힌 머리, 그리고 아름다운 손에 배어 있는 신경질적인 모습을 관심을 가지고 쳐다보았다.
 그가 말했다.
 「이리 앉으십시오.」
 그녀는 고분고분하게 자리에 앉았다. 그녀의 얼굴에는 표정이 거의 없었다.
 포와로는 표정도 바꾸지 않고 그의 말을 받아들이는 그녀에게 틀에 박힌 동정의 이야기부터 시작했다.
 「그러면 이제 일이 일어난 그날 오후에 어떻게 지냈는지 상세하게 말씀해 주시겠습니까?」
 그녀의 대답은 예행 연습을 했다는 의심을 불러일으킬 정도로 술술 나왔다.
 「점심을 먹은 뒤 우리는 모두 산책을 나갔어요. 제가 캠프에 돌아온 것은—」
 포와로가 중간에서 가로챘다.
 「잠깐만요. 당신들은 그때까지 모두 함께 있었습니까?」
 「아니에요, 저는 대부분 레이먼드 오빠와 킹 양과 함께 있었어요. 그러다가 저는 혼자 떨어져서 걸었어요.」
 「오, 됐습니다. 그리고 아가씨는 캠프로 돌아왔다고 했지요? 어림

잡아 몇 시쯤이었는지 알고 있습니까?」

「한 5시 10분쯤 되었을 거라고 생각해요.」

포와로는 'C.B.(캐롤 보인튼) 5시 10분'이라고 적었다.

「그리고 그 다음에는 무엇을 했습니까?」

「어머니는 우리가 출발했을 때 있었던 그 자리에 계속 앉아 계셨어요. 저는 어머니에게 인사를 하고는 제 텐트로 내려갔어요.」

「당신은 그때 어머니와 나눈 이야기를 기억할 수 있습니까?」

「저는 날씨가 무척 덥다고 말하고, 누워서 좀 쉬겠다고 했어요. 어머니는 그냥 그대로 있겠다고 하시더군요. 그것이 전부예요.」

「어머니의 태도가 뭔가 평소와는 다른 점이 있다는 인상을 받지는 않았습니까?」

「아뇨. 적어도—그것은—」

그녀는 말을 멈추었다.

「그것은 내게서 나오는 것이 아니라, 당신이 대답할 수 있는 겁니다, 아가씨.」 하고 포와로가 재빨리 말했다.

그녀는 얼굴을 붉히고는 고개를 다른 곳으로 돌렸다.

「저는 지금 금방 생각났어요. 그 당시에는 별로 주의하지 않았는데, 이제 돌이켜 보니까—」

「계속하세요.」

캐롤은 천천히 말했다.

「그것은 사실이에요—어머니의 안색은 좀 이상했어요—어머니의 얼굴은 몹시 붉었는데—아마 평상시보다 훨씬 더 붉었을 거예요.」

「당신의 어머니가 혹시 어떤 충격을 받았던 것은 아니었을까요?」 하고 포와로가 넌지시 물었다.

「충격이라뇨?」

그녀는 포와로를 빤히 쳐다보았다.

「그래요. 어머니는 아랍 하인 한 명을 몹시 꾸짖으셨거든요.」

「어머!」

그녀의 표정이 밝아졌다.
「맞아요―그 일 때문이었을 거예요.」
「어머니는 그 일에 대해서 뭐라고 하지 않던가요?」
「아―뇨―아니에요. 그런 말씀은 전혀 하지 않으셨어요.」
「그리고 다음에 무엇을 했습니까, 아가씨?」
「제 텐트로 가서 30분 정도 누워 있었어요. 그리고 나서 큰 천막으로 내려갔지요. 오빠하고 올케가 그곳에서 책을 읽고 있더군요.」
「그리고 나서는 무엇을 했습니까?」
「오! 저는 바느질을 좀 했어요. 그리고 잡지를 한 권 집어들었지요.」
「당신은 큰 천막으로 가는 길에 또 어머니와 이야기했습니까?」
「아니에요, 저는 곧바로 내려갔어요. 어머니가 계신 곳도 쳐다보지 않았어요.」
「그 다음에는요?」
「저는 큰 천막 안에 죽 있었어요―킹 양이 어머니가 돌아가셨다고 말할 때까지 말예요.」
「그것이 당신이 알고 있는 전부입니까, 아가씨?」
「예.」
포와로는 몸을 앞으로 기울였다.
그의 목소리는 여전히 경쾌하고 부드러웠다.
「당신은 어땠습니까?」
「어땠다니요?」
「예―당신의 어머니가 그렇게 된 것을 알았을 때―죄송합니다―계모였던가요?―어머니가 돌아가셨다는 이야기를 들었을 때 어떻게 느꼈습니까?」
그녀가 포와로를 빤히 쳐다보았다.
「무얼 말씀하시는지 전혀 이해할 수가 없군요!」
「나는 당신이 아주 잘 이해하고 있다고 생각합니다.」

그녀는 모호하게 말했다.

「그것은—큰 충격이었죠.」

「그래요?」

그녀의 얼굴이 갑자기 붉어졌다. 그녀는 어떻게 해볼 도리가 없다는 듯이 그를 쳐다보았다. 포와로는 그녀가 두려워하고 있다는 것을 느꼈다.

「그것이 그렇게 큰 충격이었을까요, 아가씨? 예루살렘에서 머물렀던 어느 날 밤에 당신과 레이먼드가 나누었던 이야기를 기억하고 있습니까?」

포와로의 추측이 옳은 것 같았다. 그는 캐롤의 얼굴이 다시 창백해지는 것을 보았다.

「선생님은 그 일에 대해서 아시는군요?」 하고 그녀가 속삭이듯이 말했다.

「물론 알고 있습니다.」

「하지만 어떻게— 어떻게?」

「당신들이 나눈 대화를 얼핏 엿들었지요.」

「오!」

캐롤 보인튼은 두 손으로 그녀의 얼굴을 가렸다. 그녀의 흐느낌으로 탁자가 흔들거렸다.

에르큘 포와로는 잠시 기다렸다가 조용하게 말했다.

「당신들은 계모의 죽음에 관한 계획을 짰지요?」

캐롤은 더 심하게 흐느꼈다.

「우리가 미쳤어요— 미쳤어요— 그날 밤에!」

「그럴 수도 있습니다.」

「선생님은 우리가 어떻게 지내고 있는지 도저히 이해하실 수 없을 거예요!」

그녀는 자세를 바르게 고쳐 앉고, 머리카락을 뒤로 쓸어넘겼다.

「제 이야기가 좀 이상하게 들릴지도 모르지만, 미국에 있을 때는 그렇게 나쁘지는 않았어요—하지만 여행중에도 어머니는 우리에게 집에서처럼 하도록 했어요.」

「집에서 당신들에게 어떻게 하라고 했습니까?」

그의 목소리는 이제 친절하고 동정적으로 들렸다.

「우리는—다른 사람들과는 전혀 다르게 지냈어요! 우리— 우리는 절대로 외출을 할 수 없었어요. 그리고 지니 문제도 있었지요.」

「지니?」

「제 동생이에요. 선생님은 그 애를 보지 못했을 거예요. 그 애는— 글쎄요, 좀 괴상하게 변해 가고 있었어요. 게다가 어머니가 그 애를 더욱 나쁘게 만들고 있었지요. 하지만 그 애는 그걸 깨닫지 못하는 것 같았어요. 레이 오빠와 저는 지니가 완전히, 완전히 미쳐버리는 게 아닌가 하고 걱정할 정도였어요! 그리고 올케도 역시 그렇게 생각하고 있었어요!」

「알겠습니다. 그리고요?」

「예루살렘에 있던 그날 밤에 그런 복잡한 문제들이 드디어 끓어오른 거예요! 레이 오빠는 제정신이 아니었답니다. 오빠와 저는 극도로 예민해져 있었고, 또한—오, 우리 계획이 정말 옳은 일처럼 생각되었답니다! 어머니— 어머니는 정신이 온전하지 않았어요. 선생님은 어떻게 생각하실지 모르겠어요. 하지만 그것은—누군가를 죽이는 것은 어떤 경우에는 상당히 정당한 일로 여겨질 수도 있어요!」

포와로는 천천히 고개를 끄덕였다.

「그렇지요, 나도 압니다. 그것은 흔히 그렇게 생각될 수도 있지요. 그런 것은 세월이 흐르면 밝혀지게 되어 있습니다.」

「레이 오빠와 저는 단지 그렇게 생각했을 뿐이에요—그날 밤에.」

그녀는 손가락으로 탁자를 두드렸다.

「하지만 우리는 실제로 그렇게 하지는 않았어요. 우리는 정말 그것을 하지 않았다고요! 날이 밝았을 때는 모든 것이 어리석고 마치 멜로드라마 같다고 깨달았어요—그리고 그런 것이 아주 나쁜 일이라는 것도 말예요! 포와로 씨, 어머니는 심장이 극도로 악화되어서 돌아가신 거예요. 레이 오빠와 저는 아무 관계도 없는 일이에요.」

포와로가 얼른 말했다.

「당신은 죽음에 의해 구제받기를 원했지만, 보인튼 노부인의 죽음은 당신들에 의한 것이 아니라고 맹세할 수 있습니까?」

그녀가 고개를 들었다. 그녀의 목소리는 확고하고 은은하게 흘러나왔다.

「맹세합니다.」 하고 캐롤이 말했다.

「저는 구제받기를 원했어요. 그렇지만, 절대로 어머니를 해치지는……」

포와로는 의자 뒤로 몸을 기댔다.

「결국—」 하고 그가 말했다.

「그게 그거지요.」

포와로는 조심스럽게 그의 훌륭한 콧수염을 어루만지며 말했다.

「당신들의 계획이란 정확히 어떤 겁니까?」

「계획이라니요?」

「당신과 오빠는 어떤 계획을 세우지 않았습니까?」

포와로는 그녀의 대답이 나올 때까지 마음속으로 시간을 헤아렸다. '하나, 둘, 셋.'

「아무런 계획도 없었어요.」 캐롤이 대답했다.

「우리는 그것에 대해서는 계획을 전혀 세우지 않았어요.」

에르큘 포와로가 일어났다.

「이제 됐습니다, 아가씨. 당신 오빠를 이 곳으로 오라고 말해주지 않겠습니까?」

캐롤이 일어섰다. 그녀는 잠시 망설이며 서 있었다.

「포와로 씨, 선생님은 저를 믿으세요?」

「내가 그렇다고 말했지요—」 하고 포와로가 말했다. 「그렇지 않은가요?」

「그래요, 하지만—」
그녀는 말을 멈추었다.
포와로가 말했다.
「당신 오빠에게 이리로 와달라고 말해주겠습니까?」
「그러겠어요.」
그녀는 천천히 문 쪽으로 걸어갔다. 그녀는 문고리를 잡고 서서는 획 돌아다보았다.
「저는 선생님에게 진실을 말했어요—정말이에요!」
에르큘 포와로는 대답을 하지 않았다.
캐롤 보인튼은 방에서 천천히 걸어나갔다.

제18장

포와로는 레이먼드 보인튼이 방으로 들어왔을 때 두 남매의 닮은 점을 찾아냈다.

그의 얼굴은 딱딱하게 굳어 있었다. 그러나 신경이 날카롭거나 불안해 보이지는 않았다. 그는 의자에 털썩 주저앉아서 포와로를 쌀쌀하게 쏘아보며 말했다.

「무슨 일입니까?」

포와로가 부드럽게 말했다.

「누이동생이 당신에게 이야기하던가요?」

레이먼드가 고개를 끄덕였다.

「예, 캐롤이 저에게 이 곳으로 가보라고 말해주더군요. 물론 저도 선생님의 의심이 상당히 타당하다는 것을 인정합니다. 그날 밤 우리의 대화를 엿들었다면, 저희 계모가 갑자기 죽었다는 사실은 확실히 의심스럽게 보일 수 있겠지요! 하지만 그 대화는 밤의 광기였다고 확실하게 말할 수 있습니다! 우리는 그 당시에 도저히 참을 수 없는 긴장상태에 있었으니까요. 계모를 살해한다는 엉뚱한 계획을—오, 어떻게 그것을 제가 실행에 옮길 수 있겠습니까?—그것은 단지 화가 나서 내뱉은 말에 불과합니다!」

에르큘 포와로는 천천히 고개를 끄덕였다.

「그것은—」 하고 그가 말했다.

「있을 수 있는 일이지요.」

「아침이 되자 그것은 모두—터무니없는 것이라고 깨닫게 되었지요! 당신에게 맹세하지만, 포와로 씨, 저는 결코 다시는 그 문제에 대해서 생각해보지 않았습니다!」

포와로는 대답을 하지 않았다.

레이먼드가 재빨리 말했다.

「오—물론, 저도 말하기는 쉽다는 것을 압니다. 선생님에게 제 말만 듣고 그냥 믿어 달라고 기대할 수는 없는 일이지요. 하지만 그 사실은 고려하셔야 합니다. 제가 어머니와 이야기한 것은 정각 6시가 막 지났을 때였습니다. 어머니는 그때 분명히 살아 계셨습니다. 그 다음에 저는 제 텐트로 가서 세수를 하고 다른 사람들이 있는 큰 천막으로 갔습니다. 그때부터 줄곧 캐롤과 저는 다른 사람들과 함께 있었습니다. 포와로 씨, 선생님은 저희 어머니가 자연사했다는 것을 인정하시게 될 겁니다.」

포와로가 재빨리 말했다.

「보인튼 씨, 킹 양의 의견에 의하면 그녀가 시신을 검진한 것은—6시 30분이었고—죽은 지는 적어도 1시간 30분~2시간은 되었을 거라고 했습니다.」

레이먼드가 그를 쳐다보았다. 레이먼드는 무어라고 할 말이 없는 것처럼 보였다.

「새러가 그렇게 말했습니까?」 하고 그는 놀라며 말했다.

포와로는 고개를 끄덕였다.

「그 사실에 대해서 뭐라고 말하겠습니까?」

「하지만—그것은 있을 수 없는 일입니다!」

「그것은 킹 양의 증언입니다. 하지만 당신은 내게 어머니가 킹 양이 그 시신을 검진하기 불과 40분 전에 살아 있었다고 말하고 있는 겁니다.」

레이먼드가 말했다.

「어머니는 분명히 살아 있었어요!」

「진정하세요, 보인튼 씨.」

「새러가 실수했을 겁니다! 거기에는 새러가 미처 생각하지 못한 어떤 요소가 있을 겁니다.」

포와로는 아무런 표정도 나타내지 않았다.
레이먼드는 진지하게 몸을 앞으로 기울였다.
「포와로 씨, 저는 선생님이 어떻게 생각하고 있는지 알고 있습니다. 하지만 모든 것을 공정하게 보셔야 합니다. 선생님은 편파적인 사람입니다―당신은 구속되어 있습니다―범죄적인 환경 속에서만 지내 왔다는 말입니다. 그래서 선생님에게는 돌발적인 죽음이 모두 범죄와 연결되어 있는 것처럼 보이는 겁니다! 선생님은 자신의 판단력이 언제나 옳은 것만은 아니라는 걸 깨닫지 못하십니까? 사람들은 매일 죽습니다―특히, 심장이 허약한 사람들은 더욱 그렇지요.」
포와로는 한숨을 쉬었다.
「지금 내 일에 대해서 훈계하는 겁니까?」
「아닙니다. 그런 건 아닙니다. 단지 저는 선생님이 선입견을 가지고 있다고 말씀드리는 것뿐입니다―그 공교로운 대화에 대해서 말입니다. 캐롤과 제가 나눈 그 불행하고도 신경질적인 대화 이외에는 어머니가 살해되었다고 생각할 만한 증거가 전혀 없잖습니까?」
포와로는 고개를 저었다.
「당신은 잘못 생각하고 있군요.」 하고 그가 말했다.
「그 외에 다른 것이 또 있습니다. 제러드 박사의 약상자에서 독약이 없어졌지요.」
「독약이요?」
레이가 그를 쳐다보았다.
「독약!」
레이먼드는 의자를 약간 뒤로 물렸다. 그는 완전히 정신이 나간 것처럼 보였다.
「선생님이 의심하는 것은 바로 그것입니까?」
포와로는 잠시 동안 그를 쏘아보았다. 그리고 나서 조용하고 거의 무관심하게 말했다.
「왜, 당신의 계획은 다른 것이었나요?」

「오, 그렇습니다.」

레이먼드는 기계적으로 대답했다.

「그것이 모든 것을 바꾸어 놓았습니다. 저— 저는 뭐가 뭔지 통 모르겠어요.」

「당신의 계획은 어떤 것이었습니까?」

「우리의 계획? 그것은—」

레이먼드는 갑작스레 말을 끊었다. 그의 눈이 경계하는—갑자기 경계하는 빛을 띠었다.

「생각이 나지 않습니다.」 하고 그가 말했다.

「저는 더 이상 아무 말도 하고 싶지 않습니다.」

그는 일어났다.

「좋을 대로 하십시오.」 하고 포와로가 말했다.

그는 방에서 나가는 청년을 지켜보았다. 그는 메모지를 끌어당겨 작고 깔끔한 글씨로 적어 넣었다. 'R.B.(레이먼드 보인튼) 5시 55분' 그리고 나서, 그는 큰 종이를 가져와서 기록하기 시작했다.

그는 일을 끝내고 나서 머리를 한쪽으로 기울인 채 그 결과에 대해서 깊이 생각하며 의자에 깊숙이 앉아 있었다.

그것은 다음과 같았다.

보인튼 가족과 제퍼슨 코프가 캠프를 떠남. (대략) 3시 05분
제러드 박사와 새러 킹이 캠프를 떠남. (대략) 3시 15분
웨스트홀름 부인과 피어스 양이 캠프를 떠남. 4시 15분
제러드 박사가 캠프로 돌아옴. (대략) 4시 20분
레녹스 보인튼이 캠프로 돌아옴. 4시 35분
나다인 보인튼이 캠프로 돌아와서 노부인과 이야기함. 4시 40분
나다인 보인튼이 노부인과 헤어져서 큰 천막으로 감. (대략) 4시 50분
캐롤 보인튼이 캠프로 돌아옴. 5시 10분
웨스트홀름 부인, 피어스 양, 제퍼슨 코프가 캠프로 돌아옴. 5시 40분
레이먼드 보인튼이 캠프로 돌아옴. 5시 50분

새러 킹이 캠프로 돌아옴. 6시 정각
시체가 발견됨. 6시 30분

「그렇군.」 하고 에르큘 포와로는 중얼거렸다. 그는 그 종이를 접고 나서, 문 쪽으로 걸어가서는 마호메드를 데려오라고 지시했다.

뚱뚱한 통역은 입심이 좋은 사람이었다. 그는 끊이지 않고 유창하게 쏟아 냈다.

「언제나 모든 것이 제 탓입니다. 무슨 일이 일어나면 늘 제 책임이라고 하죠. 항상 제 책임, 제 인생은 하나의 고통입죠!」

이윽고 포와로는 그가 홍수처럼 내뱉는 말을 막고 간신히 자기 질문으로 이야기를 돌렸다.

「5시 반이라고 말씀하셨던가요? 아닌데요, 그때는 주위에 하인들이 없었다고 생각합니다. 선생님도 이미 아시겠지만, 그날 점심식사는 늦었지요—2시에 먹었지요. 그리고 그때는 날씨가 맑았습니다. 사람들은 점심식사 뒤에 오후 내내 잠을 잤습니다. 그렇지요, 미국인들은—그들은 차를 마시지 않아요. 우리는 모두 3시 30분에 잠이 들었습니다. 5시에—저는 능률적인 사람입지요—항상 저는 제가 모시고 있는 손님들이 편안하신지 돌아본답니다. 저는 그때 영국 여자분들이 차를 마시고 싶어한다는 것을 알고 나갔지요. 하지만 아무도 없었습니다. 그들은 모두 산책을 나갔던 거지요. 제 입장으로 보면, 그건 아주 좋은—평상시보다 더욱 좋은 일입니다. 저는 돌아가서 잠을 잘 수 있었으니까요. 5시 35분부터 말썽이 일어났는데—몸집이 큰 영국 여자—매우 거만한 그 부인 말입니다—그분이 돌아와서는 하인들이 막 식사 준비를 하고 있는데도 불구하고 차를 마시고 싶다고 하는 거였습니다. 그녀는 상당히 주위 사람들을 불편하게 했지요—물을 끓이고 있느냐는 둥 하고 말이죠. 저는 제 자신을 알고 있습니다. 오, 선생님! 이런 생활이란 말이지요—저는 제가 할 수 있는 건 모두 한답니다—그러고도 언제나 비난을 받지요—저는—」

포와로가 그의 말을 가로막았다.

「또 다른 작은 문제가 있었습니다. 노부인은 어떤 하인을 몹시 꾸짖었답니다. 당신은 그게 누구였으며, 무슨 일로 그랬는지 알고 있습니까?」

마호메드는 손을 번쩍 치켜들었다.

「제가 아느냐고요? 저는 전혀 모릅니다. 노부인은 저에게 불평하지 않으셨습니다.」

「당신은 그 하인을 찾아낼 수 있습니까?」

「아니오, 선생님. 그것은 불가능할 겁니다. 노부인이 꾸짖었다고 그러셨지요? 그렇다면 더욱 말하지 않을 겁니다. 압둘은 모하메드라고 할 거고, 모하메드는 아지스라고 할 거고, 아지스는 아이사라고 할 겁니다. 베두인들은 정말 멍청하답니다—아무것도 이해하지 못하는 사람들이죠.」

포와로는 수다스러운 통역을 간신히 물러가게 했다. 그리고 나서 그는 종이를 카베리 대령에게 넘겨 주었다.

카베리는 넥타이를 옆으로 젖히며 물었다.

「뭣좀 알아냈습니까?」

포와로가 자리에 앉았다.

「내 이론을 말해볼까요?」

「그렇게 하십시오.」 하고 말하고는 카베리 대령이 한숨을 쉬었다.

「내 이론은—범죄학이란 세상에서 가장 쉬운 학문이라는 겁니다! 누군가에게 단지 범죄에 대한 이야기를 해주기만 하면—그는 당신에게 모든 것을 털어놓게 될 겁니다.」

「나는 당신이 전에도 그런 말을 했던 것을 기억하고 있지요. 누군가가 당신에게 무언가를 이야기해준 모양이지요?」

「모두가 말했지요.」

포와로는 그날 아침에 사람들과 만나서 한 대화 내용을 간단하게 설명했다.

「흠—」 하고 카베리가 말했다.
「당신은 중요한 점을 한두 가지 알아차렸겠군요. 가엾게도 그들은 모두 엉뚱한 방향을 지적하는 줄 알았겠지만—그럼 사건이 해결된 겁니까?」
「오, 아닙니다.」
카베리 대령은 다시 한숨을 쉬었다.
「빨리 해결되어야 할 텐데 말이오.」
「하지만 해가 지기 전에—」 하고 포와로가 말했다.
「당신은 진실을 알 수 있게 될 겁니다!」
「글쎄, 당신이 나에게 그렇게 약속을 한 건 알지만……」 하고 카베리가 말했다.
「어쨌든 나는 당신이 그 약속을 지킬 수 있을 것이라고 확신합니다. 그것은 확실한 거지요?」
「장담할 수 있습니다.」
「그렇게 자신감을 갖는다는 것은 아주 멋진 일이지요.」
그의 눈 속에 희미한 망설임이라도 있었다면, 포와로는 무의식중에 그것을 알아차렸을 것이다. 그는 종이를 펼쳐 놓았다.
「깔끔하군요.」 하고 카베리 대령이 만족한 듯이 말했다.
잠시 뒤에 그가 말했다.
「내가 무엇을 생각하고 있는지 아십니까?」
「말씀해 보시지요.」
「그 젊은 레이먼드 보인튼은 제외시켜도 좋을 것 같습니다.」
「오! 왜 그렇게 생각합니까?」
「그가 무슨 생각을 했는지는 아주 분명하지요. 우리는 분명히 그를 제외시켜서 생각해야 합니다. 그를 추리 소설에 등장하는 인물에 비유한다면, 가장 혐의가 짙은 사람입니다. 당신이 그가 노부인을 죽이겠다고 말하는 것을 엿들었다고 했을 때부터—우리는 그가 결백하다는 것을 알고 있는 것이 아니겠습니까?」

「추리 소설을 읽어보았습니까?」

「많이 읽었지요.」 하고 카베리 대령이 말했다. 그리고 그는 학생 시절을 그리워하는 듯한 목소리로 덧붙였다. 「당신도 그런 소설에서 나오는 탐정처럼 할 수는 없겠소? 중요한 사실들의 리스트를 작성해 보는 게 어떨까요? 그것은 하찮은 것처럼 보이지만 실제로는 엄청나게 중요한 것 아니겠습니까?」

「오—」 하고 포와로가 부드럽게 말했다.

「대령은 추리 소설식을 좋아하나 보군요? 그렇다면 나는 그런 식으로 당신을 즐겁게 해줄 수도 있습니다.」

그는 앞에 커다란 종이를 펴놓고 재빨리 또박또박 적어 내려갔다.

1. 보인튼 노부인은 디기탈리스 성분이 들어 있는 약을 복용하고 있었다.
2. 제러드 박사의 주사기가 없어졌다.
3. 보인튼 노부인은 가족들이 다른 사람들과 어울리지 못하도록 함으로써 어떤 만족감을 느끼고 있었다.
4. 보인튼 노부인은 사건이 일어난 그날 오후에 가족들이 자기에게서 떨어져 나가도 좋다고 허락했다.
5. 보인튼 노부인은 정신적인 새디스트였다.
6. 큰 천막에서 보인튼 노부인이 앉아 있던 곳까지는 대략 200야드(약 18m)쯤 된다.
7. 레녹스 보인튼은 처음에는 캠프에 돌아온 시간을 모른다고 했으나, 나중에 어머니 손목시계의 시간을 맞추어 주었다고 했다.
8. 제러드 박사와 지네브라 보인튼의 텐트는 이웃하고 있다.
9. 6시 30분에 저녁식사가 준비되자, 보인튼 노부인에게 알리려고 하인을 보냈다.

대령은 대단히 흡족해 하며 자세히 읽어 내려갔다.

「아주 좋습니다!」 하고 그가 말했다.

「바로 이겁니다! 당신은 이것을 힘들여서 만드셨겠군요—겉으로 보기에는 아무런 관련도 없는 것 같지만—이것이 바로 정곡을 찌른 것이지요! 그런데 주목할 만한 점을 한두 가지 빠뜨린 것 같습니다. 하지만 그것은 당신의 어떤 작전이 아닌가 하고 생각하는데요?」

포와로의 눈이 약간 빛났으나 대답을 하지는 않았다.

「두 번째 문제, 다시 말하자면—」 하고 카베리 대령이 말했다.

「제러드 박사의 주사기가 없어졌다—그렇지요. 그러나 그와 동시에 디기탈리스—아니면 그와 비슷한 종류의 약품도 잃어버리지 않았습니까?」

「나중 문제는—」 하고 포와로가 말했다.

「그의 주사기가 없다면 문제가 되지 않지요.」

「오, 훌륭합니다!」 하고 말하며, 카베리 대령은 얼굴 가득히 미소를 지었다.

「나는 전혀 그것을 생각하지 못했습니다. 나 같으면 주사기보다는 디기탈리스가 더 중요한 거라고 말했을 거요! 그리고 그 하인—노부인에게 식사가 준비되었다고 알리러 보낸 하인과—노부인이 오후에 어떤 하인에게 지팡이를 휘둘렀다는 이야기는 어찌 된 것입니까? 설마 가엾은 사막의 멍청이 하나가 그녀를 죽여버렸다고 말할 셈은 아니겠지요? 왜냐하면—」 하고 카베리 대령은 좀 엄숙하게 덧붙였다.

「그렇다면 그것은 잘못된 겁니다!」

포와로는 미소를 지었으나 대답하지는 않았다.

제19장

새러 킹은 언덕 위에 앉아서 들꽃을 꺾고 있었다. 제러드 박사는 그녀 가까이에 있는 거친 돌담 위에 앉아 있었다. 그녀는 갑자기 신경질적으로 말했다.
「박사님은 왜 이 일을 시작하셨죠? 박사님을 위한 것이 아닐 텐데요—」
제러드 박사가 천천히 말했다.
「당신은 내가 아무 말도 하지 않았어야 했다고 생각합니까?」
「그래요.」
「내가 알고 있는 것이 무엇인지 압니까?」
「박사님은 아무것도 알지 못해요.」 하고 새러가 말했다.
프랑스인은 한숨을 쉬었다.
「나는 알고 있었소. 하지만 나도 또 어느 누구도 절대적으로 확신할 수는 없다는 것을 인정합니다.」
「그래요, 누구든지 그럴 거예요.」 하고 새러가 딱딱하게 말했다.
프랑스인은 어깨를 으쓱했다.
「박사님은—」
새러가 말했다. 「박사님은 열이 있었어요—그것도 높은 열이—박사님은 그 일에 대해서 올바르게 생각할 수 없었을 거예요. 그 주사기는 아마 그곳에 있었을지도 모르잖아요? 그리고 디기톡신에 대해서는 박사님이 잘못 알고 있었거나, 아니면 하인 중의 누군가가 그 상자를 건드렸거나 했을 거예요.」
제러드는 빈정거리듯이 말했다.
「당신은 전혀 걱정할 필요가 없어요! 그 증거는 결정적인 단서가 되지 못하니까요. 당신도 알 테지만, 보인튼 가족은 그러한 혐의에서 모두 벗어나게 될 거요!」

새러가 큰 소리로 말했다.

「저는 그것도 원치 않아요!」

그는 고개를 저었다.

「당신은 너무 비논리적이군요!」

「박사님은 그렇지 않나요?」 하고 새러가 물었다.

「예루살렘에서 박사님은 제게 너무 깊이 간섭하지 말라고 하셨어요.」

「나는 간섭하지는 않습니다. 단지 내가 알고 있는 것을 말했을 뿐이오!」

「박사님은 아직도 모르세요—오, 우리는 원점으로 다시 돌아온 거예요. 저는 똑같은 말을 되풀이하고 있는 거고요.」

제러드가 부드럽게 말했다.

「미안해요, 킹 양.」

새러는 목소리를 낮추어서 말했다.

「박사님도 아시겠지만, 결국 그들은 빠져나오지 못할 거예요—그들 중 아무도! 그 노부인은 아직도 거기에 있는 거예요. 더욱이 그 노부인은 무덤 속에서도 그들이 있는 곳에 손을 뻗쳐 그들을 움켜쥐려고 할 거예요. 저는 알아요—노부인은 이런 것을 즐기고 있는 거라고요!」

잠시 뒤에 그녀는 완전히 목소리를 바꾸어서 말했다.

「저기 조그만 남자가 언덕을 올라오고 있군요.」

그녀는 우울한 눈으로 에르큘 포와로가 언덕을 올라오고 있는 것을 지켜보았다.

포와로는 그들에게 다가와서 큰 소리로 휴 하고는 이마에 흐른 땀을 닦았다. 그리고 나서 그는 에나멜 구두를 슬픈 듯이 내려다보았다.

「저런—」 하고 그가 말했다. 「이놈의 바위투성이 땅! 가엾은 내 구두.」

「웨스트홀름 부인에게 구두 닦는 도구를 빌려 달라고 하세요.」 하고 새러가 무뚝뚝하게 말했다.

「그리고 그녀는 먼지솔도 가지고 있어요. 그녀는 하녀만이 사용하는 물건들을 가지고 여행한답니다.」

「하지만 홈을 없애지는 못할 겁니다.」

「아마 그렇겠지요. 그런데 왜 선생님은 이런 곳에서 그런 구두를 신고 다니지요?」

포와로는 머리를 약간 한쪽으로 기울였다.

「나는 깔끔한 것을 좋아한답니다.」 하고 그가 말했다.

「저는 사막에서는 그럴 필요가 없다고 생각해요.」

「여자들은 사막에서는 아름답게 꾸미는 데 신경을 쓰지 않지요.」 하고 제러드 박사가 몽롱한 목소리로 말했다.

「여기 있는 킹 양은 물론—늘 깔끔하고 예쁘게 차려입고 있지만요. 그러나 그 웨스트홀름 부인은 크고 두꺼운 코트와 치마, 게다가 지독하게도 어울리지 않는 승마용 반바지와 부츠를 신고 있잖습니까! 그리고 그 가엾은 피어스 양—그녀는 마치 양배추 잎처럼 하늘하늘한 옷과 딸랑거리는 구슬 목걸이를 하고 있지요! 더욱이 젊은 보인튼 부인은 아름답기는 해도, 멋지다고 말할 수는 없습니다! 그녀의 옷맵시는 볼품이 없거든요.」

새러가 조금 신경질적으로 말했다.

「글쎄요, 저는 포와로 씨가 옷 이야기나 하려고 이 곳까지 올라왔다고는 생각하지 않아요!」

「물론 그렇습니다.」 하고 포와로가 말했다.

「제러드 박사와 의논할 것이 있어서 왔습니다—박사의 의견은 내게 아주 중요하지요—그리고 당신의 의견도 역시. 킹 양—당신은 젊고 사고 방식이 현대적입니다. 나는 당신이 보인튼 노부인에 대해서 알고 있는 것을 말해주리라 믿고 있습니다.」
「선생님은 그것을 모두 외울 정도로 알고 계시잖아요?」
「아닙니다. 나는 단지 어떤 느낌만을 갖고 있지요―아니, 단순한 느낌이라기보다는―보인튼 노부인의 정신적인 힘이 이 사건에 있어서는 대단히 중요하다고 확신합니다. 제러드 박사는 그 노부인과 같은 사람을 많이 다루어보았을 텐데요?」
「내 견해로는―그녀는 확실히 연구할 만한 가치가 있습니다.」 하고 박사가 말했다.
「그에 대해 말씀해 주십시오.」
제러드 박사는 그 가족에 대한 자신의 관심, 제퍼슨 코프가 상황을 완전히 오해하고 있다는 것 등에 대해서 상세히 이야기해 주었다.
「그렇다면 그 사람은 감상주의자로군요.」 하고 포와로가 말했다.
「오, 그 사람은 이상―사실, 인간의 내면 깊숙이 자리하고 있는 나태함에 바탕을 둔―그런 이상을 가지고 있습니다. 인간의 본성을 선하고 밝은 쪽으로만 바라본다는 것은 인생을 가장 쉽게 살아가는 방법이지요! 따라서 결과적으로 제퍼슨 코프 씨는 사람들이 실제적으로 추구할 수 있는 이상을 전혀 가지지 못한 것과 마찬가지죠.」
「그것은 때때로 위험해질 수도 있습니다.」 하고 포와로가 말했다.
제러드 박사가 이어서 말했다.
「그 사람은 내가 보인튼 가족의 상황을 빗나간 헌신의 경우로 묘사한다고 주장하더군요. 그는 단지 근원적인 증오, 반항심, 굴종과 혼란 등에 대해서 아주 희미한 관념밖에는 없었습니다.」
「그것은 어리석은 생각이지요.」 하고 포와로가 한마디 했다.
「그래도―」 하고 제러드 박사는 말을 이었다.
「아무리 둔하고 고집이 센 감상적인 낙천주의자들이라 해도 완전히 맹목적인 것 같지는 않습니다. 내가 보기에는 페트라 여행 때 제퍼슨 코프 씨는 주변 상황에 대해서 무언가 알고 있었던 것 같습니다.」

그리고 그는 보인튼 노부인이 죽던 날 아침에 그 미국인과 나누었던 대화에 대해 자세히 이야기해 주었다.

「그 하녀에 대한 이야기는 매우 흥미 있는 것이로군요.」하고 포와로는 신중하게 말했다.

「노부인을 이해하는 데 많은 도움이 되겠습니다.」

제러드가 말했다.

「이상하고 정말 괴상한 아침이었습니다! 페트라에는 아직 가보지 않았지요, 포와로 씨? 만일 그곳에 가게 된다면, 반드시 '속죄의 땅'에 올라가 보십시오. 그곳은—글쎄 뭐라고 할까요—정말 놀라운 곳이더군요!」

그는 그 광경을 자세히 묘사하고는 이야기를 덧붙였다.

「킹 양은 마치 젊은 판사처럼 앉아서 대중을 구원하기 위해서는 한 사람이 희생되어야 한다고 말하더군요. 생각납니까, 킹 양?」

새러는 온몸을 떨었다.

「그만두세요! 이제 그날 이야기는 하지 마세요!」

「아닙니다, 아니에요.」하고 포와로가 말했다.

「좀더 거슬러 올라가서 사건에 대해서 이야기하기로 합시다. 제러드 박사, 나는 보인튼 노부인의 정신 상태에 대한 당신의 의견을 듣고 싶습니다. 나는 도무지 이해할 수가 없어요—그녀는 가족이 자기의 절대적인 복종 아래서 지내도록 했으면서, 왜 외부인과 접촉할 기회가 많고, 또한 그녀의 권위가 약해질 위험이 다분히 도사리고 있는 이번 외국 여행을 계획했을까요?」

제러드 박사는 흥분해서 몸을 앞으로 굽혔다.

「바로 그것입니다! 노부인들이란 세계 어디나 마찬가지거든요. 그들은 정말 지루하지요! 그들이 아무리 잘 참고 지낸다고 해도 자기들이 너무도 잘 알고 있는 그 따분함에 싫증을 느낄 겁니다. 그래서 그들은 새로운 것을 경험해보고 싶어할 겁니다. 그리고 그런 기분 전환은 (믿을 수 없는 말로 들릴지 몰라도) 인간이라는 동물을 억압하고 괴롭히는 그 노부인에게도 마찬가지였던 것이지요. 보인튼 노부인은 그녀의 호랑이들을 길들였습니다. 그들이 사춘기였을 때는 어떤 동요가 있었겠지요. 레녹스가 나다인과 결혼한 것은 하나의 모험이었습니다. 하지만 그들은 모두 잘 길들여진 상태였지요. 레녹스가 그렇게 침울한 상태에 있었지만, 그것은 그가 상처받고 고통을 받고 있었기 때문은 아닙니다. 레이먼드와 캐롤은 전혀 반항할 기미를 보이지 않았습니다. 지네브라—아, 가엾은 지네브라!—그녀는 자기 어머니의 입장에서 보면 아주 가엾은 위안을 제공해 주는 존재였지요. 결국 지네브라는 도피처를 찾아낸 겁니다! 그녀는 현실에서 환상의 세계로 도피한 것이지요. 그녀의 어머니가 그녀를 더욱 부채질함으로써, 보다 쉽게 그녀는 비운의 여주인공이 되어 비밀스러운 스릴을 맛보게 된 겁니다. 보인튼 노부인의 입장에서 보면 이런 것은 단조롭고 지루하기 이를 데 없는 생활이었지요. 그녀는 마치 알렉산더 대왕처럼 새로운 세계를 정복하고 싶었습니다. 그래서 그녀는 해외 여행을 계획했던 거지요. 비록 그녀의 길들여진 야수들이 반란을 일으킬 위험이 도사리고 있었지만, 반면에 그것보다 더 신선한 고통을 가할 수 있는 기회들도 있었겠지요! 터무니없는 소리로 들리겠지만, 그것은 사실입니다. 그녀는 새로운 분위기를 원했던 겁니다.」

포와로가 숨을 길게 들이마셨다.

「정확하게 보셨습니다. 나도 당신이 생각하는 것을 아주 잘 이해할 수 있습니다. 맞아요, 꼭 들어맞습니다. 그 노부인은 모험을 즐기며 살고 싶어했죠. 보인튼 노부인은—결국 그 대가를 지불한 거지요!」

새러는 매우 진지한 얼굴로 몸을 앞으로 기울였다.

「선생님 생각은—」 하고 그녀가 말했다.

「그 노부인이 제물들을 너무 멀리 데리고 나왔으며—그들이 그녀에게 반항했다—아니면—적어도 그들 중 누군가가 그렇게 했다는 뜻인가요?」

포와로는 고개를 끄덕였다.

새러는 좀 숨가쁜 목소리로 말했다.
「그게 누구일까요?」
포와로가 그녀를 쳐다보았다. 그는 대답하지 않았다. 포와로가 어떻게 이 고비를 모면하나 하고 망설이고 있을 때, 제러드가 그의 어깨를 툭 치면서 말했다.
「저기를 보십시오.」
어떤 소녀가 언덕을 천천히 올라오고 있었다. 그녀는 어쩐지 아주 비현실적이라는 인상을 주는 이상한 태도로 움직였다. 그녀의 황금빛의 붉은 머리는 햇빛을 받아 반짝이고 있었으며, 예쁜 입가에는 은밀하고 묘한 미소가 떠올라 있었다.
포와로가 한숨을 내쉬었다.
그는 말했다.
「정말 아름답군요! 이상하면서도 참으로 감동을 주는 아름다운 장면입니다. 마치 오필리어(햄릿의 상대역)가 연기하는 것처럼 보이지 않습니까? 마치 다른 세계에서 길을 잃고 방황하는 여신처럼 그녀는 인간의 기쁨과 슬픔의 굴레에서 벗어났기 때문에 행복한 것이지요.」
「예, 그렇습니다. 똑바로 보셨습니다.」 하고 제러드가 말했다.
「저것은 환상에 잠겨 있는 표정입니다, 그렇지 않아요? 나도 환상에 잠겨보았지요. 열에 들뜬 상태에서 나는 눈을 뜨고 그런 표정을 보았습니다—그 달콤하고 비현실적인 미소…… 그것은 멋진 꿈이었죠. 꿈에서 깨어나기가 싫었습니다……」
그는 다시 보통 때의 태도로 돌아와서 말했다.
「지네브라 보인튼입니다.」
얼마 뒤에 그 소녀가 그들에게 다가왔다. 제러드 박사가 그들을 소개시켜 주었다.
「보인튼 양, 이쪽은 에르퀼 포와로 씨입니다.」
「오!」
그녀는 불안한 표정으로 그를 바라보았다. 그녀는 손가락을 한데

모으더니 초조한 듯이 비틀었다. 마술에 걸린 요정은 이제 요술의 나라에서부터 평범한 사춘기 소녀로 돌아와 있었다. 그녀는 조금은 불안해하고 당황하고 있었다.

포와로가 말했다.

「여기에서 아가씨를 만나게 되다니 운이 좋군요. 호텔에 가서 아가씨를 만나려고 했었답니다.」

「그러세요?」

그녀는 약간 멍청하게 웃었다.

그가 말했다.

「나와 함께 잠시 걷지 않겠습니까?」

그녀는 순순히 포와로를 따라왔다. 이윽고, 그녀가 뜻밖에 묘하고 서두르는 목소리로 말했다.

「선생님— 선생님은 탐정이시죠, 그렇지 않은가요?」

「그렇습니다, 보인튼 양.」

지네브라 보인튼은 아주 부드럽게 숨을 내쉬었다.

「선생님은 저를 보호하러 오셨나요?」

포와로는 조심스럽게 그의 콧수염을 어루만졌다.

「그렇다면 아가씨가 위험한 상태에라도 있다는 말입니까?」

「물론 그래요.」

그녀는 재빨리 의심스런 눈빛으로 주위를 둘러보았다.

「저는 예루살렘에서 제러드 박사님에게 그것에 대해 이야기해 드렸어요. 박사님은 현명하게도 그 당시에는 아무런 내색도 하지 않았답니다. 하지만 박사님은 저를 따라왔어요—그 끔찍한 붉은 바위가 있는 곳까지요.」

그녀는 몸서리를 쳤다.

「그들은 그곳에서 저를 죽이려고 생각했었어요. 저는 줄곧 감시당하고 있었어요.」

포와로는 부드럽고 너그럽게 고개를 끄덕였다.

지네브라가 말했다.
「박사님은 친절하시고—또 훌륭하신 분이에요. 그분은 저를 사랑하고 있답니다!」
「예?」
「오, 물론이에요. 박사님은 잠을 자면서도 제 이름을 불렀어요……」
그녀의 표정은 부드러워졌다가—다시 좀 근심스러운 듯하면서 비현실적인 아름다움이 얼굴에 떠올랐다.
「저는 박사님을 보았어요—누워서 이리저리 뒤척이며 제 이름을 불렀어요…… 저는 살며시 빠져나왔지요」
그녀는 잠시 멈추었다.
「박사님이 선생님을 이 곳으로 오라고 하셨지요? 저에겐 무서운 적들이 많아요. 그들은 온통 저를 둘러싸고 있어요. 그들은 때로는 변장하기도 한답니다.」
「오, 저런!」 하고 포와로가 부드럽게 말했다.
「하지만 여기에서는 안전하지요—보인튼 양 주위에는 늘 가족들이 함께 있지 않습니까?」
그녀는 좀더 가까이 다가왔다.
「그들은 정말 제 가족이 아니에요! 저는 그들과 아무런 관계가 없어요. 제가 정말 누구인지는 말할 수 없어요—그것은 비밀이거든요.」
그가 부드럽게 말했다.
「아가씨는 어머니의 죽음으로 커다란 충격을 받았겠군요?」
지네브라가 발을 굴렸다.
「당신에게 말하지만—그녀는 저의 어머니가 아니었어요! 적들이 그녀를 긴장시켜서 제가 도망치지 못하게 감시하기 위해 보낸 거였어요!」
「보인튼 양은 어머니가 돌아가신 날 오후에 어디에 있었습니까?」

그녀는 선뜻 대답했다.
「텐트에 있었는데…… 그 안은 몹시 더웠어요. 하지만 저는 감히 나갈 수가 없었답니다. 그들이 저를 가만두지 않을 테니까요.」
그녀는 약간 몸을 움찔했다.
「그들 중 한 명이—제 텐트 안을 들여다보았어요. 그는 변장을 했지만, 저는 알아볼 수 있었어요. 저는 자는 척하고 있었답니다. 그 족장이 그를 보낸 것이지요. 그 족장은 물론 저를 납치할 생각이었겠죠.」
잠시 포와로는 말없이 걷다가 문득 말했다.
「아주 그럴듯하군요. 그런 이야기들은 보인튼 양이 꾸며낸 것이지요?」
그녀는 소리쳤다.
「아니에요, 그것은 사실이에요—사실—」
그리고는 화를 내며 돌아서서 언덕바지를 뛰어내려갔다.
포와로는 그녀를 지켜보며 서 있었다. 잠시 뒤에 그의 바로 뒤에서 어떤 목소리가 들려왔다.
「그녀에게 무슨 말을 했습니까?」
포와로는 제러드 박사 쪽으로 돌아서서 조그맣게 한숨을 내쉬고는 그의 옆으로 다가서서 나란히 섰다. 새러가 좀 여유 있는 태도로 그들에게 다가왔다.
포와로가 제러드의 물음에 대답했다.
「나는 그녀가 하는 이야기가 꾸며내는 것이라고 말했습니다.」
박사는 신중하게 고개를 끄덕였다.
「그 말에 그녀가 화를 냈다! 그것은 정말 좋은 징조입니다. 당신도 알겠지만, 그것은 그녀의 증세가 아직은 심각한 정도는 아니라는 것을 말해주는 것이지요. 그녀는 그것이 진실이 아니라는 것을 알고 있습니다! 나는 그녀를 치료할 수 있을 겁니다.」
「아, 당신이 치료를 할 건가요?」

「그렇습니다. 나는 젊은 보인튼 부인과 그녀의 남편과 함께 그 문제를 의논했지요. 나는 지네브라를 파리로 데려가서 내 병원에 입원시킬 예정입니다. 그 뒤에 그녀는 배우수업을 받게 될 겁니다.」
「배우라고요?」
「그렇습니다—그녀는 성공할 가능성이 많아요. 게다가 그녀가 원하는 것이고—그리고 그녀는 반드시 성공할 겁니다! 여러모로 보아서 그녀는 어머니와 성격이 많이 닮았습니다.」
「맞아요!」 하고 새러가 소리치며 말했다.
「선생님에게는 믿기 어렵게 들리겠지만, 정말이지 근본적인 특징은 똑같습니다. 그들은 둘 다 몹시 중요한 인물이 되기를 열망했으며, 또한 그들의 개성이 다른 사람에게 깊이 남겨지기를 언제나 바랐습니다! 그 불쌍한 소녀는 방해받고 억압받아 왔기 때문에, 그녀의 강렬한 욕망과 인생에 대한 열정, 그리고 생기발랄하고 감상적인 개성을 나타내기 위한 배출구가 전혀 없었던 겁니다.」
그는 조금 웃었다.
「사람들이 그녀를 완전히 변화시킨 겁니다!」
그리고는 고개를 약간 숙인 채 중얼거렸다.
「나를 용서해 주시겠지요?」
그리고 그는 급히 그 소녀의 뒤를 쫓아갔다.
새러가 말했다.
「제러드 박사님은 자기의 일에는 아주 빈틈없는 사람이지요.」
「나도 그렇게 생각합니다.」 하고 포와로는 말했다.
새러가 얼굴을 찌푸린 채 말했다.
「그래도 저는 그분이 지네브라를 그 끔찍한 노부인과 비교하는 것은 참을 수가 없어요—비록 한 번이지만—저 자신도 보인튼 노부인에게 무안을 당했지만요.」
「그것이 언제였던가요?」
「예루살렘에서 있었던 일에 대해서 대강 말씀드리지 않았나요? 저는 갑자기 모든 일이 잘못되었다는 것을 느꼈지요. 선생님도 아시겠지만, 일단 그렇게 생각하면 모든 것이 반대로 보이는 법이지요. 저는 몹시 흥분한 나머지 엉뚱한 짓을 해서 저 자신을 바보로 만들고 말았어요.」

「오, 아닙니다―그게 아니에요!」

새러는 그때 보인튼 노부인과 나눈 대화를 생각하기만 하면 언제나 얼굴이 화끈거렸다.

「저는 마치 어떤 사명감을 가진 사람처럼 몹시 흥분했지요! 나중에 웨스트홀름 부인은 그 물고기 같은 눈으로 저를 보면서, 제가 보인튼 노부인과 이야기하고 있는 것을 보았다고 하더군요. 그녀는 아마 엿들었을 거예요. 결국 저는 정말 완전히 웃음거리가 된 셈이지요.」

포와로가 말했다.

「도대체 보인튼 노부인이 당신에게 무슨 이야기를 했습니까? 당신은 그 말을 정확하게 기억해 낼 수 있습니까?」

「그래요. 그건 저에게는 상당히 치명적인 말이었지요. ‘나는 절대로 잊지 않아요.’ 그녀는 이렇게 말했어요. ‘그것을 기억해두어요. 나는 무엇이든지 잊어본 적이 없어요―어떤 행동이나 이름, 얼굴 등을.’」

새러는 몸서리를 쳤다.

「노부인은 몹시 악의에 찬 목소리로 말했는데, 이상하게도 저를 쳐다보지는 않았어요. 저는― 저는 마치 지금 당장이라도 그녀의 목소리가 들려올 것처럼 느껴져요……」

포와로가 부드럽게 말했다.

「아마도 그것이 당신에게 아주 강한 인상을 주었던 모양이군요?」

「그래요. 저는 웬만한 일로는 좀처럼 놀라지 않는 성격이에요―하지만 때때로 저는 그녀가 지금도 그런 말들을 하고 있는 것 같은 착각에 빠지고, 또한 그녀의 불길하고 음흉하고, 게다가 의기양양한 얼굴이 눈앞에 어른거리는 거예요. 오, 세상에―!」

그녀는 잠시 몸을 떨었다. 그리고는 갑자기 그에게로 돌아섰다.

「포와로 씨, 물어보아서는 안 될 말이지만, 선생님은 이 일에 결론을 내리실 수 있나요?」

「물론이지요.」

그녀의 입술은 마치 '어떤 결론을?' 하고 묻는 듯이 떨고 있었다.

「나는 그날 밤 레이먼드 보인튼이 예루살렘에서 누구와 이야기하고 있었는지 알아냈습니다. 그것은 그의 누이 캐롤이었지요.」

「캐롤—그렇겠지요!」 하고 새러가 말했다.

「선생님이 그녀에게 말했나요—그에게 물어보셨나요—?」

그녀는 더 이상 말을 잇지 못했다. 포와로는 진지하고 측은한 눈길로 그녀를 바라보았다.

「그것이 그렇게도 중요한 의미가 있는 겁니까?」

「그것은 정말로 중요한 거예요!」 하고 새러가 말했다. 그리고 나서 그녀는 어깨를 죽 폈다.

「아무튼 저는 알아야겠어요.」

포와로는 조용히 말했다.

「그는 나에게 그것은 신경이 날카로워져서 한 말이라고 했습니다—그 이상은 아무것도 아니라고요! 그와 그의 누이동생은 단순히 흥분했던 것뿐이랍니다. 아침이 되자, 그러한 생각은 그 두 사람 모두에게 꿈 같은 이야기로 보였다고 하더군요.」

「저도 그렇게 생각해요……」

포와로가 부드럽게 말했다.

「새러 양, 당신이 걱정하고 있는 것이 무엇인지 말해주지 않겠습니까?」

새러는 창백하고 절망적인 얼굴을 그에게 돌렸다.

「그날 오후—우리는 함께 있었어요. 그리고 그는 저와 헤어지면서 말했죠—이제 무엇인가를 해야겠다고—아직 용기가 있는 동안에 말이에요. 저는 그가 바로 노부인에게 무슨 말인가를 하려고 했을 거라고 생각했어요. 하지만 그가 어떤 마음을 품고 있었는지 생각해보면—」

 그녀의 목소리는 점점 희미해졌다. 그녀는 감정을 억누르려고 애쓰며 꼿꼿하게 서 있었다.

제20장

　나다인 보인튼은 호텔을 나서서는 망설이고 있었다. 그때 기다리고 있던 사람이 앞으로 뛰쳐나왔다.
　제퍼슨 코프가 곧 그녀 곁으로 다가섰다.
「이 쪽으로 걸어갑시다. 그게 제일 좋을 것 같습니다.」
　함께 걸어가며 코프는 이야기를 했다. 그의 이야기는 비록 단조롭고 하찮은 것이었지만 자연스럽게 흘러나왔다. 나다인이 그것을 듣고 있지 않다는 것을 그가 알아차렸는지는 확실치가 않다.
　그들이 꽃으로 뒤덮인 바위투성이의 언덕배기로 접어들었을 때 나다인이 그의 말을 막았다.
「제퍼슨, 미안해요. 당신에게 할 이야기가 있어요.」
　그녀의 얼굴은 몹시 창백했다.
「물론, 어서 하세요. 그러나 너무 걱정하지는 마십시오.」
　그녀가 말했다.
「당신은 제가 생각했던 것보다 훨씬 현명하신 분이에요. 당신은 아시죠, 그렇지 않은가요? 제가 무슨 말을 하려고 하는지 알고 있지요?」
「물론 알고 있습니다.」 하고 코프가 말했다.
「환경은 상황을 바꾸어 놓지요. 나도 이러한 상황에서는 무언가 결정을 내리기가 어렵다고 생각합니다.」
　그는 한숨을 쉬었다.
「자, 이제 말해요, 나다인.」
　그녀는 진정으로 감격한 듯이 말했다.
「당신은 너무 훌륭하세요, 제퍼슨. 그렇게 참으시다니! 제가 당신에게 너무 가혹하게 대했던 것 같아요. 저는 당신에 비하면 너무 초라한 사람이에요.」

「자, 이봐요, 나다인, 이것을 똑바로 알아야 해요. 내가 당신을 염려해주는 데에도 한계가 있어요. 나는 당신을 알게 되었을 때부터 당신을 사랑하고 존경해 왔어요. 내가 원하는 것은 오직 당신의 행복뿐입니다. 그것이 내가 바라는 전부입니다. 당신의 불행한 모습을 보면 정말 미칠 지경이에요. 나는 레녹스를 좋아하지 않습니다. 만일 그가 겉으로 보는 것보다 당신에 대해서 조금이라도 덜 생각해준다면, 그는 당신을 지켜줄 자격이 없다고 생각합니다.」

코프는 숨을 한 번 들이마시고는 말을 이었다.

「페트라 여행이 끝난 뒤에 인정하려고 했지만, 사실 레녹스는 내가 생각했던 것만큼 비난받을 정도는 아니라고 느꼈습니다. 그 죽음에 대해서 뭐라고 말하고 싶지는 않지만, 나는 당신의 시어머니가 유달리 까다로운 분이 아니었나 하고 생각합니다.」

「그래요, 당신이 말한 대로예요.」 하고 나다인은 중얼거리듯이 말했다.

「아무튼—」 하고 코프가 말을 이었다.

「당신은 어제 내게 와서 분명히 레녹스와 헤어지겠다고 말했습니다. 그리고 나는 박수를 보냈지요. 당신이 남에게 이끌려 가는 그 생활은 옳지 않기 때문입니다. 당신은 내게 언제나 솔직했지요. 그러나 그 이상 친근하게 대하지도 않았습니다. 내가 원하는 것은 당신을 지켜볼 수 있는 기회와, 당신이 마땅히 받아야 할 정당한 대우를 받아야 한다는 것뿐입니다. 그런 의미에서, 그날 오후는 내 인생에 있어서 가장 행복했던 순간이었지요.」

나다인은 침통하게 말했다.

「미안해요—정말 미안해요.」

「아닙니다, 나다인. 나는 그 순간에도 그것이 진실이 아닐 것이라는 느낌을 받았으니까요. 다음 날 아침에 당신의 마음이 바뀔지도 모른다는 것을 어느 정도 짐작했습니다. 당신과 레녹스가 힘을 합치면 당신들의 인생을 멋지게 꾸며 나갈 수 있을 겁니다.」
나다인은 조용하게 말했다.
「그래요. 저는 레녹스를 떠날 수가 없어요. 그만 저를 잊으세요.」
「잊을 것이 아무것도 없습니다.」 하고 코프가 단언했다.
「당신과 나는 전처럼 친구 사이로 돌아가는 겁니다. 우리는 그날 오후에 대해서는 완전히 잊게 될 겁니다.」
나다인은 그의 팔 위에 부드럽게 손을 얹었다.
「제퍼슨, 고마워요. 이제 레녹스에게 가보아야겠어요.」
그녀는 돌아서서 그를 떠나갔다. 코프는 혼자서 계속 걸었다.
나다인은 그레코로만 극장 꼭대기에 앉아 있는 레녹스를 발견했다. 레녹스는 그녀가 숨을 죽인 채 그의 곁에 앉을 때까지도 그녀를 알아차리지 못했다.
「레녹스.」
그는 반쯤 돌아다보았다.
「우리는 지금까지 이야기할 기회가 없었어요. 하지만 제가 당신을 떠나지 않을 거라는 사실은 알고 있지요. 그렇지 않은가요?」
「당신은 정말로 그런 마음을 품었었지, 응, 나다인?」
그녀는 고개를 끄덕였다.
「그래요, 당신도 알겠지만, 정말 떠날 수도 있었어요. 저는 당신이 저를 따라오기를 원했어요. 가엾은 제퍼슨, 내가 그에게 한 행동을 어떻게 생각할지……」
레녹스는 갑자기 멋쩍게 웃었다.
「아니야, 그렇지 않아요. 누구든 코프 씨처럼 헌신적인 사람이라면, 그의 고결함에 완전히 감복하게 될 거요! 그리고 당신이 옳았어요, 나다인. 당신이 나에게 그와 함께 떠나겠다고 했을 때 어찌나 큰 충격을 받았던지! 솔직하게 말해서, 나도 요즈음 내가 조금 이상해져 가고 있다는 것을 알아. 도대체 왜 내가 어머니의 손에서 벗어나 당신이 가자고 했을 때 함께 떠나지 못했을까?」
 그녀가 부드럽게 말했다.
「당신은 할 수 없었어요, 여보.」
 레녹스가 심각하게 말했다.
「어머니는 끔찍스러울 정도로 성격이 기묘하신 분이었지…… 나는 어머니가 우리에게 거의 반쯤 최면을 걸어 놓았던 거라고 생각해.」
「맞아요.」
 레녹스는 잠시 동안 곰곰이 생각해본 뒤에 말했다.
「당신이 그날 오후에 그런 말을 했을 때—나는 마치 머리를 한 대 얻어맞은 기분이었소! 비틀거리며 돌아오는 중에 내 자신이 얼마나 바보처럼 생각되었던지! 그 당시 내가 당신을 잃고 싶지 않다면, 오직 한 가지 방법밖에 없다는 것을 깨달았소.」
 그의 목소리는 더욱 엄격해졌다.
「나는 갔지. 그리고—」
「그만해요—」
 그는 얼른 나다인을 쳐다보았다.
「나는 갔어. 그리고—어머니에게 말씀드렸소.」
 그는 이제 완전히 바뀐 목소리—조심스럽고도 좀 억양이 없는 목소리로 이야기했다.
「나는 어머니와 당신 중에서 한쪽을 택해야 한다고 말했소. 그리고는 당신을 택하겠다고 말했어.」
 그는 이상하게 자신감 있는 목소리로 되풀이해서 말했다.
「그래, 나는 어머니에게 그렇게 말했단 말이야.」

제21장

　포와로는 숙소로 가는 길에 두 사람을 만났다. 첫번째 사람은 제퍼슨 코프였다.
　「에르퀼 포와로 씨지요? 나는 제퍼슨 코프라고 합니다.」
　두 사람은 정중하게 악수를 나누었다. 코프는 포와로와 나란히 걸으면서 말했다.
　「당신이 보인튼 노부인의 죽음에 대해 관례적인 조사를 하고 있다고 들었습니다. 그것은 확실히 충격적인 사건이었지요. 그 노부인은 그렇게 무리한 여행을 하는 게 아니었거든요. 하지만 그 노부인은 고집이 유난히 센 사람이었지요. 포와로 씨, 그 노부인의 가족은 그녀가 있으면 아무것도 할 수 없었답니다. 그녀는 그 집안의 폭군으로 군림했지요.」
　잠시 침묵이 흘렀다.
　「포와로 씨, 나는 보인튼 가족의 오랜 친구입니다. 그들은 이번 일로 몹시 당황해 하고 있어요. 당신도 아시리라 생각합니다만, 그 사람들은 사소한 일에도 민감하고, 또 몹시 긴장한답니다.
　그래서 어떤 절차 문제—그러니까 장례식을 치를 때 예루살렘으로 그 시신을 운반하는 문제 같은 것에도 나는 내가 할 수 있는 한은 기꺼이 그들을 도와줄 겁니다. 물어보실 것이 있으면 뭐든지 말씀하세요.」
　「그들 가족은 당신의 도움을 고마워할 겁니다.」 하고 포와로가 말했다. 그리고 이렇게 덧붙였다.
　「내가 보기에 당신은 젊은 보인튼 부인과 각별하게 친한 사이 같더군요.」

제퍼슨 코프는 얼굴을 조금 붉혔다.

「글쎄요, 그 문제에 대해서는 별로 말하고 싶지 않습니다, 포와로 씨. 나는 당신이 오늘 아침에 레녹스 보인튼 부인과 이야기를 했다고 들었습니다.

그녀가 우리 사이에 대해서 어떻게 말했는지 모르지만, 그것은 이제 모두 지난 일입니다. 보인튼 부인은 정말 훌륭한 여자이지요. 그녀는 어머니를 잃은 남편을 위로해주는 일이 자기의 가장 큰 의무라고 생각하고 있습니다.」

포와로는 머리를 갸웃한 채로 그의 말을 듣고 있었다.

「카베리 대령은 보인튼 노부인이 죽은 그날 오후에 있었던 일을 명백하게 밝혀내고 싶어합니다. 그날 오후에 당신의 행동에 대해서 말씀해주실 수 있겠습니까?」

「오, 물론이지요. 우리는 점심을 먹고 잠시 쉰 다음에 산책을 나갔습니다. 사실 그 성가신 통역에게서 벗어나게 되어서 홀가분한 기분이었지요. 아무튼 우리는 출발했습니다. 내가 나다인과 이야기를 나누었던 것은 그때였습니다. 나중에 그녀는 남편과 의논할 문제가 있어서 남편과 둘이만 남겠다고 하더군요. 나는 기대에 가득 차서 혼자 캠프로 돌아왔습니다. 중간쯤 왔을 때 아침에 함께 산책을 했던 두 영국 여자분들을 만났지요. 그들 중 한 사람은 귀족 부인이라고 하더군요.」

포와로가 사실 그렇다고 말했다.

「아, 역시 그렇군요. 어쩐지 그녀는 매우 현명하고 아주 박식해 보이더군요. 또 한 여자는 좀 나약해 보였고요—게다가 피곤에 지쳐서 거의 탈진 상태가 된 것 같았지요. 사실 그날 아침의 산책은 나이가 든 부인에겐 몹시 힘들었을 겁니다. 그런데다가 그녀는 유별나게 높은 곳을 싫어하는 것 같더군요.

아무튼 나는 그 두 사람에게 나바틴에 대한 이야기를 해주었습니다. 우리는 잠시 돌아다니다가 6시쯤 되어서 캠프로 돌아왔지요. 웨스트홀름 부인이 차를 마시자고 해서 그녀와 함께 차를 마셨지요—그 차는 좀 싱거웠으나 독특한 향기가 있는 것이었습니다. 그때 하인들이 식탁을 차리고는 한 명이 노부인에게 알리기 위해 뛰어갔지요. 그리고 유감스럽게도 그녀가 의자에 앉은 채로 죽어 있는 것을 발견하게 된 겁니다.」

「숙소로 돌아오는 길에 노부인을 보셨습니까?」

「그 노부인이 그곳에 앉아 있는 것을 분명히 보았습니다—그녀는 오후와 저녁 내내 그곳에 앉아 있었지만, 그곳에 찾아가 보지는 않았습니다. 나는 웨스트홀름 부인에게 우리나라의 최근의 물가 폭락에 대해서 설명해주었습니다. 그리고 피어스 양에게도 역시 관심을 기울였지요. 그녀는 몹시 피곤했는지 발목을 빙글빙글 돌리고 있더군요.」

「고맙습니다, 코프 씨. 보인튼 노부인이 많은 재산을 남겼는지 물어본다면 어리석은 질문이 될까요?」

「사실 그것은 중요한 문제이지요. 엄격하게 말하자면, 그것은 그녀가 남긴 것이 아닙니다. 그녀는 생전에 재산을 관리했을 뿐이지요. 노부인이 죽고 나면 그 재산은 엘머 보인튼의 자식들에게 분배되도록 되어 있었습니다. 물론, 이제 그들은 부유하게 살게 되겠지요.」

「돈이라는 것은—」 하고 포와로가 중얼거렸다.

「많은 문제들을 야기시키지요. 수많은 범죄가 그것 때문에 저질러지거든요.」

코프는 조금 놀란 것처럼 보였다.

「그야 물론 그렇기는 하겠지요.」

포와로는 부드럽게 미소를 지으면서 중얼거렸다.

「하지만 살인에는 많은 동기가 있지 않습니까? 아무튼 고맙습니다, 코프 씨.」

「천만에요, 괜찮습니다.」 하고 코프가 말했다.

「킹 양이 아직 그곳에 있습니까? 그녀와 이야기 좀 해볼까 하는데요.」

 포와로는 다시 언덕을 내려가기 시작했다. 그는 안절부절못하고 있는 피어스 양을 만났다.

 그녀는 숨을 헐떡거리며 그에게 인사했다.

「오, 포와로 씨, 만나게 되어서 정말 기뻐요. 나는 아주 이상한 보인튼네 소녀와 이야기를 했답니다―제일 어린 딸, 당신도 아시겠죠? 그녀는 정말 이상한 이야기를 하더군요. 적들이라느니, 그녀를 납치하려고 했던 족장이라느니, 뭐 또 자기 주변에 있는 스파이들에 대한 이야기를 늘어놓는 거예요. 그것은 정말 환상적인 이야기처럼 들리더군요! 웨스트홀름 부인 말로는 그것이 모두 터무니없는 소리라고 하지만요. 그러면서 언젠가 그와 똑같은 거짓말을 하는 빨강머리 부엌데기 하녀를 데리고 있었다고 하더군요.

 하지만 나는 그분이 좀 너무하다 싶을 때도 있어요. 그렇지 않나요, 포와로 씨? 나는 몇 년 전에 러시아 황제의 딸 한 사람이 러시아 혁명 때 살해당하지 않고 미국으로 비밀리에 도망쳤다는 말을 들었어요. 그때 정말 얼마나 아슬아슬했을까요?」

 피어스 양은 몹시 동경하는 듯이 보였다.

 포와로는 다소 과장해서 말했다.

「세상에는 이상한 일들이 많답니다.」

「사실 오늘 아침에는 당신이 누구인지 몰랐어요.」 하고 피어스 양은 손을 꼭 쥐고 말했다.

「당신은 아주 유명한 탐정이더군요! ABC 사건에 대해서도 모두 읽었답니다. 그것은 정말 아슬아슬한 사건이었어요. 나는 그 당시에 실제로 돈캐스터 근처에서 가정교사를 하고 있었거든요.」

 포와로가 뭐라고 중얼거렸다.

 피어스 양은 잔뜩 흥분한 채로 계속 말을 이었다.

「사실은 오늘 아침에 내가 이야기하지 않은 것이 하나 있어요. 누구든 모든 사실을 하나도 빠짐없이 말해야 해요, 그렇지 않은가요?

아주 사소한 것—그 일과는 아무런 관계가 없어 보이는 일이라도 말이에요. 하지만 내 말을 잘 생각해본다면, 가엾은 그 보인튼 노부인이 살해당한 것이 틀림없다는 것을 알게 될 거예요. 나는 이것을 꼭 말씀드려야겠다고 생각했어요. 그것은 곰곰이 생각해보면, 아주 이상한 일이었거든요.」

「훌륭하십니다.」 하고 포와로가 말했다.

「그래서 그것에 대해서 내게 말씀하시겠다는 것이로군요.」

「글쎄요, 그것은 사실 대단한 일은 아니에요. 단지 보인튼 노부인이 죽은 다음 날, 나는 아침 일찍 일어나 텐트에서 해뜨는 광경을 보기 위해 밖을 내다보고 있었답니다—왜 당신도 아시잖아요, 그런 거—」

「물론이지요. 그래 그때 무엇을 보았습니까?」

「그것은 참으로 기묘한 일이었어요—물론 그 당시는 그렇게 생각하지 않았지만요. 보인튼네 처녀 한 사람이 텐트 밖으로 나와서 무엇인가를 개울 속으로 집어던지는 거였어요. 그때까지 그곳에는 아무것도 없었지요. 그런데 그 뒤에 그곳에서 무엇인가가 반짝반짝 빛나는 거예요—햇빛을 받아서 말이죠!」

「그 보인튼네 처녀는 누구였습니까?」

「캐롤인 것 같아요—매우 아름답고, 그녀의 오빠와 아주 닮은 처녀 말이에요—사실 그들은 쌍둥이일지도 몰라요. 어쩌면 막내딸이었을 수도 있어요. 햇빛이 너무 강하게 비쳐서 제대로 볼 수가 없었거든요. 하지만 머리카락이 붉은색이 아니라 금색인 것 같았어요.」

「그녀가 반짝이는 물건을 집어던졌다는 말이지요?」 하고 포와로가 말했다.

「그래요. 그런데 내가 말했던 것처럼 그 당시에는 그것을 대수롭지 않게 생각했답니다. 하지만 나중에 개울에 가보았더니 거기에 킹 양이 있더군요. 그리고 비록 한두 조각이었지만, 주위의 다른 것과는 전혀 어울리지 않는 것들이 있었어요. 나는 그것이 빛나는 조그만 금속 상자라는 것을 알았지요—」

「아, 예—이제 잘 알겠습니다. 어떤 물건과 비슷하다는 말이로군요?」

「그래요, 당신은 정말 현명하시군요! 그래서 나는 혼자 이렇게 생각했어요. '저것은 보인튼네 처녀가 집어던진 것이로군. 하지만 무척 훌륭한 작은 상자인 걸.' 그리고는 너무 궁금해서 그것을 집어들고 열어보았지요. 그랬더니 안에는 주사기—내가 장티푸스 예방 접종을 받았을 때 맞았던 것과 똑같은 주사기가 들어 있는 거예요. 그래서 부서진 것도 아닌데 왜 버렸을까 하고 좀 이상하게 생각했지요. 내가 그런 생각을 하고 있는데, 킹 양의 목소리가 뒤에서 들리더군요. 나는 그녀가 다가오는 소리를 듣지 못했답니다. 그녀는 이렇게 말하더군요. '어머, 고마워요—그것은 제 주사기예요. 지금 그것을 찾으러 돌아다니던 중이랍니다.' 그래서 그것을 그녀에게 주었더니 받아 가지고 캠프로 돌아가더군요.」

피어스 양은 잠시 멈추었다가 급하게 말을 이었다.

「나는 거기에 다른 무엇이 있다고 의심하진 않지만—단지 캐롤 보인튼이 킹 양의 주사기를 버렸다는 것이 좀 이상하게 여겨졌어요. 그렇지만 어쩌면 거기에는 상당히 근거 있는 해석이 내려질 수도 있을 거라고 기대해요.」

그녀는 말을 멈추고 기대에 찬 눈으로 포와로를 바라보았다.

그의 표정은 엄숙했다.

「고맙습니다. 당신은 그것이 중요한 것이 아니라고 말했지만, 나는 그것으로 인해 이제 사건을 완전히 종결지었습니다! 모든 사람들이 이제 명확하고 질서정연해졌습니다.」

「어머, 정말인가요?」

피어스 양은 마치 어린애처럼 얼굴을 붉히면서 좋아했다.

포와로는 그녀를 호텔까지 바래다주었다.

자기 방으로 돌아온 포와로는 메모지에다 한 줄을 더 적어 넣었다.

10. 보인튼 노부인은 예루살렘에서 이런 말을 했다. '나는 결코 잊지 않아요, 그것을 기억해두어요. 나는 무엇이든지 잊어본 적이 없어……'

그는 고개를 끄덕였다.
「그렇고말고!」 하고 그가 말했다.
「이제 모든 것이 명확해졌군!」

제22장

「내가 준비할 일은 이제 끝났군.」 하고 에르퀼 포와로가 말했다. 그는 잠시 숨을 돌리고, 한두 발자국 뒤로 물러나서 그가 호텔의 빈 침실에 준비해 놓은 것들을 바라보았다.

카베리 대령은 한쪽 벽으로 밀어 놓은 침대에 아무렇게나 기댄 채로 미소를 짓고 있었다.

「당신은 무척 재미있는 사람이군요. 그렇지 않소, 포와로 씨?」 하고 그가 말했다.

「마치 연극 무대를 꾸미고 있는 것 같습니다.」

「아마—그게 사실일 겁니다.」 하고 그 조그만 탐정이 말했다. 「그러나 이것은 엉터리로 해놓은 것은 절대로 아닙니다. 누구든지 희극을 공연하려고 한다면, 맨 먼저 무대 장치를 꾸며야 하지 않겠습니까?」

「그럼 이것이 희극이란 말이오?」

「비극을 공연하려고 해도—역시 무대 장치가 필요합니다.」

카베리는 궁금한 듯이 그를 쳐다보았다.

「오, 당신이 바로 그것을 꾸미겠다는 겁니까? 나는 도무지 당신이 뭘 하려는지 이해할 수가 없군요. 당신이 무언가를 좀 알아낸 것 같기는 하지만.」

「나는 명예를 걸고 대령이 나에게 부탁한 것을 밝혀낼 겁니다!」

포와로는 시계를 흘끔 쳐다보았다.

「이제 우리도 슬슬 행동을 시작할 때가 되었군요.」 하고 포와로가 말했다.

「자, 대령, 공식적인 신분으로 여기 탁자 뒤에 앉으시지요.」

「오, 좋습니다.」 하고 카베리가 퉁명스럽게 말했다.
「여기는 보인튼 가족이 앉을 자리입니다.」 하고 말하며 포와로는 의자들의 위치를 조금씩 바꿔 놓았다.
「그리고 이쪽은—」 하고 그는 계속 말을 이었다.
「이 사건에 분명히 관계가 있는 가족 외의 사람들—3명이 앉을 자리입니다. 이 사건을 기소해야 하는지는 제러드 박사의 증언에 달려 있거든요. 새러 킹 양은 이 사건에 2가지 면에서 관련되어 있고요. 개인적인 신분으로서와 의학적인 증인으로서 말입니다. 그리고 제퍼슨 코프 씨는 보인튼 가족과 친한 사이로서 어쩌면 중요한 증언을 하게 될지도 모릅니다.」
그는 갑자기 말을 끊었다.
「아하—이제 사람들이 오는군.」
레녹스 보인튼과 그의 부인이 먼저 들어오고, 레이먼드와 캐롤이 그 뒤를 따라왔다. 지네브라는 입가에 희미하고 꿈꾸는 듯한 미소를 띤 채 혼자 들어왔다. 제러드 박사와 새러 킹이 맨 뒤에 따라왔다. 코프는 몇 분 늦게 들어왔다.
그가 자리에 앉자, 포와로가 앞으로 몇 발자국 나섰다.
「여러분—」 하고 그는 말했다.
「이것은 완전히 비공식적인 모임입니다. 마침 내가 암만에 있었기 때문에 이렇게 된 거지요. 카베리 대령이 내게 이번 사건을 부탁했습니다—」
포와로는 말을 중단했다. 뜻밖의 사람이 끼여들었기 때문이다.
레녹스 보인튼이 대들 듯이 말했다.
「왜? 왜 대령님이 당신을 이 사건 속으로 끌어들인 거지요?」
포와로는 점잖게 손을 저었다.
「글쎄요, 나는 가끔 누군가가 갑자기 죽은 사건을 부탁받곤 한답니다.」
레녹스 보인튼이 말했다.

「의사들은 어디에선가 심장마비 사건이 발생하기만 하면 당신을 보냅니까?」

포와로는 점잖게 말했다.

「심장마비란 말은 매우 모호하고 비과학적인 용어지요.」

카베리 대령이 목청을 가다듬고, 사무적인 목소리로 이야기했다.

「우리는 그것을 분명히 밝혀내기 위해서 최선을 다했습니다. 나는 노부인의 죽음에 대한 상황을 보고받았습니다. 한결같이 아주 자연스러운 죽음이었다고 하더군요. 건강이 좋지 않은 노부인이 견디어 내기에는 몹시 힘든 여행이었으며, 유별나게 뜨거운 날씨였다고 말입니다. 사실 모두가 맞는 말입니다. 그러나 제러드 박사가 내게 와서 한 이야기는—」

그는 포와로에게 자문을 구하듯이 쳐다보았다. 포와로가 고개를 끄덕였다.

「제러드 박사는 세계적으로 명성이 나 있는 아주 유명한 의사입니다. 그러므로 그의 이야기는 충분히 주의를 기울일 만한 가치가 있는 거지요. 제러드 박사는 이렇게 이야기했습니다—보인튼 노부인이 사망한 다음 날 아침에, 그는 심장병에 쓰이는 독성이 강한 약의 상당량이 그의 약상자에서 없어졌다는 사실을 발견했습니다. 그 전날 오후에는 주사기가 없어졌습니다. 그러나 주사기는 밤 사이에 그 자리에 다시 돌아와 있었습니다. 결국 문제는—죽은 노부인의 손목에는 주사기 자국과 일치하는 자국이 있었다는 겁니다.」

카베리 대령은 잠시 숨을 돌렸다.

「이러한 사정으로, 나는 이 문제에 대해서 정부의 입장을 가지고 조사해보아야 할 의무가 있다고 생각했습니다. 에르퀼 포와로 씨는 나의 손님이었는데, 내가 그분에게 이 조사를 맡아 달라고 요청했습니다. 나는 그분이 필요하다면 어떤 조사라도 할 수 있는 권한을 부여했습니다. 우리는 지금 그분의 보고를 듣기 위해 이 자리에 모인 겁니다.」

잠시 침묵이 흘렀다―숨소리까지도 커다랗게 들리는 고요가 흘렀다. 그때 옆방에서 누군가가 구두를 떨어뜨렸는데, 그 소리가 마치 폭탄 터지는 소리처럼 고요한 공기를 뒤흔들어 놓았다.

포와로는 그의 오른쪽에 있는 세 사람을 흘끔 쳐다보고는, 그의 왼쪽에 몰려 앉아 있는 다섯 사람에게 시선을 돌렸다.

포와로는 조용하게 말했다.

「카베리 대령이 내게 그 사건에 대해서 언급했을 때, 나는 전문가의 입장에서 내 의견을 말해주었지요. 그분에게 그것은 증거―법정에서 인정될 수 있는 그러한 증거로 채택될 가능성이 거의 없을 거라고 말했지요. 그러나 한편, 이렇게도 말했습니다. 그 사건의 진상을 밝힐 자신이 있다고―단순히 알고 싶어하는 사람들을 위해서라면 말입니다. 내가 여러분에게 이렇게 말하는 것은―여러분, 범죄를 수사한다는 것은 단지 범인들에게 이야기를 시키는 것만으로도 족하지요. 그들은 결국엔 우리들이 알고 싶어하는 것을 말하게 되어 있습니다.」

그는 잠시 숨을 돌렸다.

「그러므로 이번 사건에 있어서 비록 여러분이 나에게 거짓말을 했다고 치더라도, 한편으로는 나에게 진실을 말해주었다고 할 수 있지요.」

어디에선가 나지막한 한숨소리가 들려왔지만 그는 돌아다보지 않았다.

「먼저 나는 보인튼 노부인의 죽음이 자연사라는 가능성에 대해서 검토해 보고는―그것이 아니라는 결론을 내렸습니다. 없어진 약과 주사기―그리고 무엇보다도 죽은 노부인의 가족들의 태도를 보고 나는 확실하게 그러한 가능성을 받아들일 수 없다고 판단했습니다. 노부인의 가족은 모두 어머니가 냉혹하게 살해당했다는 것을 분명히 알고 있었습니다! 전체적으로 그들은 모두 범인과 같은 반응을 보였던 거지요.

하지만 범죄에도 정도의 차이가 있습니다. 살인—그렇습니다, 그것은 분명 살인이었죠!—나는 그 범죄가 치밀하게 짜여진 계획에 의해서 노부인의 가족이 저지른 것인지 아닌지를 확인해보기 위해서 조심스럽게 증거를 검토해 보았습니다. 그러자 거기에는 절대적인 동기가 존재했습니다. 한 사람도 빠짐없이 그녀의 죽음으로 인해 얻어지는 것은—바로 재산이었습니다. 그들은 곧 재정적으로 독립해서 아주 풍족한 생활을 누릴 수 있다는 것과, 또 한 가지는 견딜 수 없는 압박으로부터 해방될 수 있다는 점입니다.

다음에, 나는 가족이 함께 모의를 했다는 이론은 이치에 맞지 않는다고 결론을 내렸습니다. 보인튼 가족의 이야기는 서로 들어맞지가 않았으며, 또한 알리바이를 꾸미기 위해 노력한 흔적이 전혀 보이지 않았기 때문이지요. 그러한 사실은 가족 중의 한두 사람이 공모에 참여했으며, 나머지 식구들은 사후 종범에 지나지 않는다는 가정을 더욱 뒷받침해 주는 것이었습니다. 다음에 나는 특정한 인물 한두 사람을 지목해서 생각해 보았습니다. 여기에서 미리 말해둘 것은, 나는 나 혼자만이 알고 있는 증거를 기초로 했다는 점입니다.」

여기에서 포와로는 그가 예루살렘에서 엿들은 이야기에 대해서 다시 설명해주었다.

「그 사실은 당연히 레이먼드 보인튼 씨가 그 사건의 주모자라는 것을 뚜렷하게 말해주는 것이지요. 그리고 그 가족들을 만나본 결과, 나는 그날 밤에 그가 가장 안심하고 속마음을 털어놓을 수 있는 사람은 그의 누이동생인 캐롤일 거라고 생각했습니다. 그 두 사람은 모습뿐만이 아니라 성격도 서로 비슷했으며, 또한 서로 연민의 정으로 굳게 결속되어 있고, 그러한 행동을 구상하는 데 필요한 신경질적이고 반항적인 기질도 똑같이 소유하고 있었습니다. 그런 그들의 동기에는 어느 정도 헌신적인 면도 있었는데—가족 전체의 자유와, 그 중에서도 특히 가장 어린 누이동생을 위하는 마음에서 아주 확실한 계획을 세우자고 한 것이겠지요.」

포와로는 잠시 멈추었다.

레이먼드 보인튼은 입술을 반쯤 열었다가 다시 다물었다. 그는 마치 말 못 할 고민이라도 있는 듯한 눈으로 포와로를 쳐다보았다.

「레이먼드 보인튼에 대한 문제에 들어가기 전에, 오늘 오후에 카베리 대령에게 제시했던 주요한 요점들을 여러분에게 읽어 드리겠습니다.

1. 보인튼 노부인은 디기탈리스 성분이 들어 있는 약을 복용하고 있었다.
2. 제러드 박사의 주사기가 없어졌다.
3. 보인튼 노부인은 가족들이 다른 사람들과 어울리지 못하도록 함으로써 어떤 만족감을 느끼고 있었다.
4. 보인튼 노부인은 사건이 일어난 그날 오후에 가족들이 자기에게서 떨어져 나가도 좋다고 허락했다.
5. 보인튼 노부인은 정신적인 새디스트였다.
6. 큰 천막에서 보인튼 노부인이 앉아 있던 곳까지는 대략 200야드(약 18m)쯤 된다.
7. 레녹스 보인튼은 처음에는 캠프에 돌아온 시간을 모른다고 했으나, 나중에 어머니 손목시계의 시간을 맞추어 주었다고 했다.
8. 제러드 박사와 지네브라 보인튼의 텐트는 이웃하고 있다.
9. 6시 30분에 저녁식사가 준비되자 보인튼 노부인에게 알리려고 하인을 보냈다.
10. 보인튼 노부인은 예루살렘에서 이런 말을 했다. '나는 결코 잊지 않아요. 그것을 기억해 두어요. 나는 무엇이든지 잊어본 적이 없어……'

비록 내가 항목들을 분류해서 번호를 붙였지만, 경우에 따라서는 그것들은 두 항목씩 묶어 놓을 수도 있습니다. 즉, 첫번째의 두 항목이 그런 경우인데, '보인튼 노부인은 디기탈리스 성분이 들어 있는 약을 복용하고 있었다. 제러드 박사의 주사기가 없어졌다.'—이 두 항목으로 나는 이 사건에 무엇인가가 있다고 생각했습니다. 즉, 나는 이 사실에서 무척 특이하고도, 모순되는 사실을 발견했다는 겁니다. 내 말이 무슨 뜻인지 모르시겠습니까? 아무튼 좋습니다―곧 다시 그 문제를 이야기하게 될 겁니다.

이제 레이먼드 보인튼 씨의 범죄성 여부에 대한 나의 조사 결과를 말하겠습니다. 나는 그가 보인튼 노부인을 살해할 계획에 대해 논의하고 있는 것을 엿듣게 되었습니다. 그는 몹시 불안하고 흥분된 상태였지요. 아가씨, 나를 용서하시겠지요.」 하고 그는 새러에게 정중히 허리를 굽혔다.

「그는 감정적으로 커다란 위기에 놓여 있었습니다. 다시 말하면, 그는 사랑에 빠져 있었던 것이지요. 그의 고조된 감정은 그가 여러 가지 방법 중에서 한 가지를 택하도록 이끌었을 겁니다. 그는 온 세상이―그의 계모를 포함해서 모두 달콤하고 부드럽게 생각되었을 겁니다―그는 이윽고 그녀를 무시하고 그녀의 영향권 아래에서 벗어날 수 있다는 용기를 느꼈을 테지요―아니면 그의 범죄를 이론에서 실행으로 옮기기 위한 부가적인 자극을 발견했을 겁니다. 이것이 바로 심리학입니다! 자, 이제 그 사실들을 검토해봅시다.

레이먼드 보인튼 씨는 다른 사람들과 함께 3시 15분 경에 캠프를 떠났습니다. 보인튼 노부인은 그때에는 물론 살아 있었지요. 오랫동안 레이먼드와 새러 킹은 둘이서만 은밀한 이야기를 나누었습니다. 그리고 나서 그는 킹 양과 헤어졌지요. 그는 5시 30분에 캠프로 돌아왔다고 했습니다. 그는 어머니에게 올라가서 몇 마디 나누고는 자기 텐트로 갔다가 나중에 큰 천막으로 갔습니다. 그는 5시 50분에는 보인튼 노부인이 살아 있었다고 말했습니다. 그러나 우리는 곧 그의 이야기에 모순이 있다는 사실을 깨달을 수 있습니다. 6시 반에 하인이 보인튼 노부인의 죽음을 발견했습니다. 의사 자격이 있는 킹 양이 그녀의 시체를 검진했지요. 그녀는 사망 시간에 대해서 어떤 특별한 주의를 기울이지는 않았지만, 그것은 적어도 6시 정각에서부터 한 시간 전에 일어난 일이라고 분명히 말할 수 있다고 했습니다.

「여러분도 알다시피, 이 두 가지 이야기에는 모순되는 점이 있습니다. 킹 양이 실수했을 가능성은 제쳐두고―」

새러가 그의 말을 가로챘다.

「저는 실수하지 않았어요. 만일 제가 잘못 판단했다면 솔직히 그것을 인정하겠어요.」

포와로는 그녀에게 점잖게 허리를 굽혔다.

「거기에는 단지 두 가지의 가능성이 있습니다―킹 양이나 보인튼 씨가 모두 거짓말을 하고 있다는 것이지요! 레이먼드 보인튼 씨가 거짓말을 할 이유에 대해서 검토해봅시다. 즉, 킹 양이 실수를 했거나, 거짓말을 하지 않는다고 가정해 보는 겁니다. 그러면 무슨 일이 일어났을까요? '레이먼드 보인튼 씨는 캠프로 돌아와서 동굴 입구에 앉아 있는 그의 어머니에게 올라가 보니, 그녀는 이미 죽어 있었다.' 그는 어떻게 할까요? 누구에게 도움을 청할까요? 즉시 무슨 일이 일어났는지 캠프에 알릴까요? 아닙니다. 그는 잠시 동안 기다렸다가 그의 텐트를 거쳐서 가족들이 있는 큰 천막으로 들어가 아무런 이야기도 하지 않습니다. 이런 행동은 매우 어색하지요, 그렇지 않습니까?」

레이먼드는 신경질적이고 날카로운 목소리로 말했다.

「그것은 터무니없는 생각입니다. 그때 어머니는 분명히 살아 계셨습니다. 킹 양이 너무 당황한 나머지 실수를 한 겁니다!」

「자기 자신에게 물어보십시오.」

포와로는 이렇게 말하면서 차갑게 쳐다보았다.

「거기에는 그렇게 행동할 만한 이유가 있는지를. 레이먼드 보인튼 씨가 그날 오후 그 시간에 계모에게 다가갔을 때 그녀가 이미 죽어 있었다면 그에게는 죄가 있을 수 없지요. 그럼 레이먼드 보인튼 씨가 결백하다고 가정한다면, 그의 행동을 설명할 수 있을까요?

자, 그럼 그가 결백하다고 가정해봅시다! 나는 그가 한 이야기를 기억하고 있습니다. '너도 알지, 그렇지? 그녀는 죽어야 해.' 그는 산책에서 돌아와 노부인의 죽음을 발견하고는 즉시 어떤 가능성을 생각해 냈습니다. 그 계획이 실행된 것이지요—그가 아니라—그와 함께 모의를 했던 사람이, 생각해볼 것도 없이—그 사람은 그의 누이동생인 캐롤 보인튼이 저지른 것이라고 의심했던 겁니다.」

「그것은 거짓말입니다.」 하고 레이먼드는 나지막하고 떨리는 목소리로 말했다.

포와로는 계속했다.

「이제 캐롤 보인튼이 노부인을 살해했을 가능성에 대해 살펴봅시다. 그녀에 대한 증거는 무엇일까요? 그녀 역시 몹시 긴장해 있는 상태였는데—그런 상황에서는 그런 행위가 마치 영웅적인 것처럼 보일 수도 있습니다. 레이먼드 보인튼 씨가 예루살렘에서 그날 밤 이야기를 나누었던 사람은 바로 그녀였습니다. 캐롤 보인튼은 5시 10분에 캠프로 돌아왔습니다. 그녀는 어머니에게 올라가서 이야기를 했다고 했습니다. 하지만 그녀가 어머니와 함께 있는 것을 본 사람은 아무도 없습니다. 캠프는 조용했고—하인들도 모두 잠들어 있었지요. 웨스트홀름 부인, 피어스 양, 그리고 코프 씨는 캠프가 보이지 않는 곳에서 산책하고 있었습니다. 캐롤 보인튼의 말을 입증할 만한 증거는 전혀 없었습니다. 시간적으로는 충분히 가능한 일이지만 말이지요. 그러나 여기에 캐롤 보인튼에 대한 증거로서 확실한 것이 하나 있습니다.」

그는 잠시 숨을 돌렸다. 캐롤이 고개를 들었다. 그녀는 유감스러운 눈빛으로 가만히 그를 바라보았다.

「다른 사실이 하나 있습니다. 다음 날 아침 일찍, 캐롤 보인튼이 무엇인가를 개울에 던지는 것이 목격되었습니다. 그 '무엇인가'가 바로 주사기였다고 믿을 만한 근거가 있습니다.」

「무슨 말씀이신지요?」 하고 제러드 박사는 놀라서 쳐다보았다.

「내 주사기는 약상자에 다시 돌아왔는데요? 틀림없습니다. 나는 그것을 지금 가지고 있습니다.」

포와로는 힘 있게 고개를 끄덕였다.

「물론 그렇지요. 이 두 번째 주사기, 그것은 아주 괴이합니다―매우 흥미 있는 사실이지요. 나는 그 주사기가 킹 양이 가지고 있던 것이라고 생각합니다. 맞습니까?」

새러는 잠시 머뭇거렸다.

캐롤이 재빨리 말했다.

「그것은 킹 양의 주사기가 아니에요. 그것은 제 것이에요.」

「그렇다면 그것을 집어던졌다는 사실을 인정하는 겁니까, 아가씨?」

그녀는 잠시 주저했다.

「그래요. 그렇게 하면 왜 안 되나요?」

「캐롤!」 하고 나다인이 외쳤다. 그녀는 몸을 앞으로 굽히고는 눈을 동그랗게 뜬 채 몹시 걱정스런 표정을 지었다.

「캐롤―오, 나는 이해할 수가 없어요.」

캐롤은 고개를 돌려 그녀를 쳐다보았다. 그녀의 눈에는 어떤 적개심이 들어 있었다.

「이해하고 말고 할 것이 아무것도 없어요! 나는 오래 된 주사기를 버렸던 것뿐이에요. 나는 결코 그― 그 독약에 손대지 않았어요.」

새러가 말했다.

「피어스 양이 선생님에게 말한 것은 사실이에요. 포와로 씨. 그것은 제 주사기였어요.」

포와로는 미소를 지었다.

「주사기 사건이 점점 복잡해지는데요―하지만 내 생각에는 그것은 해결될 겁니다. 자, 그건 그렇고―이제 우리는 두 가지 가정을 세웠습니다―레이먼드 보인튼이 결백하다는 사실과―그의 누이동생 캐롤에게 혐의가 있다는 가설이죠. 하지만 나는 매우 세심한 사람입니다. 나는 항상 두 가지 측면을 동시에 보지요. 이번에는 캐롤이 결백하다면 무슨 일이 일어났는지를 검토해봅시다.

그녀가 캠프로 돌아와서 계모에게 올라가 보았더니 그녀는 이미 죽어 있었습니다! 그녀는 제일 먼저 무엇을 생각했을까요? 그녀는 레이먼드가 노부인을 살해했을 거라고 의심했을 테지요. 그리고 당연히 그녀는 무엇을 어떻게 해야 할지 몰랐겠지요. 그래서 그녀는 아무 말도 하지 않았습니다. 그리고 한 시간쯤 뒤에, 레이먼드 보인튼이 돌아와서는 아무것도 잘못된 것이 없는 것처럼 어머니에게 이야기하는 겁니다. 그렇다면 그녀의 의심은 더욱 확실해지리라고 생각하지 않습니까? 아마 그녀는 자기 텐트로 가서는 주사기를 발견했을 겁니다. 그 다음에 그녀는 확신하는 겁니다! 그녀는 그것을 재빨리 가지고 나와서 감춥니다. 그리고 다음 날 아침 일찍 그것을 버리는 것이지요.

캐롤 보인튼이 결백하다는 증거가 하나 더 있습니다. 내가 캐롤에게 질문했을 때, 그녀와 오빠는 결코 그들의 계획을 실행할 생각은 없었다고 맹세했습니다. 내가 그녀에게 맹세할 수 있느냐고 물었는데—그녀는 곧바로 엄숙하게 범죄를 저지르지 않았다고 맹세했지요! 내가 말하고 싶은 것은 캐롤이 맹세했다는 겁니다. 그러나 그녀는 자기들이 죄가 없다고는 맹세하지 않았지요. 즉, 그녀는 자기 오빠가 아니라, 그녀 자신에 대해서 맹세한 것입니다—그리고 내가 그 대명사에는 특별히 주의하지 않을 거라고 생각했겠지요.

즉, 그것이 바로 캐롤 보인튼이 결백하다는 증거입니다. 이제 다시 레이먼드가 결백하지 않고 혐의가 있다는 가정을 생각해보기로 합시다. 캐롤의 이야기가 사실이라면, 보인튼 노부인은 5시 10분에는 살아 있었습니다. 레이먼드는 어떤 상황에서 범행을 할 수 있었을까요? 그것은 당연히 그가 어머니에게 올라가 이야기했던 5시 50분에 그녀를 살해했다고 생각할 수 있겠지요. 하인들이 캠프 주변에 있었지만 사방이 어둑어둑했습니다. 범행이 그때 저질러진 것이라면 킹 양이 거짓말을 한 게 됩니다. 그녀는 레이먼드보다 단지 5분쯤 늦게 캠프로 돌아왔다는 것을 기억해야 합니다. 그 정도 거리라면, 그녀는 레이먼드가 자기 어머니에게 올라가는 것을 볼 수 있었을 겁니다. 그렇다면 나중에 노부인이 죽은 것이 발견되었을 때, 킹 양은 레이먼드가 그녀를 살해했다는 것을 알고는 그를 도와주기 위해서 거짓말을 한 것이 되지요—모두들 알고 있듯이 제러드 박사는 열병으로 누워 있어서 그녀의 거짓말을 확인할 수가 없었지요!」

「저는 거짓말하지 않았어요!」 새러가 분명히 말했다.

「아직 또 다른 가능성이 있습니다. 조금 전에 말했듯이, 킹 양은 레이먼드보다 5분 늦게 캠프에 도착했습니다. 만일 레이먼드가 그의 어머니가 살아 있는 것을 보았다면, 킹 양이 노부인에게 치명적인 주사를 놓았을 수도 있습니다. 그녀는 보인튼 노부인이 근본적으로 사악한 사람이라고 믿고 있었으니까요. 그녀는 자기 자신을 마치 사형 집행인처럼 생각했을 겁니다. 그것은 사망 시간에 대해서 그녀가 거짓말하고 있다는 것을 뒷받침해줄 수도 있지요.」

새러의 얼굴이 완전히 창백해졌다. 그녀는 나지막하고 딱딱한 목소리로 말했다.

「제가 많은 사람들을 위해서 한 사람이 희생될 수 있다고 이야기한 것은 사실이에요. '속죄의 땅'에서 그런 생각이 떠올랐지요. 하지만 그 추악한 노부인을 해쳤거나, 또는 해치려는 마음을 먹은 적이 단 한 번도 없다는 것을 맹세할 수 있어요!」

「그리고 아직도—」 하고 포와로가 부드럽게 말했다.

「두 분 중 한 분은 거짓말을 하고 있습니다.」

레이먼드 보인튼이 의자에서 벌떡 일어섰다. 그는 격정적으로 소리쳤다.

「당신이 이겼습니다, 포와로 씨! 제가 그 거짓말쟁이입니다. 어머니는 제가 올라갔을 때는 이미 죽어 있었습니다. 그것은—너무 커다란 충격이었지요. 당신도 알다시피, 저는 어머니에게 그것을 말해야겠다고 작정하고 있었습니다. 이제부터는 저도 엄연한 자유인이라고 말입니다. 저는—만반의 준비가 되어 있었습니다. 그런데 어머니가 죽었던 것입니다! 어머니의 손은 싸늘하게 축 늘어져 있었지요. 그래서 전 생각했습니다—당신이 말한 그대로—아마 캐롤의 짓일 거라고—어머니의 손목에는 자국이 있었고—」

포와로가 재빨리 말했다.

「아직도 나는 그것에 대해서 완전하게 파악하지 못했습니다. 어떻게 당신은 주사기가 사용되었다는 것을 알고 있었습니까? 당신은 그것이 주사기와 관련되었다는 것을 알고 있었단 말이지요?」

레이먼드는 서둘러 말했다.

「그것은 책—영국의 추리 소설에서 보았습니다. 누군가를 빈 주사기로 찔렀는데, 그것은 속임수였습니다. 하지만 그것은 완전히 과학적인 방법처럼 보였습니다.」

「아—」 하고 포와로가 말했다.

「알겠습니다. 그래서 당신은 주사기를 구입했습니까?」

「아니오, 사실 우린 나다인 형수님 것을 슬쩍했답니다.」

포와로는 재빨리 그녀를 쳐다보았다.

「그 주사기는 예루살렘에서 짐을 쌀 때 넣었다고 하지 않았습니까?」 하고 그가 중얼거리듯이 물었다.

젊은 여자의 얼굴에 약간 붉은기가 돌았다.

「저—사실은 그것을 어떻게 했는지 확실치가 않아요.」 하고 그녀가 말했다.

포와로가 나지막하게 말했다.

「정말 영리하시군요, 부인.」

제23장

 잠시 침묵이 흘렀다. 포와로가 일부러 헛기침을 하고는 계속 말을 이었다.
 「우리 이제 내가 '두 번째의 주사기'라고 하는 것에 대해서 해결해 봅시다.
 그것은 레녹스 보인튼 부인의 것인데, 예루살렘을 떠나기 전에 레이먼드 보인튼이 가져갔고, 다시 캐롤이 보인튼 노부인의 시신이 발견된 뒤에 레이먼드의 텐트에 숨겨 놓았습니다. 그리고 다음 날 그녀가 그것을 버리는 것을 피어스 양이 목격했고, 킹 양이 자기의 것이라고 주장했습니다. 나는 킹 양이 지금 주사기를 가지고 있을 거라고 생각합니다.」
 「그래요, 가지고 있어요.」 하고 새러가 말했다.
 「이제 방금 아가씨는 그것이 당신 것이라고 하기 위해서, 우리에게 하지 않아도 될 말을 했습니다―당신은 거짓말을 한 것이지요.」
 새러는 침착하게 말했다.
 「그것은 거짓말과는 종류가 다른 거예요. 그것은― 그것은 진정한 거짓말이라고는 할 수 없어요.」
 포와로가 이렇게 말했다.
 「그렇습니다, 그것은 그런 점이 있기는 하겠지요. 나는 당신을 완전히 이해한답니다.」
 「고마워요.」 하고 새러가 말했다.
 다시 포와로는 목청을 가다듬고 말했다.
 「이제 그동안 조사한 우리의 시간표를 다시 한 번 검토해봅시다.

보인튼 가족과 제퍼슨 코프가 캠프를 떠남. (대략) 3시 05분
제러드 박사와 새러 킹이 캠프를 떠남. (대략) 3시 15분
웨스트홀름 부인과 피어스 양이 캠프를 떠남. 4시 15분
제러드 박사가 캠프로 돌아옴. (대략) 4시 20분
레녹스 보인튼이 캠프로 돌아옴. 4시 35분
나다인 보인튼이 캠프로 돌아와서 노부인과 이야기함. 4시 40분
나다인 보인튼이 노부인과 헤어져서 큰 천막으로 감. (대략) 4시 50분
캐롤 보인튼이 캠프로 돌아옴. 5시 10분
웨스트홀름 부인, 피어스 양, 제퍼슨 코프가 캠프로 돌아옴. 5시 40분
레이먼드 보인튼이 캠프로 돌아옴. 5시 50분
새러 킹이 캠프로 돌아옴. 6시 정각
시체가 발견됨. 6시 30분

여기에서 우리가 주목해야 할 것은, 나다인 보인튼 부인이 시어머니와 헤어진 4시 50분과, 캐롤이 돌아온 5시 10분 사이의 20분 동안입니다. 만일 캐롤이 말하는 것이 거짓이라면, 보인튼 노부인은 그 20분 사이에 살해당한 것이 틀림없습니다.

그럼 누가 과연 그녀를 살해할 수 있었을까요? 그 시간에 킹 양과 레이먼드 보인튼은 함께 있었습니다. 코프 씨(그는 그녀를 살해할 만한 뚜렷한 동기가 없습니다.)는 알리바이가 있습니다. 그는 웨스트홀름 부인과 피어스 양과 함께 있었습니다. 레녹스 보인튼은 그의 부인과 함께 큰 천막 안에 있었지요. 제러드 박사는 그의 텐트에서 열병으로 누워 있었습니다. 캠프는 적막했고, 하인들은 잠들어 있었지요. 범행을 저지르기에는 더할 나위 없이 적당한 순간이었습니다! 과연 그때 범행을 저지를 수 있는 사람이 있었을까요?」

그의 눈은 조심스럽게 지네브라 보인튼에게 향했다.

「거기에는 한 사람이 있었지요. 지네브라 보인튼은 오후 내내 자기 텐트에 있었습니다. 이미 우리에게 그렇게 말했지만—실제로 그녀가 자기 텐트에서 꼼짝 않고 있지는 않았다는 증거가 있습니다. 지네브

라 보인튼은 아주 중요한 의미가 있는 말을 한 마디 했습니다. 그녀는 제러드 박사가 열에 들떠서 자기 이름을 불렀다고 했습니다. 그리고 제러드 박사 역시 꿈결에 지네브라 보인튼의 얼굴을 보았다고 말했습니다. 하지만 그것은 꿈이 아니었습니다! 그는 실제로 그의 침대 옆에 서 있던 그녀의 얼굴을 본 것입니다. 그는 열 기운 때문에 그것이 환상이라고 생각했겠지만 그것은 현실이었습니다. 즉, 지네브라는 제러드 박사의 텐트 안에 있었던 것이지요. 혹시 그녀가 주사기를 사용한 뒤에 다시 갖다 놓기 위해 들어갔던 것은 아니었을까요?」

지네브라는 반짝이는 붉은 머리를 쳐들었다. 그녀의 크고 아름다운 눈은 포와로를 쳐다보고 있었다. 그것은 기묘하게도 전혀 무표정한 눈빛이었다. 그녀는 마치 몽롱한 성자 같았다.

「오, 그건 그렇지 않습니다!」 제러드 박사가 외쳤다.

「그것이 심리학적으로 완전히 불가능한 일입니까?」 하고 포와로가 물었다.

그 프랑스인은 눈길을 눈썹 밑으로 떨구었다.

나다인 보인튼이 날카롭게 말했다.

「그것은 전혀 불가능해요!」

포와로의 눈이 재빨리 그녀에게로 돌아갔다.

「불가능하다고요, 부인?」

「그래요.」

그녀는 잠시 멈추었다가, 입술을 잘근잘근 깨물고는 말을 계속했다.

「저는 도저히 어린 시누이에게 그런 혐의를 씌우는 것을 참을 수 없어요. 우리— 우리 모두—그것이 불가능하다는 것을 알고 있어요.」

지네브라는 의자에서 약간 움직였다. 그녀의 입술이 어떤 미소—아주 어린 소녀의 애처롭고 순진무구하고 무의식적인 미소로 부드럽게 움직였다.

나다인이 다시 말했다.

「불가능해요.」

포와로는 허리를 반쯤 구부린 상태로 몸을 앞으로 기울였다.

「부인은 아주 현명하십니다.」 하고 그가 말했다.

나다인이 조용히 말했다.

「그게 무슨 뜻이지요, 포와로 씨?」

「내 말은, 부인, 나는 부인이 '현명한 두뇌'를 가지고 있다는 사실을 깨달았다는 것이지요.」

「공연히 추켜세우시는군요.」

「그렇지 않습니다. 부인은 줄곧 침착하고 태연하게 사건을 주시했습니다. 부인은 겉으로는 시어머니에게 공손한 말투를 쓰며 최선을 다하고 있는 것처럼 보였지만, 속으로는 그녀를 비난하고 질책하고 있었습니다. 부인은 오래 전에 남편이 행복해질 수 있는 길은 오직 그가 집에서 빠져나오는 것뿐이라는 사실을 깨달았을 겁니다─그 자신이 헤쳐 나오기만 한다면, 어떠한 어려움이나 가난도 문제가 되지 않는다고 말입니다. 따라서 부인은 기꺼이 모든 위험 부담을 감수하고서, 그를 설득하려고 무진 애를 썼겠지요. 하지만 당신은 실패했습니다, 부인. 레녹스 보인튼 씨는 자유에 대한 의지가 전혀 없었던 겁니다.

나는 부인이 남편을 사랑한다는 것을 전혀 의심하지 않습니다. 부인이 그에게서 떠날 결심을 한 것은 결코 다른 남자를 더 사랑했기 때문이 아니었습니다. 그것은─내가 생각하기로는 절망적인 최후의 시도였을 겁니다. 부인과 같은 상황에 처한 여자는 세 가지의 노력을 해볼 수 있습니다. 한 가지는 애원을 하는 겁니다. 그것은 내가 말했던 대로 실패했지요. 또 남편에게 떠나겠다고 위협도 했겠지요. 하지만 그러한 위협도 결국 레녹스 보인튼 씨의 마음을 움직일 수가 없었겠지요. 그것은 그를 더욱 깊은 좌절 속으로 밀어넣었을 뿐, 그가 어머니에게 반항하도록 유도하지는 못했을 겁니다. 이제 마지막으로 남은 방법이 있습니다. 부인은 다른 남자와 함께 떠날 수 있었습니다. 질투와 소유욕은 남자에게 있어서 가장 깊게 뿌리박혀 있는 근본적인 본능이지요. 당신은 현명하게도 깊숙이 잠재해 있는 남편의 원초적인 본능을 자극시킬 계획을 세운 겁니다. 만일, 레녹스가 아무런 노력도 해보지 않고 부인을 다른 남자에게 가도록 놓아준다면—그는 인간적인 도움으로는 도저히 어찌해볼 도리가 없으므로, 부인은 다른 곳에서 새로운 인생을 꾸미기 위해 노력하는 게 나을 것입니다.

하지만 그 최후의 필사적인 노력도 실패했다고 가정해봅시다. 부인의 남편은 부인의 결심을 듣고 더할 수 없는 절망감을 느꼈지만, 그는 부인이 기대했던—젊은 남자라면 당연히 보여야 할 그런 반응을 나타내지는 않았습니다. 그렇다면 걷잡을 수 없이 절망적인 상태로부터 남편을 구원해줄 수 있는 방법은 전혀 없을까요? 오직 한 가지 방법이 있습니다. 그의 계모가 죽는다면, 그리 늦은 것도 아니었죠. 그는 자유로운 사람으로서 다시 한 번 새로운 인생을 출발할 수 있을 것이며, 독립심과 남자다운 용기를 다시 찾을 수 있을 겁니다.」

나다인의 눈은 그에게 고정되어 있었다. 그녀가 부드러운 목소리로 침착하게 말했다.

「당신은 제가 그 일을 저지르도록 부추겼다고 생각하는 거죠, 그렇지 않은가요? 하지만 그렇지 않아요, 포와로 씨. 저는 어머니에게 집을 떠나겠다는 말을 한 뒤에, 곧장 남편이 있는 큰 천막으로 갔어요. 그리고 나서 어머니가 돌아가셨다는 소식을 들을 때까지 그곳을 떠나지 않았습니다. 제가 어머니의 죽음에 대해 죄가 있다면, 그것은 단지 충격을 주었다는 것뿐이에요—물론 그것이 자연사라고 가정할 때 말입니다. 하지만 만일 선생님이 말한 대로(아직까지 선생님은 전혀 그런 증거를 제시하지도 않았으며, 검시가 열릴 때까지는 알 수 없는 일이지만) 어머니가 누군가에 의해 살해되었다고 해도, 그 당시 저는 그럴 기회가 전혀 없었어요.」

포와로가 말했다.

「부인은 노부인이 죽었다는 이야기를 들었을 때까지는 큰 천막을 떠나지 않았다는 말이지요? 그것은 사실입니다. 그것이 보인튼 부인, 바로 내가 이상하다고 생각하는 점입니다.」

「무슨 말씀이신가요?」

「여기에 내가 작성한 리스트가 있습니다. '9. 6시 30분에 저녁식사가 준비되자 보인튼 노부인에게 알리라고 하인을 보냈다.'」

레이먼드가 말했다.

「이해할 수가 없군요.」

캐롤도 말했다.

「저도 전혀 모르겠어요.」

포와로는 그들을 한 명 한 명 둘러보았다.

「정말 모르겠습니까? '하인을 보냈다.'—왜 하인을 보냈을까요? 당신들은 모두 헌신적으로 그 노부인의 시중을 들어오지 않았던가요? 그리고 언제나 가족 중의 한 사람이 그녀 가까이에 있었습니다. 식사가 준비되었다는 것을 알리기 위해서라면, 또 시어머니를 도와주기 위해서라도 가족 중의 한 사람이 가는 게 당연한 일이 아니었을까요? 그러나 당신들은 하인을 보냈습니다.」

나다인이 날카롭게 말했다.

「그것은 말도 안 돼요, 포와로 씨! 그날 저녁 우리는 모두 피곤했어요. 우리가 갔어야 했다는 것은 저도 인정해요. 하지만—그날 저녁에는—그렇게 할 수가 없었어요!」

「하필이면 왜 바로 그날 저녁이었을까요? 당신은, 부인, 아마 다른 어떤 사람보다도 시어머니에게 먼저 갔어야 했습니다. 그것은 부인이 마땅히 해야 할 의무였기 때문이지요. 하지만 그날 저녁에 부인은 시어머니를 도와주러 가지 않았습니다. 왜 그랬을까요? 나는 나 자신에게 그것을 물어보았습니다—왜 그랬을까? 그것에 대한 내 대답을 말하겠습니다. 그것은 부인이 시어머니가 죽었다는 것을 이미 알고 있었기 때문으로…… 아닙니다, 아니에요. 내 말을 끝까지 들어보세요, 부인.」

그는 급히 손을 들어 그녀를 막았다.

「이제 내 말—이 에르큘 포와로의 말을 들어보세요! 부인이 시어머니와 이야기하는 것을 본 목격자가 있습니다. 그 목격자들은 부인의 모습을 볼 수는 있었지만, 무슨 이야기였는지는 들을 수 없었습니다! 웨스트홀름 부인과 피어스 양은 멀리 떨어져 있었습니다. 그들은 분명히 부인이 시어머니와 이야기하고 있는 것을 보았다고 했는데, 그때 그곳에서는 실제로 무슨 일이 있었던 것일까요? 그 전에 나는 부인에게 한 가지 사소한 이론을 제시하겠습니다. 부인은 우수한 두뇌를 가지고 있습니다. 만일 부인이 서두르지 않고 침착하게 결정을 내렸다면—시어머니를 없애는 일 말입니다—당신은 그것을 현명하고도 모든 준비를 갖춘 상태에서 실행할 겁니다. 부인은 제러드 박사가 아침 산책으로 텐트를 비운 사이에 그의 텐트에 들어갈 수 있었지요. 더욱 분명한 것은 부인이 필요한 약을 정확하게 찾아낼 수 있다는 겁니다. 부인은 간호사 교육을 받았으니까요! 부인은 디기톡신—노부인이 복용하고 있던 약과 같은 종류를 선택했습니다. 부인은 주사기를 잃어버렸기 때문에 할 수 없이 그의 주사기도 손에 넣었습니다. 박사가 그것이 없어졌다는 것을 눈치채기 전에 제자리에 갖다 놓을 생각이었죠.

부인은 계획을 실행에 옮기기 전에 남편을 설득하기 위한 마지막 시도를 했겠지요. 그에게 제퍼슨 코프와 결혼할 작정이라고 말하는 것이죠. 그 말에 부인의 남편은 지독한 절망감에 빠졌겠지만, 부인이 기대했던 그러한 반응은 보이지 않았습니다—그래서 어쩔 수 없이 부인은 살인 계획을 행동으로 옮기게 됩니다. 부인은 웨스트홀름 부인과 피어스 양과 자연스러운 이야기를 주고받으며 캠프로 돌아옵니다. 그리고 시어머니가 앉아 있는 곳으로 올라갑니다. 부인은 약을 넣어 둔 주사기를 가지고 있습니다. 그녀의 손목을 잡는 것은 쉬운 일입니다—간호사 교육을 받은 능숙한 솜씨로—주사기를 푹 꽂는 것이지요. 부인의 시어머니가 부인이 무슨 짓을 하는지 미처 깨닫기도 전에 일은 끝나버립니다. 계곡 아래에 있는 사람들에게는 단지 부인이 시어머니와 가깝게 앉아서 이야기하고 있는 것으로 보일 뿐이지요. 그 다음에 부인은 의자를 가지고 나와서 한동안 그녀와 다정하게 이야기하는 체하며 앉아 있는 겁니다. 살인이란 거의 순식간에 이루어지는 것이지요. 부인은 죽은 사람과 마주앉아 이야기를 나누고 있었지만, 누가 감히 그렇게 생각하겠습니까? 다음에 부인은 의자를 들여놓고는 남편이 책을 읽고 있는 큰 천막으로 들어갑니다. 그리고는 일부러 그곳에서 나가지 않는 것이죠! 보인튼 노부인은 당신이 확신하고 있는 대로 심장마비로 죽은 것이라고 밝혀지겠지요.(그것은 사실 심장마비로 간주될 겁니다.) 그러나 한 가지 부인의 계획이 잘못된 것이 있습니다. 부인은 제러드 박사의 텐트에 주사기를 다시 갖다 놓지 못했습니다. 왜냐하면 그곳에는 박사가 말라리아에 걸려 신음하고 있었기 때문이죠. 그리고 부인은 몰랐겠지만, 사실은 그가 이미 주사기가 없어졌다는 것을 알고 있었습니다. 그것이, 부인, 완전 범죄가 될 수 없는 하나의 결함이었습니다.」

침묵이 흘렀다―한동안 죽음과 같은 침묵이 흐른 뒤에―레녹스가 벌떡 일어났다.

「아닙니다!」 하고 그가 소리쳤다.

「그것은 말도 안 되는 소리입니다. 나다인은 아무것도 하지 않았어요. 그녀는 어떤 짓도 할 수가 없었단 말입니다. 어머니는―이미 죽어 있었습니다.」

「아!」

포와로의 눈이 부드럽게 그에게 돌아갔다.

「그렇다면 결국 그녀를 살해한 사람은 당신이로군요, 보인튼 씨?」

다시 침묵이 흐른 뒤에―레녹스는 의자에 주저앉아서 떨리는 손을 그의 얼굴로 가져갔다.

「그렇습니다―맞아요―내가 어머니를 죽였습니다.」

「당신이 제러드 박사의 텐트에서 디기톡신을 가져갔습니까?」

「예.」
「언제요?」
「그러니까―음―당신이 말한 대로―그날 아침에 그랬지요.」
「그리고 주사기도요?」
「주사기요? 그렇습니다.」
「왜 당신은 어머니를 살해했습니까?」
「왜라니요?」
「내가 묻고 있는 겁니다, 보인튼 씨!」
「하지만 당신도 알다시피―아내가 나를 버리고―코프와 함께―」
「그렇지요. 하지만 당신이 그 말을 들은 것은 오후였습니다!」
레녹스가 그를 쏘아보았다.
「그렇습니다. 우리가 밖에 있었을 때―」
「그런데 당신은 오전에 독약과 주사기를 손에 넣었는데―그렇다면 그 전부터 알고 있었단 말인가요?」
「도대체 무엇 때문에 그렇게 꼬치꼬치 캐묻는 겁니까?」
그는 말을 멈추고는 떨리는 손으로 이마를 쓰다듬었다.
「그것이 문제가 되는 겁니까?」
「매우 중요한 문제입니다. 당신에게 충고하겠는데, 레녹스 보인튼 씨, 사실대로 말씀하는 것이 좋습니다.」
「사실대로라니요?」
레녹스는 그를 쏘아보았다.
나다인이 갑자기 의자에서 몸을 돌려 남편의 얼굴을 가만히 바라보았다.
「내가 말한 것은 모두 사실입니다. 하늘에 대고 맹세할 수 있습니다.」 하고 레녹스는 갑자기 말했다.
「하지만 당신이 나를 믿어줄지 모르겠습니다.」
그는 깊이 숨을 들이마셨다.
「그날 오후 나다인이 떠나가고 나서, 나는 완전히 절망 상태에 빠졌습니다. 나는 아내가 나를 버리고 다른 남자에게로 가리란 것을 꿈에도 생각하지 못했습니다. 나는—나는 거의 미칠 지경이었죠! 술에 몹시 취한 것 같기도 하고, 중병을 앓고 난 듯한 느낌이기도 했습니다.」

포와로가 고개를 끄덕였다.

「웨스트홀름 부인도 당신이 자기를 지나칠 때 비틀거렸다고 하더군요. 나는 이러한 사실에서 당신 부인이 캠프에 돌아온 뒤에 당신에게 헤어지겠다고 이야기했다는 것이 거짓말이라는 사실을 깨달았지요. 계속하십시오, 보인튼 선생.」

「나는 내가 무엇을 하고 있는지 알지 못했지요…… 하지만 곧 머리가 맑아지는 느낌이었습니다. 모든 것이 내 잘못이라는 것을 깨닫게 된 것이지요! 그때까지 나는 가엾은 벌레처럼 지내 왔던 것입니다! 나는 계모의 손아귀에서 벗어나 오래 전에 이미 집을 나갔어야 했습니다. 그리고 그것은 지금도 결코 늦은 것이 아니라는 생각이 떠올랐습니다. 그곳에는 어머니—늙은 악마가 붉은 벼랑에 기대어 서 있는 소름끼치는 우상처럼 앉아 있었습니다. 나는 그것을 말하기 위해서 그곳으로 올라갔습니다. 그리고 내 생각을 모두 말하고, 이제 집을 나가겠다고 알려줄 생각이었습니다. 나는 그날 저녁에 떠나야겠다는 엉뚱한 생각—무슨 수를 써서든지 나다인과 함께 이 안에서 멀리 벗어나야겠다는 결심을 했습니다.」

「오, 레녹스—여보—」

그녀는 부드럽게 탄식을 했다.

그는 계속했다.

「그런데 그때 맙소사—내가 얼마나 놀랐는지는 정말 모를 겁니다! 어머니가 죽어 있었던 겁니다. 거기에 앉은 채로—죽어……오—나는 어찌해야 할지 몰랐습니다. 멍청하게 넋을 잃고 있었지요. 나는 가슴 속에서 솟구쳐 올라오는 것을 억누르며 그녀를 부르려고 했어요—어떻게 설명할 수가 없군요……그래요—마치 돌이 되어버린 듯했습니다. 나는 기계적으로—어머니의 손목시계를 집어서(그것은 그녀의 무릎 위에 있었지요) 손목에 채워주었습니다—소름끼치게 축 늘어진 손목에다……」

그는 몸서리를 쳤다.

「하나님!—그것은 정말 소름끼치는 일이었습니다! 그리고 나서 나는 비틀거리며 내려와서는 큰 천막 안으로 들어갔지요. 나는 누군가에게 도움을 청했어야 했습니다. 하지만 그렇게 할 수가 없었습니다. 나는 그 자리에 앉아서 잡지를 뒤적이며—기다렸어요……」

그는 말을 멈췄다.

「당신은 믿지 않을 겁니다—믿을 수가 없지요. 왜 내가 누군가를 부르지 않았을까요? 나다인에게 도움을 청할 수도 있었을 텐데 말입니다. 나도 모르겠습니다.」

제러드 박사가 목청을 가다듬었다.

「당신의 이야기는 사실 있을 수 있는 일입니다.」 하고 그가 말했다.

「당신은 정신적으로 몹시 불안한 상태였거든요. 그런데다가 갑자기 두 가지 충격을 연속적으로 받았다면, 충분히 그런 상태까지 갈 수 있었을 겁니다. 그것은 바이젠홀테르반응이라고 하는 것인데—새가 머리를 창문에 들이받는 것이 가장 좋은 예입니다. 정신을 차리고 즉각적으로 모든 행동을 그만두는 데에는—즉 스스로 중추신경을 재정비하는 데에는 시간이 필요하지요—영어로는 잘 표현하지 못하겠지만 뭐 그런 상태가 아니었을까요?

당신은 그밖에 달리 어떤 행동도 할 수 없었지요. 그리고 어떤 결단을 내려서 행동한다는 것은 거의 불가능한 일이었을 겁니다! 곧, 당신은 그때 정신적으로 마비 상태에 있었던 거지요.」

그는 포와로를 돌아다보았다.

「내가 보증하겠는데, 보인튼 씨는 바로 그런 상태였습니다!」

「오, 나도 그것을 의심하지는 않습니다.」 하고 포와로가 말했다.

「나는 이미 어떤 하나의 사실에 주목하고 있습니다—보인튼 씨가 어머니의 손목시계를 다시 채워주었다는 사실이죠. 그것은 두 가지 해석이 가능합니다—하나는 실제로 저지른 행위를 숨기려고 했다고 볼 수도 있고, 아니면 젊은 보인튼 부인이 오해하도록 한 것이라고도 볼 수 있습니다. 그녀는 남편보다 단지 5분 늦게 돌아왔습니다. 그러므로 그녀는 틀림없이 그런 행동을 보았을 겁니다. 그녀가 시어머니에게 올라가서는 손목에 주사기로 찔린 자국이 있는 채 죽어 있는 것을 발견했을 때 그녀는 당연히 남편이 저지른 일이라고 생각했을 겁니다—그녀가 그를 떠나겠다고 말한 것이, 자기가 기대했던 것과는 엉뚱한 방향으로 반응이 나타났구나 하고 말입니다. 간단히 말해서, 나다인 보인튼 부인은 자기가 남편에게 살인을 범하도록 부추겼다고 믿었던 것이지요.」

그는 나다인을 쳐다보았다.

「그렇지요, 부인?」

그녀는 머리를 숙이면서 물었다.

「당신은 정말로 저를 의심하셨나요, 포와로 씨?」

「당신에게 가장 큰 가능성이 있다고 생각했습니다, 부인.」

그녀는 몸을 앞으로 기울였다.

「그런데 지금은요? 도대체 무슨 일이 일어난 거지요, 포와로 씨?」

제24장

「실제로 무슨 일이 일어났을까요?」하고 포와로는 되물었다. 그는 뒤로 손을 뻗어 의자를 앞으로 당겨 앉았다. 그의 태도는 이제 탁 터놓은 듯이 친근했다.

「그것이 문제죠, 그렇지 않습니까? '디기톡신이 없어졌고—주사기도 분실되었으며—보인튼 노부인의 손목에는 주사기에 찔린 자국이 있었다.' 곧 우리는 명확하게 알게 되겠죠—검시 결과가—보인튼 노부인이 과연 디기탈리스의 과다복용으로 인해 사망한 것인지 아닌지를 알려줄 겁니다. 하지만 그때는 너무 늦습니다! 오늘 밤에 진실을 밝혀내야 합니다—살인자가 여기 우리 손 아래 있는 동안에 말입니다.」

나다인이 갑자기 머리를 쳐들었다.

「당신은 아직도 우리들 중의 누군가가 범인이라고 믿고 계시는군요—」

그녀의 목소리는 점점 희미해졌다.

포와로는 천천히 고개를 끄덕였다.

「사실—나는 카베리 대령에게 오늘 밤 안으로 해결하겠다고 약속했지요. 그러면 이제 좀더 분명하게 하기 위해서 사건이 있던 그날로 되돌아가서 기록된 사실들을 검토해봅시다. 그러면 뚜렷하게 모순이 되는 두 가지 사실을 알게 될 겁니다.」

카베리 대령이 먼저 말을 꺼냈다.

「그것이 무엇인지 들어보기로 합시다.」하고 그가 제안했다.

포와로는 점잔을 빼며 말했다.

「이제 여러분들에게 말씀드리겠습니다. 우리는 한 번 더 리스트에 있는 두 가지 사실들을 검토해봅시다. '보인튼 노부인은 디기탈리스 성분이 들어 있는 약을 복용하고 있었다.' 와 '제러드 박사의 주사기가 없어졌다.' 이 사실들을 검토해보면, 이것들은 내가 직면했던 문제와 일치되지 않는다는 걸 알 수 있습니다. 보인튼 가족 전체가 죄가 있다는 반응을 나타낸 것에 대해서 말입니다. 그것은 그 가족 중의 한 명이 범행을 저지른 것이라고 말해줍니다. 그렇지만 내가 언급했던 두 가지 사실들은 그 이론과는 전혀 들어맞지 않습니다. 보시다시피, 디기탈리스 농축 용액을 사용한다는 것은—그렇지요, 그것은 현명한 생각입니다. 왜냐하면 보인튼 노부인은 이미 그 약을 복용하고 있었기 때문이죠. 하지만 범인이 그녀의 가족 중의 한 명이라면 그때 어떻게 했을까요? 바로 그겁니다! 아주 손쉬운 방법이 하나 있었습니다. 독약을 그녀의 약병에 집어넣는 것이지요! 눈치가 조금 빠른 누군가가 그 약에 접근해서 분명히 그렇게 했을 겁니다!

'보인튼 노부인은 약을 복용하고 죽었다—그리고 비록 약병에서 디기톡신이 발견된다 하더라도 그것은 약을 제조한 약사의 실수로 간주될 것이다. 확실하게 입증될 수 있는 것은 아무것도 없다!'

그런데 왜 주사기가 없어진 걸까요?

그것은 두 가지로 설명할 수 있습니다—제러드 박사가 잘못 본 것으로서, 사실은 주사기는 없어진 적이 없었다는 것과, 아니면 살인자가 그 약에 접근할 수 없었기 때문에 주사기를 훔친 것이라고요. 다시 말해서, 살인자는 보인튼 가족이 아니라는 사실입니다. 그 두 가지 사실은 모두 범행을 저지른 것은 가족이 아니라 외부인이라는 것을 뚜렷하게 말해주는 겁니다!

나는 그것을 알아차렸습니다—하지만 내가 말한 대로 보인튼 가족에게 나타나는 범죄의 증거가 너무 뚜렷했으므로 사실 나는 몹시 혼란스러웠습니다. 그들에게 그런 확실한 심증이 가는데도 불구하고, 어떻게 보인튼 가족이 결백하다고 생각하겠습니까? 나는 있지도 않은 죄를 입증하려고 했지만, 사실 그 사람들은 결백합니다! 이것이 바로 우리가 도달한 결론입니다. 살인은 외부인에 의해 저질러졌습니다—다시 말해서, 보인튼 노부인의 텐트에 들어가서 그녀의 약병에 손을 댈 수 있을 만큼 그녀와 친하지 않은 누군가에 의해 저질러진 것이지요.」

그는 잠시 숨을 돌렸다.

「이 방에는 외부인으로서 분명히 이 사건과 관련되어 있는 세 사람이 있습니다. 먼저 코프 씨를 생각해 보겠습니다. 그는 오랫동안 보인튼 가족과 가까이 지내왔습니다. 그에게 그런 동기나 기회가 있을까요? 나는 없다고 결론내렸습니다. 보인튼 노부인의 죽음은 그에게 불리하게 작용했습니다—그 일이 있은 뒤 그는 한 가닥 희망마저도 포기해야 했습니다. 코프 씨에게 어떤 것을 얻고자 하는 거의 열광적인 욕망이 있는 것을 제외하면, 그에게는 보인튼 노부인이 죽기를 갈망할 만한 이유가 전혀 없습니다. 우리가 알 수 없는 다른 동기가 없다면 말입니다.」

코프가 점잖게 말했다.

「그것은 좀 억지 같군요. 포와로 씨, 당신이 기억하셔야 할 것은 나는 그런 일을 할 기회가 전혀 없었을 뿐만 아니라, 어떤 경우에도 인간의 생명은 고귀한 것이라는 아주 강한 신념을 가지고 있다는 사실입니다.」

「물론 당신은 결백해 보입니다.」 하고 포와로가 정중하게 말했다.

「그 때문에 오히려 당신은 가설을 설정할 때 강하게 의심받았던 겁니다.」

그는 의자를 약간 돌렸다.

「다음은 킹 양입니다. 킹 양에게는 어떤 상당한 동기가 있으며, 또한 의학적인 지식을 갖춘 개성 있고 결단력 있는 성격을 가지고 있습니다. 그러나 그녀는 3시 30분에 다른 사람들과 함께 캠프를 떠나서 6시에 돌아왔습니다. 그것으로 보아 그녀가 범행을 저지를 기회가 있었다고는 보기 어렵습니다.

다음에 제러드 박사를 생각해봅시다. 그 전에 우리는 살인이 일어난 실제 시간에 대해서 검토해보아야 합니다. 레녹스 보인튼 씨의 말에 의하면, 4시 35분에는 죽어 있었습니다. 웨스트홀름 부인과 피어스 양에 의하면, 4시 15분에는 그녀가 살아 있었으며, 그때 그들은 산책을 나갔습니다. 거기에는 정확히 20분이라는 설명되지 않는 시간이 있습니다. 자, 두 사람이 캠프를 떠나 산책을 나갔을 때 제러드 박사가 그들을 지나쳐 갔습니다. 제러드 박사가 캠프에 도착했을 때, 두 사람은 그와는 반대쪽으로 걸어가고 있었기 때문에 그가 어떤 행동을 했는지 전혀 알 수가 없습니다. 그들은 반대쪽으로 계속 걸어가고 있었지요. 그러므로 제러드 박사가 범행을 하려고 마음만 먹었다면 충분히 가능했을 것입니다. 의사이기 때문에 그는 쉽게 말라리아에 걸린 척 위장할 수도 있습니다. 게다가 그에게는 충분한 동기가 있다고 할 수도 있습니다. 제러드 박사는 위험한 상황에 처해 있는 어떤 사람을 도와주고 싶어했을 테고, 또한 그러한 이유 때문에 다 죽어가는 한 인간을 제거하는 것은 충분히 가치 있는 일이라고 생각했을지도 모릅니다!」

「당신의 생각은―」 하고 제러드 박사가 말했다. 「너무 환상적입니다!」

 포와로는 그 말에 대해서는 아무 대꾸도 하지 않은 채 계속 말을 이었다.

「하지만 만일에 그렇다고 한다면, 왜 제러드 박사는 살인의 가능성에 대해서 우리에게 주의를 주었을까요? 그러한 반면에, 처음에 그는 카베리 대령에게 보인튼 노부인의 죽음이 자연사일 거라고 이야기했습니다. 그리고 살인의 가능성에 대해서도 역시 제일 먼저 지적했지요. 이것은 여러분―」 하고 포와로가 말했다.

「도저히 이치에 맞지 않습니다!」

「그렇습니다.」 하고 카베리 대령이 퉁명스럽게 말했다.

「그리고 가능성이 또 한 가지 있습니다.」 하고 포와로가 말했다.

「레녹스 보인튼 부인은 방금 어린 시누이가 범행을 저질렀을 가능성에 대해서 완강히 부인했습니다. 그녀가 반대를 한 것은, 그 시간에는 이미 그녀의 시어머니가 죽어 있었다는 것을 알고 있었기 때문입니다. 하지만 이것을 생각해보십시오―지네브라 보인튼은 오후 내내 캠프에 머물러 있었습니다. 그리고 웨스트홀름 부인과 피어스 양이 캠프를 떠나 산책을 나갔을 때와 제러드 박사가 캠프로 돌아오기 전, 그 사이에 기회가 있었습니다―」

지네브라는 몸을 흠칫했다. 그녀는 몸을 앞으로 기울이고는 포와로의 얼굴을 쏘아보았다.

「제가 그것을 했다고요? 선생님은 제가 했다고 생각하시는 건가요?」

그리고는 갑자기 빠르고 비할 데 없이 아름다운 동작으로 그녀는 의자에서 일어나 방을 가로질러 뛰어가서는 제러드 박사의 옆에 무릎을 꿇고 앉았다. 그리고는 그에게 매달려서 그의 얼굴을 뚫어지게 쳐다보았다.

「아니에요! 아니에요! 저 사람들이 그렇게 말하지 못하도록 해주세요! 저 사람들은 저를 다시 잡아 가두려고 해요! 그것은 사실이 아니에요! 저는 아무 짓도 하지 않았어요! 저 사람들은 적이에요―저를 감옥에 넣으려고 하는 거예요. 저를 도와주세요!」

「자, 자, 진정해요!」

그리고 나서, 제러드 박사는 포와로에게 말을 걸었다.

「당신은 지금 터무니없는 말을 하고 있는 겁니다.」

「피해 망상증?」 하고 포와로가 속삭였다.

「그렇습니다―하지만 그녀는 절대로 그런 방법으로는 범행을 저지르지 않았을 겁니다. 만일 그녀가 저질렀다고 한다면, 당신은 그녀가 보다 극적으로―예를 들어 단검이라든지―아니면 다른 화려한 방식을 택했지―결코 그렇게 냉정하고 침착하고 논리적인 방법을 선택하지는 않았을 거라는 사실을 알아두어야 합니다! 여러분, 내가 말하고 싶은 건 바로 그 점입니다. 곧 이것은 이성적인—제정신을 가지고 있는 사람이 저지른 범죄라는 뜻이지요.」

포와로는 미소를 지었다. 그리고는 허리를 굽히고서 부드럽게 프랑스어로 말했다.

「나도 당신의 의견에 전적으로 동감입니다.」

제25장

「자—」 하고 에르퀼 포와로가 말했다.
「우리에게는 아직 한 가지 방법이 있습니다. 제러드 박사는 심리학에 의지했습니다. 그렇다면 우리도 이제 이 사건의 심리적인 측면을 살펴봅시다. 우리는 사실들을 수집하고, 사건이 일어난 순서대로 정리해 보았으며, 증언도 들었습니다. 남은 것은—심리적인 면입니다. 그리고 그 죽은 노부인—즉, 보인튼 노부인이 자신의 심리 상태와 밀접한 관계가 있는 중요한 심리학적인 증거가 있습니다.
내 리스트의 3번과 4번 항목을 주목하십시오.
'보인튼 노부인은 가족들이 다른 사람들과 어울리지 못하도록 함으로써 어떤 만족감을 느끼고 있었다. 보인튼 노부인은 사건이 일어난 그날 오후에 가족들이 자기에게서 떨어져 나가도 좋다고 허락했다.'
이 두 사실은 서로 상반되는 겁니다! 하필이면 왜 바로 그날 오후에 갑자기 보인튼 노부인의 태도가 달라졌을까요? 그녀의 마음속에서 갑자기 따뜻한 마음—자비심이 솟아올랐던 것일까요? 그것은 내가 들어서 알고 있는 바로는 도저히 있을 수 없는 일이라고 생각됩니다! 아무튼 거기에는 틀림없이 어떤 이유가 있을 겁니다. 그 이유란 과연 무엇일까요?
보인튼 노부인의 성격을 자세히 검토해봅시다. 그녀의 성격에 대해서는 여러 가지 설명을 할 수 있습니다. 그녀는 늙은 독재자요—정신적인 새디스트요—또한 악마의 화신이었고—그리고 또 미쳤었습니다. 이런 것들이 과연 모두 진실일까요? 나는 새러 킹이 예루살렘에서 잠시 본 노부인의 애처로운 모습이 가장 진실에 가까운 것이라고 생각합니다. 그러나 그것은 단순한 애처로움이 아니었습니다—절대로 무시해버릴 수 없는 것이지요!

　가능하다면 보인튼 노부인의 정신 상태를 생각해보고 싶습니다. 한 인간의 막대한 욕망, 즉 다른 사람들을 지배하고자 하는 갈망과 자기의 개성을 마음껏 표현하고 싶어하는 욕망을 품고 태어났습니다. 그녀는 권력에 대한 열망을 순화시키거나—그것을 억제하기 위한 방법을 찾지 않았습니다—그녀는 그것을 탐닉했던 것입니다! 하지만 마침내—잘 들으십시오—결국은 어떻게 되었습니까? 그녀는 아무런 힘도 가지지 못했습니다! 그녀는 결코 세상을 덮을 만한 공포와 증오의 존재가 아니었습니다! 그녀는 단지 쓸쓸한 한 가족의 시시한 독재자에 불과했습니다! 그리고 제러드 박사가 나에게 말한 대로—그녀는 다른 노부인들과 마찬가지로 매일 반복되는 일에 싫증을 느끼기 시작했습니다. 그래서 그녀는 자기의 능력을 발휘하고 또한 자신의 위치를 스스로 흔들어 놓음으로써 보다 큰 즐거움을 얻을 수 있는 곳을 찾아보았던 거지요. 그러나 그것은 완전히 예상치 못한 곳으로 그녀를 끌고 갔습니다! 외국에 나오자 그녀는 자신이 얼마나 보잘것없는 존재였는가를 처음으로 깨닫게 된 것입니다!

　이제 10번 항목을 봅시다—그것은 그녀가 예루살렘에서 새러 킹에게 했던 말입니다. 킹 양, 당신도 알다시피 그녀는 진실에 대해서 이야기했지요. 킹 양은 보인튼 노부인의 존재의 무가치성에 대해서 강경하게 주장했습니다. 그러면 이제 아주 조심스럽게 들어봅시다—우리들 모두—노부인이 킹 양에게 어떤 말을 했는지 말입니다. 킹 양은 보인튼 노부인이 '그토록 악의 있게—하지만 자기를 보지 않으면서 이야기했다.'고 말했습니다. 노부인은 이렇게 말했습니다. '나는 무엇이든지 잊어본 적이 없어…… 어떤 행동이나 이름, 얼굴 등을.'

　이 말은 킹 양에게 매우 커다란 충격을 주었습니다. 노부인이 유난히 격렬하고 커다란 쉰 목소리로 그 말을 했기 때문이지요! 그 말이 그녀에게 너무 강한 인상을 주었기 때문에 나는 그녀가 그 말 속에 들어 있는 또 다른 중요성을 깨닫지 못했다고 생각합니다! 그러나,

여러분, 노부인의 그 말은 킹 양이 말한 데 대한 적당한 대답이 아니라는 사실을 기억해 두십시오. '나는 무엇이든지 잊어본 적이 없어…… 어떤 행동이나 이름, 얼굴 등을.' 그것은 도무지 이치에 맞지 않습니다! 만일 그녀가 '나는 무례한 행동을 잊지 않아요.' 하고 말했다면―그러나 그런 게 아닙니다―그녀는 '어떤 얼굴'이라고 말했습니다…… 아!" 하고 소리치며 포와로는 손바닥을 쳤다.

「자, 곧 알게 될 겁니다! 그 말은 킹 양에게 하는 것처럼 보였지만, 사실은 킹 양에게 하는 것이 아니었습니다! 그 말은 킹 양 뒤에 있었던 다른 사람에게 한 것이었지요.」

그는 말을 멈추고는, 거기에 대해서 더 이상 아무 말도 하지 않았다.

「그렇습니다. 그것은 보인튼 노부인에게 있어서 하나의 심리적인 위기였습니다! 노부인은 어떤 똑똑한 젊은 여자에 의해서 자기 자신을 온통 드러내 놓게 되었습니다! 노부인은 절망감과 분노로 혼란스러워했는데―바로 그 순간 그녀는 어떤 사람을 기억해 냈습니다―과거의 기억 속에 들어 있던 어떤 얼굴을!

자―그럼 이제는 '외부인'에 대해 다시 생각해보기로 합시다. 이제 그날 오후에 보인튼 노부인이 뜻밖에 친절을 보였던 이유가 분명해졌습니다. 그녀는 가족들이 자기 주위에 없기를 바랐습니다. 왜냐하면―속된 말로 표현해서―다른 중대한 볼일이 있었던 것이지요! 그녀는 새로운 희생자와 대화를 나눌 장소가 깨끗이 비워지기를 원했던 겁니다…… 이제, 새로운 관점에서 그날 오후에 일어났던 일들을 생각해봅시다! 보인튼 가족이 산책을 나갔고, 노부인은 그녀의 동굴 앞에 앉아 있습니다. 이번에는 웨스트홀름 부인과 피어스 양의 증언을 신중히 검토해봅시다. 피어스 양은 믿을 수 없는 증인입니다. 그녀는 부주의하고, 또한 누군가에게 암시 받기가 아주 쉬운 사람입니다. 반면에 웨스트홀름 부인은 아주 정확하고 매우 꼼꼼한 사람이지요. 두 분은 모두 한 가지 사실에 대해서는 같은 말을 했습니다! 아랍인 하인 한 명이 보인튼 노부인에게 다가가서는, 어떤 일로 그녀를 화나게 하고 허둥지둥 달아났다는 것이죠. 웨스트홀름 부인은 그 하인이 처음에는 지네브라 보인튼의 텐트에 들어갔었다고 분명히 진술했습니다. 하지만 여러분이 기억해야 할 것은 제러드 박사와 지네브라 텐트가 서로 이웃하고 있다는 사실입니다. 그것은 그 아랍인이 들어갔던 곳은 바로 제러드 박사의 텐트였을 수도 있다는 것이지요……」

카베리 대령이 말했다.

「당신은 베두인 하인 중의 한 명이 주사기로 노부인을 찔러 살해했다고 생각하는 겁니까? 그건 너무 공상적입니다!」

「잠깐만, 카베리 대령, 내 말은 아직 끝나지 않았습니다. 그 아랍인이 지네브라 보인튼의 텐트가 아니라 제러드 박사의 텐트에서 나왔다고 가정해봅시다. 그 다음에 일어난 일은 무엇일까요? 웨스트홀름 부인과 피어스 양은 그들이 누구인지 얼굴을 알아볼 수 없었으며, 무슨 말을 했었는지 듣지 못했다고 했습니다. 그것은 이해할 수 있습니다. 큰 천막과 바위 사이는 약 200야드(약 18m) 떨어져 있었으니까요. 하지만 웨스트홀름 부인은 그 사람의 다른 점을 자세하게 묘사해 주었습니다. 다 떨어진 반바지와 헐렁한 가죽 각반에 이르기까지 자세하게 말입니다.」

포와로는 윗몸을 앞으로 기울였다.

「그런데, 여러분—이것은 정말 기묘한 일입니다! 그의 얼굴을 알아볼 수 없었고, 무슨 말을 했는지 들을 수가 없었다면서 반바지라든가 가죽 각반에 대해서 그렇게 자세하게 보았다는 것은 말입니다. 그것이 바로 실수였습니다. 그 이야기를 듣고 나는 이상한 생각을 하게 되었습니다. 왜 웨스트홀름 부인은 그 떨어진 반바지와 헐렁한 각반에 대해서 그렇게 열심히 늘어놓는 것일까? 혹시 그 반바지는 떨어지지도 않았으며, 또 각반을 끼지도 않았기 때문은 아니었을까요? 웨스트홀름 부인과 피어스 양은 모두 그 사람을 보았습니다—하지만 그 두 사람은 서로를 볼 수 없는 곳에 앉아 있었습니다. 그것은 웨스트홀름 부인이 피어스 양이 깨어 있는가 보기 위해 갔을 때, 자기 텐트 입구에 앉아 있던 피어스 양을 발견했다는 사실이 말해주고 있습니다.」

「오!」 하고 카베리 대령이 갑자기 몸을 꼿꼿하게 세우며 말했다.

「당신이 생각하고 있는 것은―」

「나는 피어스 양(그 유일한 목격자가 깨어 있었다면)이 과연 무엇을 보았는지 확인해볼 생각입니다. 웨스트홀름 부인은 텐트로 돌아와서는 승마용 반바지와 부츠, 카키색 코트, 그리고 체크 무늬 헝겊과 털실 뭉치로 그녀가 직접 만든 아랍식 머리 장식을 뒤집어쓰고 나서―그런 차림으로 태연하게 제러드 박사의 텐트로 들어갔습니다. 그녀는 약상자를 뒤져 적당한 약을 찾아내어 주사기에 가득 채운 다음에 희생자에게 올라갔던 것이지요. 보인튼 노부인은 졸고 있었겠지요. 웨스트홀름 부인은 신속히 행동했습니다. 그녀는 노부인의 손목을 잡고는 주사기를 찔러 넣었겠지요. 보인튼 노부인은 소리를 지르려고 일어나려 애쓰다가―다시 주저앉았습니다. 그리고 나서, 그 가짜 아랍인은 증거가 될 만한 것들을 재빨리 치웠습니다. 보인튼 노부인은 지팡이를 휘두르며 일어나기 위해 애쓰다가 결국에는 의자 위로 쓰러졌습니다.

5분 뒤에 웨스트홀름 부인은 피어스 양에게 가서 그녀가 방금 목격했던 장면에 대한 설명을―자신이 각색한 것을 덧붙여서 말해주었겠지요. 다음에 그들은 산책을 나가면서 그 바위 밑에 멈추어 서서는 웨스트홀름 부인이 그 노부인에게 뭐라고 소리를 칩니다. 그녀는 아무런 대답도 듣지 못합니다. 왜냐하면 보인튼 노부인은 이미 죽었기 때문이죠―하지만 그녀는 피어스 양에게 이렇게 말합니다. '우리에게까지 저렇게 거만하게 대하다니 정말로 무례하군요!' 피어스 양은 그 말을 그대로 받아들이겠지요―그녀는 보인튼 노부인이 거만하다는 이야기를 이미 들었으니까요―그녀는 필요하다면 그것을 실제로 들었다고 맹세라도 할 겁니다. 웨스트홀름 부인은 자기의 신분과 솜씨라면 피어스 양 정도는 어떤 식으로라도 주무를 수 있다고 생각하고 자주 자리를 함께 했지요. 단지 그녀의 계획대로 이루어지지 않은 것은 주사기를 제자리에 갖다 놓는 일이었습니다. 제러드 박사가 너무 일찍 돌아왔기 때문에 그녀의 계획에 차질이 생겼던 거지요. 그녀는 그가 주사기가 없어진 것을 눈치채지 못하기를 바랐겠지요. 그리고 그녀는 그것을 밤중에 갖다 놓을 생각이었을 겁니다.」

새러가 말했다.

「하지만 왜 웨스트홀름 부인이 보인튼 노부인을 죽였을까요?」

「예루살렘에서 당신이 보인튼 노부인에게 이야기하고 있을 때 웨스트홀름 부인이 당신과 아주 가까이에 있었다고 말하지 않았습니까? 보인튼 노부인은 웨스트홀름 부인에게 말했던 것입니다. '나는 무엇이든지 잊어본 적이 없어…… 어떤 행동이나 이름, 얼굴 등을.' 그 말을 보인튼 노부인이 여간수 출신이었다는 사실과 연결시켜 보면 그 사실에 대해서 아주 명쾌한 해답을 얻을 수 있을 겁니다. 웨스트홀름 부인은 결혼하기 전에 죄수로 감옥에 있었지요.

자, 이제 당신은 그녀가 얼마나 끔찍한 곤경에 빠지게 되었는지 아시겠지요? 그녀의 경력, 야망, 사회적 신분─이 모든 것이 위태로워진 겁니다! 그녀가 무슨 죄로 감옥에 있었는지 아직은 모릅니다.(물론 곧 알게 되겠지만) 하지만 그것이 세상에 알려진다면 그녀의 정치적 생명에 치명적인 타격을 줄 것이 틀림없습니다. 그리고 이것을 기억하십시오─보인튼 노부인은 공갈 협박자가 아닙니다. 그녀는 돈이 필요한 사람도 아니었습니다. 그녀는 한동안 웨스트홀름 부인을 괴롭히면서 즐기다가, 가장 극적인 방법으로 그 사실을 폭로하려고 했을 겁니다! 보인튼 노부인이 살아 있는 한 웨스트홀름 부인은 안전할 수가 없겠지요. 그녀는 페트라로 만나러 오라는 보인튼 노부인의 지시에 고분고분 따랐습니다.(나는 웨스트홀름 부인처럼 자기 자신을 꽤나 대단한 존재로 생각하는 여자가 그저 단순한 관광객으로서 여행한다는 사실 자체부터 이상하게 생각하고 있었습니다.) 하지만 그녀의 마음속에는 살인에 대한 충동이 떠나지 않았던 것입니다. 마침내 그녀는 기회를 포착했고, 무사히 그것을 실행했지요. 그녀는 단지 두 가지 실수를 저질렀을 뿐입니다. 하나는 말을 좀 너무 많이 했다는 것이지요—찢어진 반바지에 대한 설명 따위 말입니다. 나는 그것 때문에 그녀에게 관심을 두게 되었습니다. 또 하나는 그녀가 제러드 박사의 텐트인 줄 알고 잘못 들어갔을 때 지네브라가 잠들어 있었다고 하는 거였습니다. 그러므로 그 소녀의 이야기—변장한 족장에 대한 이야기는 사실이었습니다. 그녀가 그것을 빙 돌려서 이야기한 것은, 그것을 좀더 극적으로 꾸며서 사실을 과장하려고 했던 것에 불과 하지요. 하지만 그 지적만으로도 나는 아주 충분했습니다.」

그는 잠시 숨을 돌렸다.

「하지만 우리는 곧 알게 될 겁니다. 나는 오늘 웨스트홀름 부인이 눈치채지 못하게 그녀의 지문을 채취했습니다. 그것을 보인튼 노부인이 여간수를 지냈던 감옥으로 보낸다면, 곧 진상이 밝혀질 테지요.」

그는 말을 멈추었다.

정적 속에서 날카로운 소리가 들렸다.

「저게 무슨 소리입니까?」 하고 제러드 박사가 물었다.

「총소리 같은데요.」 카베리 대령이 말하면서 재빨리 일어났다.

「옆방에서 났는데, 저 방에는 누가 있습니까?」

포와로는 가만히 말했다.

「내가 그 생각을 미처 못 했군—그것은 웨스트홀름 부인의 방인데……」

제26장

'이브닝 샤우트'지에서 발췌한 기사—
'하원 의원 웨스트홀름 부인의 죽음과 그 비극적인 사건을 알리게 된 것을 유감으로 생각한다. 외딴 지방을 여행하기 좋아했던 웨스트홀름 부인은 항상 소형 연발 권총을 가지고 다녔다. 그녀가 그 권총을 소제하고 있을 때 갑자기 총알이 발사되어 그녀는 그 자리에서 즉사했다. 이것은 순식간에 일어난 사고였다. 웨스트홀름 경에게 심심한 애도의 뜻을 표하는 바이다.'

5년 뒤 어느 따뜻한 6월 저녁, 새러 보인튼과 그녀의 남편은 런던의 어떤 극장에 앉아 있었다. 그곳에서는 '햄릿'이 상연되고 있었다. 새러는 레이먼드의 팔을 잡고 있었다.
경쾌한 목소리와 아름다운 어조는 여전했지만, 이제는 완전한 연기자로서 훈련되고 잘 조절된 그 목소리. 막이 내렸을 때, 새러는 결심이라도 한 듯이 말했다.
「지니는 정말 훌륭한 배우예요!」
잠시 뒤에 그들은 사보이 호텔의 식탁에 둘러앉아 있었다. 지네브라는 미소를 지으며, 옆에 있는 머리가 벗겨진 남자를 돌아다보았다.
「어땠어요, 시어도어?」
「정말 훌륭했어.」
행복한 미소가 그녀의 입술에 서서히 떠올랐다. 그녀가 속삭였다.
「당신은 언제나 저를 믿었지요…… 당신은 늘 제가 수많은 관중을 사로잡을 수 있을 거라고 했어요……」
지네브라의 맞은편에 앉아 있던 나다인이 말했다.
「이렇게 런던에서 오필리어 역으로 유명해진 지니와 함께 있다는 것은 정말 놀라운 일이에요!」

지네브라가 부드럽게 말했다.

「먼 데까지 찾아와 주어서 정말 고마워요.」

「정기적인 가족 모임인데요 뭘.」

나다인은 미소를 지으며 이렇게 말하고 주위를 둘러보았다. 그리고 나서 그녀는 레녹스에게 말했다.

「저는 아이들이 낮 공연 때는 와보아도 괜찮을 거라고 생각해요. 당신 생각은 어떠세요? 애들도 이젠 제법 자랐고, 또 무대 위에 있는 지니 아줌마를 몹시 보고 싶어하잖아요!」

레녹스는 온화하고 행복한 표정으로 익살맞게 눈을 뜨며 잔을 들었다.

「신혼 부부, 코프 씨와 코프 부인을 위해!」

제퍼슨 코프와 캐롤은 잔을 들어 답례를 했다.

「부정한 애인을 위해!」 하고 말하며 캐롤이 웃었다.

「제프, 당신은 맞은편에 앉아 있는 첫사랑의 여인에게 축배를 드는 것이 좋을 거예요.」

레이먼드가 짓궂게 말했다.

「제프의 얼굴이 붉어졌는데, 옛일을 떠올리고 싶지 않은가 보지—」

그의 표정이 어두워졌다.

새러가 그의 팔을 잡자 그 구름이 걷혔다. 그는 그녀를 쳐다보며 싱긋 웃었다.

「마치 악몽을 꾼 것 같아!」

말쑥하게 차린 어떤 사람이 그들의 탁자 옆에서 멈추었다. 흠잡을 데 없이 우아하게 차려 입은 에르퀼 포와로가 콧수염을 자랑스럽게 쓰다듬으며 정중하게 인사를 했다.

「마드모아젤—」 하고 그는 지네브라에게 말했다.

「경의를 표합니다. 아주 훌륭했습니다!」

죽음과의 약속 253

그들은 반갑게 인사하고는, 포와로에게 새러 옆자리를 권했다. 포와로는 그들 모두에게 밝은 미소를 보냈다. 그들이 다시 함께 이야기를 나누게 되었을 때, 포와로는 약간 비스듬히 기대어 앉아서 새러에게 부드럽게 말했다.

「아주 좋습니다. 이제 보인튼 가족은 모두 잘 지내고 있는 것 같군요?」

「고마워요!」 하고 새러가 말했다.

「당신 남편은 이제 상당히 저명해지셨더군요. 나는 오늘 그의 최근 저서에 대한 훌륭한 논평을 읽었습니다.」

「그것은 정말 훌륭해요—물론 저의 평가이긴 하지만요! 선생님은 캐롤과 제퍼슨 코프 씨가 결혼한 것을 아세요? 그리고 레녹스와 나다인은 아주 똑똑한 아이들을 두었어요. 레이먼드는 그 아이들을 무척 귀여워한답니다. 지니에 대해서는—글쎄요, 뭐라고 할까—지니는 정말 천부적인 재능이 있는 것 같아요.」

그녀는 맞은편에 있는 지네브라의 아름다운 얼굴과 붉은 빛이 도는 머리를 바라보다가 흠칫했다. 그녀의 표정이 굳어졌다. 새러는 천천히 잔을 들어 입술로 가져갔다.

「축배를 드시는 건가요, 부인?」 하고 포와로가 말했다.

새러가 천천히 말했다.

「저는 문득 죽은 노부인을 생각해 보았어요. 지니를 보면서 저는 처음으로 그들의 닮은 점을 발견했답니다. 두 사람은 모두 아주 똑같은데—단지 지니는 빛을 받고 있고—노부인은 어둠 속으로 사라졌지요……」

그때 맞은편에서 지네브라가 갑자기 말했다.

「불쌍한 어머니, 어머니는 이상했어요…… 이제—우리는 모두 아주 행복하지만—저는 어머니가 불쌍하다는 생각이 들어요. 어머니는 결국 원하는 것을 얻지 못했지요. 그것이 어머니에게는 아주 힘에 겨웠을 거예요.」

■ 작품 해설 ■

「죽음과의 약속」(Appointment with Death, 1938)은 애거서 크리스티(Agatha Christie, 영국, 1891~1976)가 창조해 낸 에르큘 포와로(Hercule Poirot)가 등장하는 16번째 작품이다.

에르큘 포와로는 영국 추리소설에 등장하는 탐정으로서는 가장 유명한 사람 중의 하나이다. 그는 세계 제1차 대전 중에 독일군이 벨기에를 침입하자 영국으로 피난왔지만, 한때 벨기에 경찰에서 뛰어난 수사관으로 근무하다가 1904년에 은퇴한 경력을 가지고 있다.

전쟁이 끝난 뒤에, 그는 고국으로 돌아가지 않고 영국에 머물면서 사립탐정으로 활약한다. 그는 옛친구인 영국인 헤이스팅스(Hastings) 대위와 함께 생활하며 일을 한다. 헤이스팅스는 두뇌는 명석하지 않으나, 셜록 홈즈의 조수 와트슨 의사처럼 포와로의 모험을 기록한다.

헤이스팅스가 결혼하여 아르헨티나로 떠나자, 포와로는 화이트헤븐 맨션으로 이사해 충실한 하인 조지와 여비서 미스 레먼의 도움을 받는다. 포와로는 80세가 되자 거의 은퇴를 하고, 친구인 추리 작가 애리어든 올리버 여사가 부탁하는 사건만을 가끔씩 처리해 준다.

그는 5피트 4인치(약 163cm)의 작은 키에 달걀 모양의 머리를 한쪽으로 기울이고 있으며, 한쪽 다리를 약간 전다. 하지만 언제나 지나칠 정도로 말쑥한 옷차림을 하고 있는 멋쟁이 신사이다. 또한 그는 뛰어난 추리력을 가지고 있어 자기 스스로 '회색의 뇌세포'를 자랑하고, 세계에서 가장 유능한 탐정이라고 자부한다.

「죽음과의 약속」은 포와로의 회색 뇌세포를 사용한 추리 방법에 딱 들어맞게 사건이 전개된다. 노부인과 그녀를 거역할 수 없는 가족들 간의 미묘한 심리, 그리고 역시 사건 해결 또한 심리적인 추리 기법으로 풀어나간다.

알고싶은 단어를 찾고 싶을 때
실물의 이미지가 떠오르지 않을 때
이미지는 아는데 단어를 모를 때
**그림을 보고 빠르고
정확하게 찾는다!**

빠르고 정확한
그림영어사전

지금까지 없었던 제3의 사전!

- 우리 생활과 밀접한 6,000여 단어를 205개의 장면으로 나누어 놓았다.
- 한 가지 단어를 암기하는데 필요한 노력을 최대한 줄일 수 있다.
- 한 가지 단어로부터 그 장면이 연상되어 많은 단어를 한꺼번에 기억할 수 있다.

해문외국어연구회편 / 4×6판 / 238쪽